竹取物語

大井田晴彦

現代語訳対照・索引付

笠間書院

目次

凡例 ii
一 かぐや姫の生い立ち …… 1
二 貴公子たちの求婚 …… 10
三 仏の御石の鉢――石作の皇子 …… 17
四 蓬萊の玉の枝――車持の皇子 …… 25
五 火鼠の皮衣――阿部のみむらじ …… 41
六 龍の首の玉――大伴の御行 …… 48
七 燕の子安貝――石上のまろたか …… 58
八 狩の行幸――帝の求婚 …… 67
九 八月十五夜――かぐや姫の昇天 …… 78
十 富士の煙 …… 94
解説 101
参考文献 116
付録（仏典・漢籍・伝承・物語など参考資料） 121
自立語索引 143

凡例

一、『竹取物語』は、かぐや姫の物語として古くから親しまれてきた。本書は、初めてこの物語に接する一般読書人から、古典文学を専攻する研究者まで、幅広い読者を想定して編集した。

二、本書は、本文、現代語訳、校異、語釈および補注、鑑賞、解説、付録、索引からなる。

三、本書の底本には、成蹊大学図書館蔵の古活字十一行本『たけとり物語』を用いた。できるだけ底本を尊重したが、諸本を参看して改めた箇所も少なくない。改めた箇所は校異で示した。読みやすさを考慮して、以下のような方針をとった。

1・底本では段落分けされていないが、その内容と構成から大きく十の章段に分け、簡略な章題をつけた。また、適宜改行した。

2・底本の仮名遣いは歴史的仮名遣いに統一し、濁点や句読点、送り仮名などを付した。難読・誤読のおそれのある漢字には読み仮名を付した。会話文については「　」を施した。

3・適宜、底本の仮名を漢字に、また漢字を仮名に改めるなどして表記を統一した。その際、底本の表記を読み仮名などの形で示す処置はとらなかった。

4・底本にある「きゝ」「人〳〵」などの踊り字については「聞き」「人々」のように表記した。「なん」「らん」などは「なむ」「らむ」に統一した。

四、現代語訳はなるべく原文に忠実であるよう努めたが、単独でも味読できるよう配慮した。

五、語釈および補注では、語義・文章表現・典拠・当時の風俗など、本文理解に必要な事項について説明を加えた。
六、物語をいっそう深く味読できるよう、各段落には鑑賞欄を設けた。
七、底本には挿絵はないが、参考として版本（茨城多左衛門版）の絵を掲載した。
八、解説では、『竹取物語』の全体像および文学史的意義など、本質的かつ重要な問題について概略を示した。
九、付録では、『竹取物語』に影響を及ぼしたとされる仏典・漢籍・伝承、あるいは『竹取』の影響下にある物語など、参考となる資料を掲出した。取り上げるべき資料は他にも多いが、最も重要なものにとどめた。
十、巻末の索引では、物語中のすべての自立語が検索できるようにした。
十一、本文の校訂については、木谷眞理子氏（成蹊大学准教授）の多大な協力を得た。
十二、底本の使用および、本書の公刊については、成蹊大学図書館のご厚意にあずかった。深く謝意を表する次第である。

一　かぐや姫の生い立ち

[一]今は昔、[二]竹取の翁《おきな》といふ者[三]ありけり。野山にまじりて[四]竹を取りつつ、よろづのことに使ひけり。名をば[①]讃岐《さぬき》[五]のみやつことな[六]むいひける。その竹の中に、[七]もと光る竹なむ一筋ありける。あやしがりて寄りて見るに、[八]筒の中光りたり。それを見れば、[九]三寸ばかりなる人、いとうつくしうてゐたり。翁言ふやう、「我、朝ごと夕ごとに見る竹の中に[一〇]おはするにて知りぬ。[一一]子になり給ふべき人なめり」とて、手にうち入れて家へ持ちて来ぬ。妻《め》の[一二]嫗《おうな》に預けて養はす。うつくしきこと限りなし。いと幼ければ[②]籠《こ》[一三]に入れて養ふ。

竹取の翁、[一四]竹取るに、この子を見つけて後に竹取るに、節《ふし》をへだてて[一五]節《よ》ごとに黄金《こがね》ある竹を見つくることかさなりぬ。かくて、翁、やうやう豊かになりゆく。この児《ちご》、養ふほどに、[一六]すくすくと大きになりまさる。三月ばかりになるほどに、よきほどなる人になりぬれば、[一七]髪上げなど[一八]さうし

今となっては昔のことになるが、竹取の翁という者があった。野山に分け入って竹を取っては、いろいろな事に用いたのだった。名前を讃岐のみやつこといった。その竹の中に、根本が光る竹が一本あった。奇妙に思って近づいて見ると、竹筒の中が光っている。それを見ると、身の丈三寸くらいの人が、たいそうかわいらしい様子で座っている。翁が言うには、「私は、朝ごと夕ごとに見る竹の中にいらっしゃるので、わかった。我が子におなりになるはずの人のようだ」と言って、掌に乗せて家に連れ帰ってきた。妻の嫗に預けて世話させる。そのかわいらしいことは、この上ない。とても幼いので籠に入れて育てる。

竹取の翁は、竹を取ると、この子を見つけてから後に竹を取ると、節をへだてたその間ごとに黄金の入っている竹を見つけることが度重なった。こうして、翁は、次第に裕福になっていく。この幼児は、育てているうちに、すくすくと大きく成長していく。三月ほどたった頃に、ちょうどよい具合に成人したので、髪上げの準備をして、髪上げをさせて、裳を着せる。帳台の内からも出さずに、大事にあ

て、髪上げさせ、③[一九]裳《も》着す。④[二〇]帳《ちゃう》の内よりも出ださず、[二一]いつきかしづき養ふほどに、この児のかたちの⑤[二三]けうらなること世になく、[二二]屋の内は暗き所なく光り満ちたり。[二四]翁、心地悪しく苦しき時も、この子を見れば、苦しきことも止みぬ。腹立たしきこともなく慰みけり。

翁、[二五]竹を取ること久しくなり、栄えにけり。この子、いと大きになりぬれば、名を[二六]御《み》室戸《むろど》斎部《いむべ》の秋田を呼びてつけさす。秋田、[二七]なよ竹の[二八]かぐや姫と⑥[二九]つけつ。このほど[三〇]三日うちあげ遊ぶ。よろづの遊びをぞしける。男は[三一]うけきらはず呼び⑦集へて、いと[三二]かしこく遊ぶ。

[三三]世界のをのこ、あてなるもいやしきも、「いかでこのかぐや姫を[三四]得てしがな、見てしがな」と、音に聞き、めでてまどふ。そのあたりの垣にも家の門《と》にも、をる人だに[三五]たはやすく見るまじきものを、夜は安き寝《い》も寝ず、[三六]闇の夜にもここかしこよりのぞき、[三七]垣間《かいま》見《み》まどひあへり。さる時よりなむ、「[三八]よばひ」とは言ひける。

2 がめて世話をしているうちに、この子の容貌の美しさといったら、この世に比べようもなく、邸の中は暗い所もなく光り満ちている。翁は、気分がすぐれず苦しい時でも、この子を見ると、苦しい思いも収まった。腹立たしさもなく穏やかになるのだった。

長年にわたって竹を取っているうちに、翁は富み栄えた。この子がたいそう大きく成長したので、御室戸斎部の秋田を呼んで、名前をつけさせる。秋田は、なよ竹のかぐや姫と命名した。この間、三日にわたって宴を開き、管絃に興じる。ありとある音楽を奏でたのだった。男は誰でも拒むことなく招待して、盛大に音楽を催す。

この世の男は、身分の高い者も賤しい者も、「どうにかしてこのかぐや姫を得たいものだ、妻として見たいものだ」と噂に聞き、素晴らしく思っては、心を惑わす。邸の周りの垣にも家の門にも、邸に仕える人でさえ容易には姫の姿を見られないのに、夜は安眠もできず、月のない闇夜に出てもあちらこちらから覗いては、垣間見て心を惑わせている。その時から、求婚することを、「よばひ」と言うようになったのである。

【校異】

①讃岐―さるき　②籠―はこ　③裳着す―ナシ　④帳―きちやう　⑤けうら―けそう　⑥つけつ―付侍る　⑦集へて―ほとへて

【語釈】

一　今は昔―今となっては昔のことだが。読者を遥かな過去の世界へといざなう、物語の典型的な冒頭表現で、「けり」の結びをともなうことが多い。

二　竹取の翁―「竹取の翁」の名は、既に『万葉集』巻十六に見えるが（→付録【三】）、この物語との関連は明確でない。「たけとり」は「たかとり」ともいった。「たかとりがよに泣きつつとどめけむ君は君にと今宵しもゆく」（大和・七十七段→付録【一〇】）、「竹取翁事、たかたけは両様にも申すなるべし」（顕昭陳状）。

三　ありけり―以下、各段落の始まりと終わりに「けり」が集中し、物語を枠取っている点に注意（阪倉篤義）。

四　竹―イネ科タケ亜科の多年生常緑植物。古来の真竹・淡竹などに対し、孟宗竹が移入されたのは、時代が下る。「よろづのことに使ひけり」とあるように様々な用具・工芸品・楽器などの材料となる。また、若芽の筍は食用となる→補注。

五　讃岐のみやつこ―「讃岐」は、底本「さるき」。武藤本「さかき」。大和国広瀬郡讃岐（散吉）郷に居住した一族。「みやつこ」は後に「みやつこまろ」とある（八四頁）。

六　なむ―「なむ」は、聞き手を意識して語り聞かせるときに用いられる、会話性・口語性の強い係助詞。和歌には用いられない。

七　もと光る竹―竹の中にいる姫君から発せられる光によって光輝く。以下、全編を通じて、この物語では「光」が重要なモチーフとなっている→補注。

八　筒―桃太郎や瓜子姫など、空洞に籠もっていた主人公がそこから現れるというのは、昔話や物語に多く見られる話型である。『うつほ物語』の藤原仲忠は、北山の巨木のうつほに住み、母から秘琴を伝授される。『落窪物語』の姫君も、落ち窪んだ土間で継母の虐待を耐え忍んだ→補注。

九　三寸ばかり―一寸は約三・〇三センチメートル。昔話の一寸法師のように、神の子たる主人公は、きわめて小さな姿で登場することが多く、この話型を「小さ子譚」という。以下、「三月」「三日」などと「三」という数字が頻出することに注意。このように神話や昔話などの口承文芸で、象徴性を帯びて暗示的に繰り返される数字を神聖数という。

一〇 おはするにて―次の「子になり給ふべき」とともに尊敬語が用いられている点に注意。翁は、この子を神仏からの授かりものと意識しているのである。

一一 子―竹から作る「籠」を掛ける。

一二 媼―底本「女」。「おんな」は老女の意で、「おうな」とも。「をんな」とは別語。

一三 籠―前の「子」と響き合う。「子」を「籠」に入れるという洒落。「籠」のなかで育てられるこの幼女には、小鳥のイメージがあり、鶯姫説話（→付録【九】）との関連も認められる。また、海神の宮に赴いた、彦火火出見尊《ひこほほでみのみこと》（山幸彦）が入ったのは、竹で作った「無目籠《まなしかたま》」（大目麁《おほまあら》籠《こ》）であった（日本書紀・神代下）。

一四 竹を取るに～後に竹取るに―重複してぎこちない表現。作者は、仮名で文章を書くことにまだ習熟していない。

一五 節ごと―「よ」は、節と節の間の空洞になっている部分。「両節ノ間、俗ニ与ト云フ」（和名抄・竹具）。前の翁の言葉「朝ごと夕ごと」の語呂合わせで「夜ごと」も掛けるか。

一六 すくすくと大きになりまさる―生命力に富む神聖な筍のイメージ。『古事記』上巻にも、黄泉の国から逃げるイザナギの投げた櫛《くし》が瞬時にして筍に変じた話が見える。成長が異常に速いのは、物語の主人公の特徴の一つでもある。参考「この子は、すくすくと引き延ぶる物のやうに、大きになりぬ」（うつほ・俊蔭）、「日々に、物を引き延ぶるやうにおよすげ給ふ」（源氏・若菜上）。

一七 髪上げ―女子の成人式で、裳着の儀と同時に行われる。それまでの振り分け髪をまとめて結び上げて、後ろに垂らす。参考「くらべこし振り分け髪も肩過ぎぬ君ならずして誰か上ぐべき」（伊勢・二三段）、「女は、裳着、髪上げ、男につき」（うつほ・藤原の君）。

一八 さうして―「左右して」で、あれこれと手配して、の意。「相して」（吉日を占って）と解する説もある。

一九 裳着す―底本になし。諸本により補う。成人した貴族の女子に初めて裳（袴の上に、腰から下にまとった扇状のもので、ひだが多い）を着せる。一二、三歳ころから一四、五歳ころの間に多く行われた。男子の元服に対する通過儀礼。参考「あて宮は、御年十二と申しける如月に御裳奉る」（うつほ・藤原の君）。

二〇 帳―底本「きちやう」。諸本により改める。帳台。寝殿造の母屋で、一段高く台を設け、布などを垂らして四方を囲った座敷。なお、「几帳《きちやう》」は、台に二本の柱を立て横木を渡し、布を垂らしたもので、室内の隔《へだ》てとする。

二一 いつきかしづき養ふ―「いつく」は、神聖なものを畏敬し、大事に奉仕する、の意。「かしづく」は、子どもを大切に守り育てる、の意。「養ふ」は、生活面での世話をする、の意。武藤本、十行本「いつきやしなふ」。

二二　けうらなる―新井本により、底本「けそうなる」を改める。「きよらなり」に同じで、最高級の美しさをいう。「きよげなり」は、それよりもやや劣る美をいう。底本のまま「顕証なる（あらわである、際だっている）」とも理解できるが、七一頁にも「けうらにて」とあることから改めた。

二三　屋の内は暗き所なく光り満ちたり―参考「ひとつ家の内は照らしけめど」（源氏・絵合）。

二四　翁、心地悪しく苦しき時も～慰みけり―参考「この音を聞くに～怒り、腹立ちたらむ者は、心やはらかに静まり～病に沈み、いたく苦しからむ者も、たちまちに病怠り」（うつほ・楼上下）。

二五　竹を取ること久しくなり、栄えにけり―致富《ちふ》長者譚（正直で善良な者が、神仏の加護によって裕福になる話型）の発想を踏まえる。武藤本、十行本など多く「竹をとる事久しくなりぬ。いきほひまう（猛）のものに成にけり」。

二六　御室戸斎部の秋田―「御室戸」は神が降臨する場所で「御諸」に同じ。具体的に宇治や三輪山付近などを比定する説がある。斎部氏は、宮中の祭祀に携わる氏族。「秋田」は、秋の稲の豊かな実りを象徴するめでたい名で、かぐや姫を寿ぐにふさわしい。なお、成人式は一族の徳望ある者が執り行うのが慣例であり、秋田は、翁の主家筋にあたる人物とみられる。

二七　なよ竹―しなやかな竹。参考「人がらのたをやぎたるに、強き心をしひて加へたれば、なよ竹の心地して、さすがに折るべくもあらず」（源氏・帚木）。

二八　かぐや姫―「かぐや」は「かがよふ」などと同根の語で、美しく光り輝く意。『古事記』中巻には、垂仁天皇の妃に「迦具夜比売《かぐやひめ》」の名が見える。なお、この「迦具夜比売」の父は「大筒木《おほつつき》垂根王《たりねのみこ》」、叔父は「讃岐垂根王」、先祖には「丹波竹野《たにはのたかの》媛《ひめ》」という名も見え、何らかの連想が働いていよう。また、『大鏡』には、藤原実資が娘に「かぐや姫」と名付け、愛育したという話を載せる（→付録【一五】）。

二九　つけつ―底本「付侍る」。武藤本、十行本などにより改める。あるいは「秋田、『なよ竹のかぐや姫とつけ侍る』と言ふ」などとあったものか。

三〇　うちあげ遊ぶ―「うちあげ」は、（酒宴で手を打ち鳴らして歌ったことから）宴会をする。「遊ぶ」は、日常の世界から心を解放して楽しむのが原義で、ここでは管絃に興ずる、の意。参考「七日七夜、豊の明かりして、うちあげ遊ぶ」（うつほ・藤原の君）。

三一 うけきらはず―新井本「上下えらばず」。

三二 かしこく―立派に。はなはだしく。

三三 世界―仏教語。過去・現在・未来を「世」、東西南北・上下を「界」という。

三四 得てしがな―「てしがな」は、願望の意を表す終助詞。

三五 たはやすく―容易に。簡単に。

三六 夜にもここかしこよりのぞき―十行本など多く「夜に出でてもあなをくじり」。

三七 垣間見―「かきまみ」のイ音便形。物のすきまからのぞき見すること。「かいばみ」とも→補注。

三八 よばひ―動詞「呼ばふ」の連用形が名詞化したもの。「呼ばふ」は「呼ぶ」の未然形に反復・継続を表す「ふ」がついて動詞化したもので、絶えず相手の名を呼び続けることから、求婚する、の意になる。闇夜に求婚に出かける「夜這ひ」とこじつけた。参考「懸想人は夜に隠れたるをこそよばひとは言ひけれ、さま変へたる春の夕暮れなり」（源氏・玉鬘）。

【補注】

† 竹の文学誌　人々の生活に馴染み深い竹は、文学の題材にもしばしば採り上げられる。「梅の花散らまく惜しみ我が園の竹の林に鶯鳴くも」（万葉集・巻五・八二四・阿倍奥島）、「我が屋戸のいささ群竹吹く風の音のかそけきこの夕《ゆふべ》かも」（同・巻一九・四二九一・大伴家持）のように、早くから邸宅に植えられて賞美されてきた。前者のように鶯の栖《すみか》として詠まれる例も多く、鶯姫説話（→付録【九】）との関連も注意される。平安時代以降は、「いまさらに何生ひ出づらむ竹の子の憂きふししげきよとは知らずや」（古今集・雑下・九五七・凡河内躬恒《おおしこうちのみつね》）のように竹の「節（ふし・よ）」と折・時の意の「節《ふし》」や「世」を掛ける例が多い。この歌や「世にふれば言の葉しげき呉竹の憂きふしごとに鶯ぞ鳴く」（同・同・九五八・詠み人知らず）など不遇感が詠まれる一方で、「色変へぬ松と竹との末の世をいづれ久しと君のみぞ見む」（拾遺集・賀・二七五・斎宮内侍）、「白雪は降り隠せども千代までに竹の緑は変はらざり

けり」（同・雑賀・一一七七・紀貫之）のように、色変わりしないことから長寿や貞節の象徴として慶賀の歌にも好んで詠まれた。笛を詠んだ例も多く「笛竹のもとの古ねは変はるともおのがよよにはならずもあらなむ」（後撰集・恋五・九五四・詠み人知らず）は、「ね」に「根」「音」、「よよ」に「節々」「世々」を掛ける。竹の異称「この君」は、晋の王徽之《おうきし》が竹を「此君」と呼んで愛好した故事（晋書）に由来する。『枕草子』には、この故事を踏まえた清少納言と藤原行成らの応酬が見える（五月ばかり、月もなういと暗きに）。また、「我が宿に千尋あるかげを植ゑつれば夏冬たれか隠れざるべき」（伊勢・七九段）は、在原行平の孫、貞数親王誕生の際の歌で、梁の孝王の修竹苑の故事にちなみ、「竹の苑」は皇族の称となった。「さす竹の」は「君」「大宮」「皇子」などの皇室にかかわる語の枕詞となるが、やはり清新で生命力に充ちた竹のイメージによっていよう。

†物語における光　翁がかぐや姫を見つけたのは、「もと光る竹」「筒の中光りたり」とあるように、姫から発せられる光によってであった。もとよりその光とは、皎々《こうこう》と輝く月に由来していよう。かぐや姫の「かぐ」は、光り輝く、の意だが、同じく光を冠せられた呼称として、『古事記』のアマテラスや『源氏物語』の光源氏が挙げられる。神話や物語において、光とは聖性と絶対的な美しさを意味する。雄略天皇が誕生した時には、「神《あや》シキ光、殿ニ満《いは》メリ」という奇瑞が生じた（雄略紀）といい、允恭《いんぎょう》天皇の皇女軽大郎女《かるのおおいらつめ》は、「ソノ身ノ光、衣《そ》ヨリ通リ出」たので衣通郎女《そとおりのいらつめ》と呼ばれたという（允恭記）。『うつほ物語』の仲忠母子は、「あたり光り輝きて、見る人まばゆきまで見ゆ」「玉光り輝く男」（俊蔭）と語られる。世人は桐壺更衣腹の「世になくきよらなる玉の男御子」を「光る君」と呼んで賛嘆したが、その美しさは「輝く日の宮」と呼ばれる藤壺と映発しあうのだった（源氏・桐壺）。『竹取物語』では、かぐや姫の形容のみならず、「光やあると見るに、螢ばかりの光だになし」（一九頁）「照り輝く木」（二九頁）「毛の末には金の光しささやきたり」（四三頁）などと、難題の品と光とのかかわりが深いことが特徴的である。これらの品々

が、この世には存在し得ない、別世界からもたらされるものであることを、その「光」が証し立てている。

†竹からの誕生　契沖『河社《かわやしろ》』は、仏典や漢籍の事例を豊富に挙げている。『広大宝楼閣善住秘密陀羅尼経』には「時ニ彼仙人法ヲ得テ歓喜シテ欣慶《きんけい》シ踊躍《ようやく》シ、其ノ住処ニ於テ新醍醐ノ如ク地ニ消没セリ。即チ没処ニ於テ三竹ヲ生ズ。七宝ヲ根トシ金ノ茎葉竿梢枝之上ニ皆真珠有リ。香潔殊勝ニシテ常ニ光明有リ。往来シ見ル者欣悦セズトイフコト靡《な》シ。生ジテ十月ヲ満ジテ便《すなは》チ自ラ裂破ス。一一ノ竹ノ内ニ各一童子ヲ生ズ。顔貌端正ニシテ色相成就セリ。時ニ三童子亦《また》既ニ生ジ已《をは》ツテ、各竹下ニ於テ結跏趺坐《けっかふざ》シテ、諸ノ禅定ニ入リ第七日ニ至ツテ、其ノ夜中ニ於テ皆正覚ヲ成ゼリ。其ノ身金色ニシテ三十二相八十種好円光厳飾セリ。時ニ彼ノ三竹一一変ジテ高妙ノ楼閣ヲ成ズ」とある。『後漢書』西南夷伝には「夜郎ナル者ハ初メ女子有リテ遯《とん》水ニ浣《あら》ヒタルニ、三ツノ節アル大竹有リテ流レテ足ノ間ニ入ル。其ノ中ニ号《な》ク声有ルヲ聞キ、竹ヲ剖《さ》キテ之ヲ視ルニ、一男児ヲ得、帰リテ之ヲ養フ。長ズルニ及ンデ才武有リテ自ラ立チテ夜郎侯ト為リ竹《ちく》ヲ以テ姓ト為ス」とある。また、神からの予言の朱書（『史記』趙世家《ちょうせいか》）、真珠（『智度論』第十）が竹から現れた例も記す。これらが『竹取物語』の典拠と認めうるかは別として、人智を超えた存在がこの世に生まれ出る通路として竹があり、人々が竹の空洞に神秘を感じていたことを示すものといえよう。

†物語の発端における垣間見　男女が顔をあわせる機会の少なかった古代において、異性の容貌をうかがう数少ない手段が垣間見であった。もちろん、当時の日常的な行為であったには違いないが、物語文学では、男女を結びつける契機として方法化されている。『伊勢物語』は、奈良の古京を訪れ「いとなまめいたる女はらから」を垣間見した主人公の心の惑乱から始発する。『源氏物語』では、源氏が若紫を（若紫）、柏木が女三宮を（若菜上）、薫が宇治の姉妹を（橋姫）というふうに、主要な出来事の発端に垣間見の場面が設定されている。

【鑑賞】この物語の題名は、「竹取の翁」（源氏物語・絵合）、「竹取翁物語」、「竹取物語」などと呼ばれる。「かぐや姫の物語」（源氏・蓬生）の例もあるが、ほぼ竹取の翁の名が冠せられている。では、この翁とは、いかなる人物なのであろうか。柳田国男『昔話と文学』（昭和一三年）所収の「竹取翁」は、次のようにいう。「桃太郎の芝刈爺が比較に登って、始めて明白になるのは竹取翁の社会上の地位である。天が下の老爺は必ずしも常に柴を苅り竹を伐って生活をしてはいない。これはおそらくは老翁になるまで、竹を伐りまたは柴を苅っていなければならぬ人、すなわちいたって貧しい者という意味であったろうが、この心持も久しくもう忘れられていた」「これが一朝にして宝の児を見つけ、安々と富を積んで長者になったということは、それだけでも大なる驚異であり、すなわちまた永く伝うるに足る事柄であった。」翁が、日々の暮らしにも事欠く、卑賤の者であることに目を向けた、重要な指摘であった。後の「呉竹のよよの竹取野山にもさやはわびしき節《ふし》をのみ見し」の詠歌（三〇頁）からも翁の厳しい生活がうかがえる。ちなみに『延喜式』隼人司式によれば、竹器の製作は、隼人の職掌とされていた。本文には明示されていないけれども、老齢まで子に恵まれなか

翁と嫗、かぐや姫を愛育する

った翁は、神仏に絶えず祈り続けていたらしい。その甲斐あって（八四頁に「いささかなる功徳を翁作りけるにより て」とある）、光り輝く美しい姫を得て、その果報によって裕福になっていくのである。ここに物語の豊かな想像力が認められる。また、賤なる翁とは、反転すれば聖なる存在ともなる。かぐや姫の養い親として翁が選ばれたゆえんであり、丘で九人の少女たちと出逢ったという『万葉集』巻一六の竹取翁（→付録【三】）にも通ずる造型である。なお、同じく『昔話と文学』所収「竹伐爺」では、翁の話が次第に笑い話へと転じていく様相が明らかにされている。竹伐の爺が、うっかり小鳥を呑み込んでから、自由自在に放屁する技を体得し、人々を楽しませたという類の昔話は多い。小鳥が重要なモチーフになっているのは、いわゆる鶯姫説話（→付録【九】）との関連を思わせる。

二　貴公子たちの求婚

人の物ともせぬ所にまどひ歩《あり》けども、何のしるしあるべくも見えず。家の人どもに物をだに言はむとて言ひかくれども、こととももせず。あたりを離れぬ君たち、夜を明かし、日を暮らす人、多かりける。[一] おろかなる人は、[二]「用《よう》なき歩きは、よしなかりけり」とて来ずなりにけり。

人が顧みないような所にさまよい歩くけれども、何の効果もありそうに見えない。邸の人々に一言だけでも伝えようと思って言葉をかけてみても、取り合おうとしない。邸の周りを離れずにいる貴公子で、夜を明かしては日を暮らす者が、大勢いるのだった。あまり熱心でない人は、「むだな出歩きは、つまらぬことだ」と言って来なくなってし

その中になほ言ひけるは、[三]色好みと言はるる人五人、思ひ止む時なく、夜昼来たりけり。[四]その名、一人は石作《いしつくり》の皇《み》子《こ》、一人は車持《くらもち》の皇子、一人は左大臣阿部の[五]みむらじ、[六]大納言一人は大伴の御行《みゆき》、中納言一人は石上《いそのかみ》の[七①]まろたか、この人々なりけり。世の中に多かる人をだに、少しもかたちよしと聞きては、見まほしうする人たちなりければ、かぐや姫を見まほしうて物も食はず、思ひつつ、かの家に行きてたたずみ歩きけれど、かひあるべくもあらず。文を書きてやれども、返事もせず。[八]わび歌など書きて遣はすれども、かひなしと思へども、霜月《しもつき》師走《しはす》の降り凍り、水無月《みなづき》の[九]照りはたたくにも、さはらず来たり。この人々、ある時は、竹取を呼び出だして、「娘を我に賜《た》べ」と伏し拝み、手を擦《す》りのたまへど、「おのがなさぬ子なれば、心にも従へず」となむ言ひて、月日を送る。かかれば、この人々、家に帰りて物を思ひ、祈りをし、[10]願《ぐわん》を立て、思ひ止むべくもあらず。さりとも、つひに男婚《あ》はせざらむやはと思ひて、頼みをかけたり。[11]あながちに[12]心ざしを見え歩く。

まった。

その中でも、あい変わらず言い寄るのは、色好みと評判の者ばかり五人、思いが鎮まる時もなく、夜も昼もやって来るのであった。その名は、一人は石作の皇子、一人は車持の皇子、一人は左大臣阿部のみむらじ、大納言の一人は大伴の御行、中納言の一人は石上のまろたか、これらの面々であった。世の中にありふれた程度の女でさえも、少しでも器量よしだと耳にしては、得たいと思うほどの人々だったから、かぐや姫と結婚したいと思って、食も喉を通らぬほどに思い続け、翁の家に行ってうろつきまわるけれども、その甲斐はありそうにもない。恋文を書いて送っても、姫は返事もしない。嘆きの歌を書いて寄こしても、その甲斐もないとは思うものの、霜月、師走の雪が降り、氷が凍てつく時にも、水無月の太陽が照りつけ雷がとどろく時分にも、ものともせずにやって来る。この人々は、ある時には竹取の翁を呼び出して、「娘さんを私に下さい」とひれ伏して拝み、揉み手をして懇願なさるけれども、「私が産んだ子ではないので、私の思うようにもならないのです」と言って、月日を過ごす。こんな具合なので、この人々は、家に帰って、物思いにふけり、神仏に祈り、願をかけるが、やはり姫への思いが鎮まるはずもない。そうは

これを見つけて、翁、かぐや姫に言ふやう、「御身は、[一三]仏、変化《へんげ》の人と申しながら、[一四]これほど大きさまで養ひ奉る心ざし、おろかならず。翁の申さむこと、聞き給ひてむや」と言へば、かぐや姫、「何ごとをか、のたまはむことは承らざらむ。変化の物にて侍りけむ身とも知らず、親とこそ思ひ奉れ」と言ふ。翁、「嬉しくものたまふものかな」と言ふ。「翁、[一五]年七十に余りぬ。今日とも明日とも知らず。この世の人は、男は女に婚ふことをす、女は男に婚ふことをす。その後なむ[一六]門《かど》広くもなり侍る。いかでか、さることなくてはおはせむ。」かぐや姫の言はく、「[一七]なんでふさることかし侍らむ」と言へば、「変化の人と言ふとも女の身持ち給へり。翁のあらむ限りは、かうてもいませかし。この人々の、年月を経て、かうのみいましつつのたまふことを思ひ定めて、[一八]一人一人に婚ひ奉り給へや」と言へば、かぐや姫言はく、「よくもあらぬかたちを、深き心も知らで、[一九]あだ心つきなば、後くやしきこともあるべきをと思ふばかりなり。[二〇]世のかしこき人なりとも、深き心ざしを知らでは、

いっても、最後まで結婚させないはずはあろうかと思って、期待をつないでいる。ことさらに、愛情を見せつけようとしては歩きまわっている。

この様子を見て、翁が、かぐや姫に言うには、「あなたの身は、仏、変化の人とは申しても、こんなに大きくなるまで養い申し上げた私の思いは、並大抵なものではありません。この爺が申し上げることを、お聞き下さいますでしょうね」と言うと、かぐや姫は、「どんなことでも、おっしゃることに、従わないことがありましょうか。我が身を変化の物だったとも存じませず、お爺様を実の親とばかりお慕い申しております」と言う。翁、「嬉しいことをおっしゃいますね」と言う。「この爺めは、齢《よわい》七十歳を越えてしまいました。今日明日の命かも知れません。この世の人は、男は女と結婚をし、女は男と結婚をする。そうした後に家門が繁栄するのです。どうして結婚なさらずによいことがありましょうか。」かぐや姫が言うには、「どうして、そんな事をいたしましょうか」と言うので、「変化の人とはいっても、女の身をお持ちでいらっしゃる。この爺が生きている間は、こうして独身のままでもお過ごしできましょう。この方々が長年にわたって、これほどまでに熱心にお越しになってはおっしゃることを、決心して、どなたか

婚ひがたしとなむ思ふ」と言ふ。翁言はく、「思ひのごとくものたまふかな。[三]そもそも、いかやうなる心ざしあらむ人にか婚はむと思す。かばかり心ざしおろかならぬ人々にこそあめれ。」かぐや姫の言はく、「[②]いかばかりの深きをか見むと言はむ。いささかのことなり。人の心ざし等しかんなり、いかでか中に劣り勝りは知らむ。五人の中に[三]ゆかしき物を見せ給へらむに、御心ざし勝りたり、とて仕うまつらむと、そのおはすらむ人々に申し給へ」と言ふ。「よきことなり」と承《う》けつ。

お一方とご一緒になりなさい」と言うので、かぐや姫が言うには、「美しくもない器量なのに、深い愛情も確かめないで（結婚して）、相手に浮気心が起こったならば、きっと後悔するに違いない、と思うだけなのです。天下の立派な人であっても、深い真心を確かめなくては、結婚できないと思います」と言う。翁が言うには、「私の考えと同じようにおっしゃいますね。そもそも、どんな愛情を抱いている方と結婚しようとお思いなのですか。こんなにも、並々ならぬ愛情を寄せている方々でいらっしゃるようですのに。」かぐや姫が言うには、「どれほどの深い愛情を見ようというのでしょうか。ささやかなことです。この方々の愛情は、どなたも等しいようですので、どうして、その中で深さ浅さがわかりましょう。五人の中で、私が望む物を見せて下さる方に、ご愛情が勝っているとして、お仕えいたしましょうと、そこにいらっしゃる方々に申し上げて下さい」と言う。翁は、「結構なことです」と承諾した。

【校異】

①まろたか―もろたか　②いかばかり―かはかり

【語釈】

一　おろかなる―おろそかな。いいかげんな。

二　用なき―「要《えう》なき」「益《やう》なし」と解する説もある。

三　色好み―恋の道に通じている者。和歌や管絃に秀でた風流人で、単なる漁色家ではない。
四　その名―以下の五人の貴公子については、実在の人物がモデルになっているという説がある↓補注。
五　みむらじ―実在の人名「御主人（みうし・みあるじ）」の転であろう。『源氏物語』「絵合」では「おほし」。
六　大納言一人は〜中納言一人は―「一人は大納言〜一人は中納言」の誤りか。
七　まろたか―底本「もろたか」。五八頁には「まろたか」とある。十行本「もろたり」、武藤本「まろたり」、新井本「まろたふ」など、異同が多い。
八　わび歌―苦しい恋の悩みを詠んだ歌。
九　はたたく―「はたた」は擬音語。雷が激しく鳴り響く。
一〇　願を立て―かぐや姫へのやみがたい恋心を静めてくれるよう、神仏に祈るのである。参考「恋せじと御手洗川にせしみそぎ神はうけずもなりにけるかな」（伊勢・六五段）。
一一　心ざし―愛情。以下、この語が会話のキーワードとして頻出する点に注意。
一二　見え歩く―「見え」は、そのように人から見られるようにする、の意。
一三　仏、変化の人―神仏が人の姿をとってこの世に現れたもの。
一四　これほど―武藤本、十行本「こゝら」。
一五　年七十に余りぬ―後に「翁、今年は五十ばかりなりけれども」（八一頁）とある記述との矛盾が問題とされてきた。かぐや姫を説得するための方便とみる説もある。しかし、ここは翁の会話文中のことばであり、後者は地の文である。かぐや姫が「三月ばかりになるほどに、よきほどなる人にな」（一一頁）ったとあるのに注目したい。すなわち、実際には五十歳なのだが、かぐや姫の急速な成長を目にした翁は、多くの歳月が流れ、ずいぶんと年老いてしまったかのように錯覚しているのである。
一六　門広く―一族が繁栄する。参考「これ（源仲澄）はなり出でぬべく、門をも広げ、氏をも継ぐべき」（うつほ・あて宮）、「そこ（夕霧）にこそは、門は広げ給はめ」（源氏・幻）。
一七　なんでふ―「なんといふ」の転。どうして。
一八　一人一人―「一人」の強調表現。複数いるうちの、誰か一人。参考「一人一人に婚ひなば、いま一人が思ひは絶えなむ」（大和・一四七段）。
一九　あだ心―「あだ」は、実のない、浮気な、の意。参考「いとまめにじちようにて、あだなる心なかりけり」（伊勢・百三段)、「あだなる男、色好み、二心ある人にかかづらひたる女」(源氏・若菜下)。

二〇 世のかしこき人なりとも、深き心ざしを知らでは、婚ひがたし―参考「語ヲ寄ス世間ノ豪貴ノ女ニ、夫《つま》ヲ択《えら》ババ意《こころ》ヲ看《み》、人ヲ見ルコト莫《なか》レト」(紀長谷雄・貧女吟)。

二一 そもそも―漢文訓読系の語。

二二 ゆかしき―「ゆかし」は、ある対象に心がひきつけられるさまを表す。見たい、聞きたい、知りたい、などの意。

【補注】

† 五人の貴公子の名 『日本書紀』持統十年(六九六)十月二十二日条に「正広参《しやうくわうさむゐ》位右大臣丹比真人《たぢひのまひと》ニ資人《つかひびと》一百二十人、正広肆《し》大納言阿部朝臣御主人《みうし》、大伴宿禰《すくね》御行《みゆき》ニハ並ニ八十人、直広壱《ぢきくわういち》石上朝臣麻呂、直広弐《に》藤原朝臣不比等ニハ並ニ五十人ヲ仮賜《たま》フ」と名の見える五人は、いずれも壬申の乱で天武に従った功臣であり、加納諸平『竹取物語考』は、彼らを五人の求婚者のモデルに比定している。このうち、阿部御主人・大伴御行・石上麻呂の三人は、作中人物の名とほぼ一致する。不比等・丹比真人には、それぞれ車持の皇子・石作の皇子が該当するという。「不比等公は、実は、天智天皇の皇子に坐《いま》せり。さて、御母車持与志古娘とあるにつけて按《かんが》ふに、車持の皇子は、即ち、不比等公にして、母の姓車持を以て、名とし給へるなるべし……本文に心たばかりある人といへるは、律令などを選びたまひ、政に深く力を尽されたるをもて、書けるなるべし」、「公の父王も、乳母の氏によりて、多治比王と申ししを、乳母のゆかりある石作氏を以て、島真人を養はせしかば、石作のみことも云へるなるべし。又、もと、石作氏の生めるみこなるを、其同族丹治氏等の上となりてより、丹治と改めたるにても有るべし」と考証する。「天下の執政ながら、色好なるを、誹《そし》りて作れる書」としてこの物語をとらえるところから、モデル論を展開していくのである。作者の諷刺はともかく、国史の記述から想を得たことは確実であろう。

翁、貴公子たちとの結婚を姫にすすめる

【鑑賞】前段で「世界のをのこ、あてなるもいやしきも」と語られていた求婚者たちが、しだいに姫との結婚を諦め脱落していくなかで、「色好みと言はるる人五人」が残った。この五人については、【補注】にも記したように、壬申の乱における天武方の功臣がモデルといわれる。

この段では、独身を続けるかぐや姫と、何とかして結婚させようとする翁の会話が重要である。いくつかのキーワードの応酬を通じて、二人の会話が展開していく。まず翁が、「変化の人」とはいうものの、あなたを立派に成人させた私の「心ざし」―愛情はなみなみではありません、と切り出す。「変化の人」とはやや異例で、姫自身の言葉にあるように「変化の物」とあるのが普通であるが、姫をいとしい我が子と見なしている翁ならではの表現といえよう。実の親として慕っているとする姫の言葉に気分を良くした翁は「この世の人は、男は女に婚ふことをす、女は男に婚ふことをす」という、「この世」の道理を説き聞かせる。さらに言葉を費やして説き伏せようとする翁に対し、かぐや姫は、人々の「心ざし」を見極めた上でなくては、後悔するばかりです、とあくまでも結婚を回避しようとする。軽率な結婚を戒めた、紀長谷雄『貧女吟』の末尾「語ヲ寄ス世間ノ豪貴ノ女ニ、夫ヲ択ババ意ヲ看、人ヲ見ルコト莫レト」

によく似た、重みある姫の言葉である。以下、「心ざし」が繰り返されるが、姫に「ゆかしき物」を見せてくれた者を「御心ざし勝りたり」と認めて結婚する、ということで話がまとまる。なお、この物語の会話文は「言はく（言ふやう）『……』と言ふ」という形式が多く、古風なやや硬苦しい印象を与えるが、これは漢文訓読に由来するものである。同じく男性知識人の手になるとおぼしい『うつほ物語』や『落窪物語』にもみられる。

　求婚譚と「心ざし」のかかわりでは、『大和物語』一四七段も注目される。「人の心ざしの同じやうなる」、資質も愛情も同等の二人の男から求愛され、「思ひわづらひて」生田川に身を投げた美しい乙女の悲劇である。

三　仏の御石の鉢――石作の皇子

　日暮るるほど、例の集まりぬ。人々、[一]あるいは笛を吹き、あるは歌を歌ひ、あるは[二]唱歌《しやうが》をし、あるいは[三]うそを吹き①、[四]扇を鳴らしなどするに、翁出でて言はく、「かたじけなく、穢《きたな》げなる所に年月を経てものし給ふこと。[五]ありがたくかしこまる」と申す。「『翁の命、今日明日とも知らぬを、かくのたまふ君たちにもよく思ひ定めて仕うまつれ』と申すも、『ことわりなり。いづれも劣り勝り[六]おはしまさねば。御心

　日が暮れる頃、いつものように求婚者たちが集まって来た。ある者は笛を吹き、ある者は歌を歌い、ある者は唱歌をし、ある者は口笛を吹き、ある者は扇を鳴らしたりしているところに、翁が出て来て、言うには、「恐れ多くも、こんな見苦しい所に、長年にわたってお越し下さることです。ありがたく恐縮に存じます」と申し上げる。「『この爺の寿命は、今日明日ともわからないのだから、このようにおっしゃる殿方に、よく判断してお仕え申し上げよ』と申したところ、『それも道理です。どなたも優劣がおありで

ざしのほどは見ゆべし。仕うまつらむことはそれになむ定むべき』と言へば。これよきことなり。人の恨みもあるまじ」と言ふ。五人の人々も、「よきことなり」と言へば、翁入りて言ふ。

かぐや姫、「石作の皇子には、[七]仏の御石《みいし》の鉢《はち》といふ物あり、それを取りて給へ」と言ふ。「車持の皇子には、東の海に[八]蓬莱《ほうらい》といふ山あるなり、それに白銀《しろかね》を根とし、黄金を茎とし、白き玉を実として立てる木あり、それ一枝折りて給はらむ」と言ふ。「[九]いま一人には、唐土《もろこし》にある[一〇]火鼠《ひねずみ》の皮衣《かはぎぬ》を給へ。大伴の大納言には、[一一]龍《たつ》の首に五色に光る玉あり、それを取りて給へ。石上の中納言には、[一二]燕《つばくらめ》の持たる子安《こやす》の貝取りて給へ」と言ふ。翁、「難きことにこそあなれ。この国にある物にもあらず。かく難きことをばいかに申さむ」と言ふ。かぐや姫「何か難からむ」と言へば、翁、「ともあれかくもあれ、申さむ」とて、出でて、「かくなむ。聞こゆるやうに見せ給へ」②と言へば、皇子たち、[一三]上達部《かんだちめ》聞きて、「[一四]おいらかに、『あたりよりだにな歩きそ』とやは

ないので。（望みの品を持ってきて下されば）ご愛情のほどはわかるでしょう。お仕えすることは、それによって決めましょう』と娘が言うので。これは名案です。人の恨みも負わないでしょう」と言う。五人の人々も、「望むところだ」と言うので、翁は、家の奥に入って、姫にその旨を伝える。

かぐや姫は、「石作の皇子には、仏の御石の鉢という物がありますから、それを取って、下さい」と言う。「車持の皇子には、東の山に蓬莱という山があるそうですが、そこに、銀を根とし、金を茎とし、白い宝玉を実として立っている木がありますので、その一枝を折り取って頂きましょう」と言う。「もうお一方には、唐土にある火鼠の皮衣を下さい。大伴の大納言には、龍の首に五色に光る宝玉がありますので、それを取って、頂きます。石上の中納言には、燕の持っている子安貝を取って、お持ち下さい」と言う。翁は、「難しそうですね。この日本の国にある物でもない。こんな難題を、どう申し上げたらよいか」と言う。かぐや姫、「どうして難しいことがありましょうか」と言うので、翁は、「ともかく、申し上げよう」と言って、出て来て、「娘がこのように申し上げております。申し上げました通りに、その品をお見せ下さい」と言うので、皇子

のたまはぬ」と言ひて、倦《う》んじて皆帰③りぬ。

なほ、この女見では世にあるまじき心地のしければ、[一五]④天《てん》竺《ぢく》にある物も持て来ぬものかは、と思ひめぐらして、石作の皇子は[一六]心のしたくある人にて、天竺に二つとなき鉢を、[一七]百千万里のほど行きたりとも、いかでか取るべきと思ひて、かぐや姫のもとには、「今日なむ、天竺へ石の鉢取りにまかる」と聞かせて、[一八]三年ばかり、大和の国、[一九]十市《とをち》の郡《こほり》にある山寺に、[二〇]賓頭盧《びんづる》の前なる鉢の[二一]ひた黒に墨つきたるを取りて、錦の袋に入れて、造り花の枝につけて、かぐや姫の家に持て来て見せければ、かぐや姫、あやしがりて見れば、鉢の中に文あり。広げて見れば、

[二二]うみ山の道に心をつくし果てないしのはちの涙⑤ながれ
けり

かぐや姫、[二三]光やあると見るに、螢ばかりの光だになし。

[二四]おく露の光をだにもやどさましをぐらの山にて何求め
けむ

とて返し出だす。鉢を門に捨てて、この歌の返しをす。

たち、上達部はこれを聞いて、「どうせなら、『この近くを通ることとさえしてくれるな』とはおっしゃって下さらぬのか」と言って、困り果てて、皆帰ってしまった。

やはり、この女と結婚しなくては、この世に生きていけない気持ちになるので、天竺にある物でも持って来ずにおくものかと思案を重ねて、石作の皇子は、目端の利く性格の人で、天竺に二つとない鉢を、百千万里の果てまで行ったとしても、どうして手に入れられようかと思って、かぐや姫の許には、「今日、天竺に石の鉢を取りに出かけます」と伝えて、三年ほどたってから、大和国は十市の郡にある山寺の、賓頭盧像の前にある鉢で真っ黒にすすけたのを取って、錦の袋に入れて、造花の枝に結びつけて、かぐや姫の家に持って来て、見せたので、かぐや姫が不審に思って見ると、鉢の中に手紙がある。広げて見ると、

うみ山の…（石の鉢を求めて、筑紫を発ってつらい海山の旅を続けているうちに精魂も尽くし果てて、血の涙を流しては泣いたことでした）

かぐや姫が、光はあるかしらと思って見ると、螢ほどのわずかな光さえも発しない。

おく露の…（せめて置く露ほどの光だけでもあればよかったのに。「小暗」いとかいう小倉の山で何をお捜

[二五]白山《しらやま》に逢へば光の失するかとはち[二六]を捨てても頼[二七]まるる
かな

と詠みて入れたり。かぐや姫、返しもせずなりぬ。耳にも聞き入れざりければ、言ひかかづらひて帰りぬ。かの鉢を捨ててまた言ひけるよりぞ、[二八]面《おも》なきことをば「はぢを捨⑥つ」とは言ひける。

しだったのでしょう）

と言って、突き返す。皇子は、鉢を門の辺りに捨てて、この歌の返歌をする。

白山に…（白山のように美しく光り輝くあなたと出逢って、そのまばゆさに光が打ち消されたのかと思って鉢を捨てましたが、やはり恥をかなぐり捨ててもあなたを頼みにしております）

と詠んで、家の中に入れた。かぐや姫は、返事もしなくなってしまった。耳にも聞き入れないので、皇子は言いあぐねて帰ってしまった。あの鉢を捨てても、さらに言い寄ったことから、厚かましいことを、「はぢを捨つ」と言うようになった。

【校異】

①吹き—まき　②見せ給へ—見給へ　③帰りぬ—かへぬ　④天竺—てんち　⑤ながれけり—なかれけ　⑥捨つ—すつる

【語釈】

一　あるいは笛を吹き—以下、かぐや姫の気をひこうとする貴公子たちのふるまい。このあたり「あるいは」「あるは」が混用されているが、「あるいは」は「あるは」よりも漢文訓読的な性格が強いとされる。

二　唱歌—楽器の旋律を、譜（タ・ラ・ハ・ヤ行の記号）によって歌うこと。

三　うそを吹き—口笛を吹いて。

四　扇を鳴らし―扇を打ち鳴らして拍子を取る。

五　ありがたくかしこまる―語法やや不審。武藤本、十行本など諸本多く「きはまりたるかしこまり」。

六　おはしまさねば―以下、脱文があるか。新井本では「さだめがたし。ゆかしくおもひ侍るものゝ侍を見せ給はむに」とある。

七　仏の御石の鉢―「『西域記』ニ云ク、「波剌斯《ペルシア》国釈迦仏ノ鉢此ノ王宮ニ在リ。」『南山住持感応伝』ニ云ク、「世尊初メ成道ノ時、四天王仏ニ石鉢ヲ奉ル。唯世尊ノミ用ヒタマフコトヲ得、余人ハ持用スルコト能ハズ。如来滅度ノ後鷲山ニ安ス。白毫《びやくがう》ノ光ト共ニ利益ヲ為ス。」四天王各一つの石鉢を奉らるるを、仏四つを重ねておして一つとしたまへる鉢なり」（契沖・河社）。「『続博物誌』ニ「仏楼沙《フルシヤプラ》国ニ仏鉢有リ。三升許ヲ受ク。青玉也。或ハ曰ク青石ト。或ハ曰ク雑色ニシテ黒多シ。」……『水経注』ニ「西域ニ仏鉢有リ。今猶存ス。其ノ色青紺ニシテ光レリ」」（小山儀《ただし》・入江昌熹《まさよし》・竹取物語抄）。なお、『河社』に引く『南山住持感応伝』は『宣師住持感応』が正しい書名（山口敦史）。

八　蓬萊―古代中国で、遙か東方の海上にあるとされてきた神山。「渤海之東、幾億万里ナルヲ知ラズ、大壑《たいがく》有リ……其ノ中ニ五山有リ……五ニ曰ク蓬萊……其ノ上ノ台観ハ皆金玉、其ノ上ノ禽獣ハ皆純縞《じゆんかう》。珠玕《しゆかん》ノ樹皆叢生シ、華実皆滋味有リ、之ヲ食ヘバ皆老イズ死ナズ。居ル所ノ人ハ、皆仙聖ノ種ニシテ、一日一夕、飛ンデ相往来スル者、数フ可カラズ」（列子・湯問篇）→補注。

九　いま一人―阿部のみむらじを指すが、五人中三番めの人物に対し、この言い方は不自然。『今昔』説話（→付録【八】）などと関連して、本来の求婚者が三人であったことの痕跡と見る説がある。

一〇　火鼠の皮衣―「『神異記』ニ云ク。火鼠〈比爾須美〉。其ノ毛ヲ取リ、織リテ布ト為ス。若シ汚ルレバ火ヲ以テ之ヲ焼キ、更ニ清潔ナラシム」（和名抄）、「『呉録』ニ云ハク、日南ノ北景県ニ火鼠有リ。毛ヲ取リテ布ト為ス。之ヲ焼キテ精シ、火浣布《くわくわんぷ》ト名ヅク。『捜神記』ニ云ク、崑崙《こんろん》ノ墟ニ炎火ノ山有リ。山上ニ鳥獣草木有リ、皆炎火ノ中ニ生ズ。故ニ火浣布有リ。此レ山ノ草木ノ皮ニ非ズ、則チ獣ノ毛也」（河社）。「火浣ノ布ハ、之ヲ洗フニ必ズ火ニ投ズ。布ハ則チ火色ニシテ、垢ハ則チ布色。火ヨリ出シテ之ヲ振ヘバ皎然《かうぜん》トシテ雪ニ疑タリ」（列子・湯問篇）。なお火浣布については、石綿（アスベスト）のこととする、平賀源内『火浣布略説』の考証がある。

一一　龍の首に五色に光る玉―「夫《そ》レ千金ノ珠ハ、必ズ九重ノ淵ノ、而《しか》モ驪《り》龍《りよう》ノ頷下《がんか》ニ在リ」（荘子・雑篇・列禦寇《れつぎよこう》）。「五色」は、青・赤・黄・白・黒。

一二　燕の持たる子安の貝―「『史記』三代世表第一ニ云、詩伝曰、湯之先ハ契ト為。父無シテ生ル。契ガ母ト姉妹ト玄丘ノ水ニ浴ス。燕有テ卵ヲ銜《ふくみ》テ之ヲ堕ス。契ガ母故ニ之ヲ含ム。誤テ之ヲ呑テ、即チ契ヲ生メリ」（河社）、「『三才図絵』に、「石燕ハ零陵郡ニ出ヅ。形ハ蚶《あかがひ》ニ似テ小シ。或ハ云フ、山洞中ニ生ジ、雷雨ニ因リ則チ飛出テ沙上ニ堕テ化シテ石ト為ル。今人以テ生ヲ催ス。婦ヲシテ産スルトキ両手各一枚ヲ握レバ須臾《しゆゆ》ニ子即下ル。採ニ時無シ」と有は、燕の石に化たるにて、握持て産の安きは似たれども、貝にはあらず。また、『西京雑記』に、「元后家ニ在シトキ、嘗《かつ》テ白燕有リ。白石ノ大サ指ノ如ナルヲ含デ、后ノ績筐ノ中ニ墜ス。后之ヲ取レバ石自ラ剖《さき》テ二ト為ル。其中文有リテ曰、天地ニ母タリ。后乃《すなは》チ之ヲ合ス。遂ニ復タ還合フ。乃チ宝トシテ録ス。後皇后ト為ル」云々、是は、燕の持たる物なる事は似たれど、貝にあらず。又『酉陽雑俎《いうやうざつそ》』に、「段成式ガ群従言ルコト有リ。少時嘗テ鳥巣ヲ毀《こぼ》チ一黒石ヲ得。大サ雀卵ノ如シ。円滑ナリ。愛ス可シ。後偶《たまたま》醋器《さくき》ノ中ニ置ク。忽《たちまち》ニ石ノ動ヲ覚エ、徐ニシテ之見レバ四足有リ。綖《ひも》ノ如シ。之ヲ挙テ足亦随テ縮リヌ」。是は、鳥巣ノ中に物有事は似たれど由なし。『本草綱目』に、「時珍曰、云々、人白燕ヲ見レバ貴女ヲ生コトヲ主ル。故ニ燕ニ天女ト名ヅク」などあれば、燕は産の事に故有事多し、正しく当れる事はなけれど、右等の書どもを思て、子安貝と云物もあれば、引合て作れるなるべし」（田中大秀・竹取翁物語解）。

一三　上達部―公卿。摂政・関白・太政大臣・左大臣・右大臣・大納言・中納言・参議および三位以上の貴族。

一四　おいらかに―「おいらか」は、素直で穏やか、の意。連用形では、副詞的に用いられ、いっそのこと、の意を含むことがある。「おいらかに否と言はましかば、さてもやみなまし」（落窪・巻二）。ここもその例。

一五　天竺―インドの古称。震旦（中国）・本朝（日本）とあわせて三国という。

一六　心のしたくある人―先のことまで見通す人。勘定高い性格の人。

一七　百千万里―「里」は、距離の単位。令制では、一里は五町（約五四五メートル）だが、一般的には六町（約六五五メートル）、また平安時代以降は、三六町（約三・九キロメートル）とされた。新井本「八千里」。

一八　三年―いわゆる神聖数の「三」。

一九　十市の郡にある山寺―現在の奈良県桜井市付近。ことさらに山の名を出さない点に注意。

二〇　賓頭盧―釈迦の弟子、十六羅漢の第一尊者。寺院の食堂に像が置かれ、食物が供えられた。

二一　ひた黒―「ひた」は、ある性質や状態が徹底していることを表す接頭語。

二二　うみ山の～涙ながれけり―「うみ」に「憂み」「海」、「つくし」に「尽くし」と「筑紫」、「ないし」に「泣いし」(「泣きし」のイ音便)と「石」、「はち」に「鉢」と「血」、「ながれ」に「流れ」「泣かれ」を掛ける。「血の涙」は、激しい悲しみの涙で、「紅の涙」とも。漢語に由来する語で、『俊頼髄脳』は、卞和《べんわ》という玉造が罰せられ「血の涙流して、夜昼泣」いた故事(韓非子)を引く。「哀慟《かなしび》に敢《あ》へず、血の泣襟《なみだころものくび》に漣《なが》れぬ」(万葉集・巻一六・三七八六題詞)、「血の涙落ちてぞたぎつ白川は君が世までの名にこそありけれ」(古今集・哀傷・八三〇・素性)。新井本「……みちに心はつくしてき……なかれき」。

二三　光やある―前掲『南山住持感応伝(宣師住持感応)』『水経注』には、鉢が光を発するとある。光の有無が真贋の目印。

二四　おく露の～何求めけむ―先に「十市の郡にある山寺」とあった地名をここで種明かしする。「夕されば小倉の山に鳴く鹿は今夜は鳴かず寝ねにけらしも」(万葉集・巻八・一五一一・舒明《じょめい》天皇)。平安和歌における小倉山は山城国の歌枕であるが、この例と同じく「小暗」と掛詞になることが多い。「大堰《おほゐ》川《がは》浮かべる舟の篝火にをぐらの山も名のみなりけり」(後撰集・雑一・一二三一・在原業平)。新井本「おく露のひかりをただぞやどさましをぐら山までなにたづねけん」。

二五　白山―越前国の歌枕。「消えはつる時しなければ越路なる白山の名は雪にぞありける」(古今集・羇旅・四一四・凡河内躬恒)のように、その万年雪がしばしば詠まれる。ここでは、かぐや姫を、美しく輝く白山にたとえる。御前峰頂上の白山比咩《ひめ》神社の十一面観音は有名で、『枕草子』「職の御曹司におはしますころ」の段にもその名が見える。あるいは、かぐや姫を観音にたとえたと解すべきか。

二六　はちを捨てても―「はち」は「鉢」と「恥」の掛詞。

二七　頼まるるかな―新井本「なげかるゝかな」。

二八　面なき―恥知らずの、あつかましい。上代は、恥ずかしくて人に合わせる顔がない、の意だったが、中古になって正反対の意味になった。

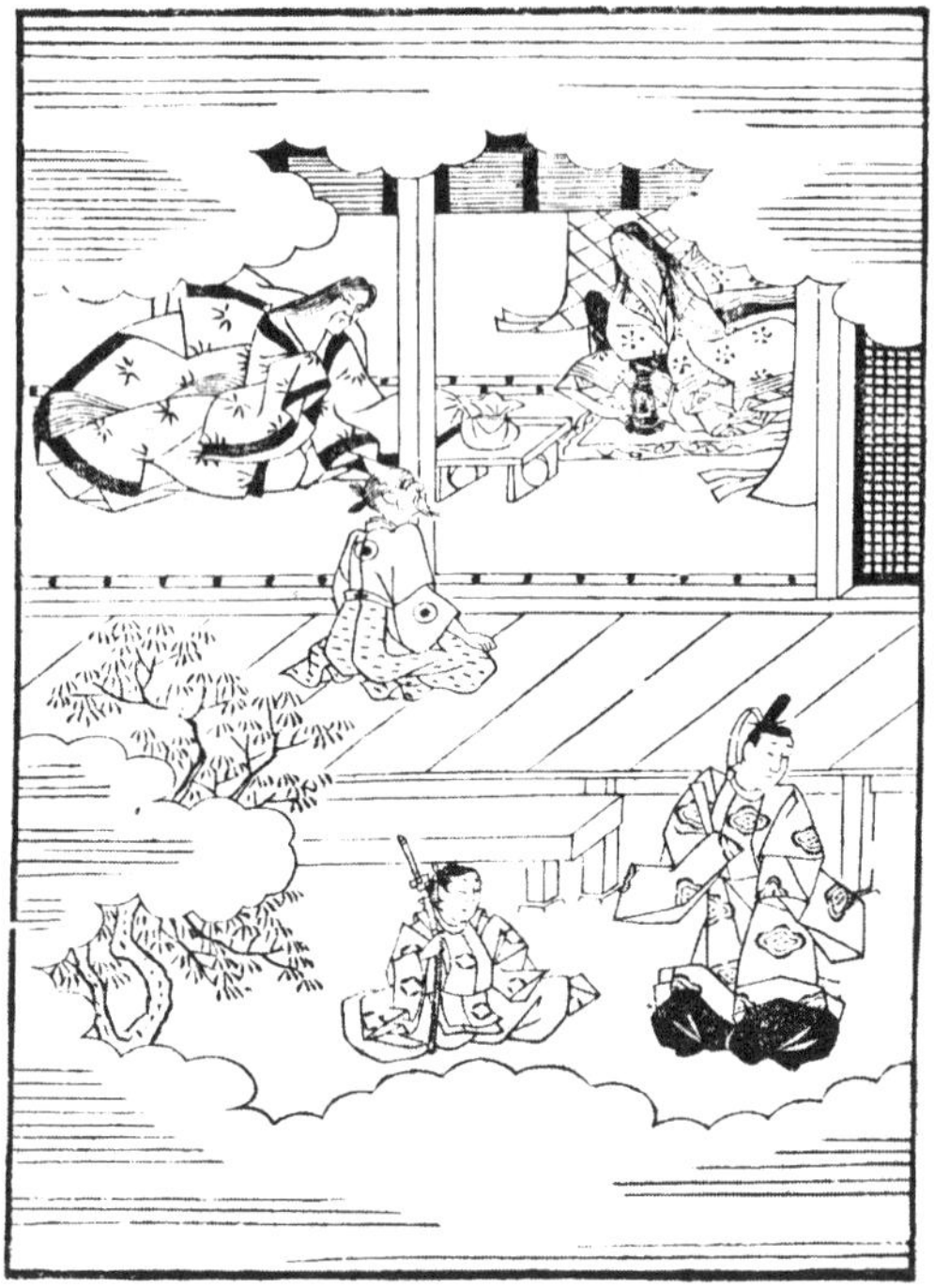

石作の皇子、偽の鉢をさし出す

【鑑賞】神話や昔話には、難題求婚譚（難題婿）という話型がある。難題を解決した者が、その知力や勇武を認められ、美しい姫君との結婚を許される、というパターンで、姫や神仏の援助を得て試練を克服することも多い。『古事記』のオホナムヂ（オホクニヌシ）がスサノヲの出す難題に応えてその娘スセリビメを得た話などはその典型である。『竹取物語』の難題求婚譚も一応この話型を踏まえているが、その内実はかなり異なる。かぐや姫が求めた品々は、いずれもこの世にあり得ない物であり、むしろ求婚を退けるための方便である。また、姫からの支援も得られない。男たちが失敗するのは当初からわかりきったことだが、いかにその失敗を面白く語っていくかが作者の腕の見せ所といえよう。【語釈】に示したように、ここに挙げられている品々は、多く漢籍や仏典に見られるもので、作者の知識の幅広さがうかがえる。しかも、『今昔物語集』（↓付録【八】）の難題とは大きく異なっているのも重要である。求婚譚は、作者の想像力が飛翔した、説話の「自由区域」（柳田国男「竹取翁」）に他ならない。

　最初の求婚者は「心のしたくある人」石作の皇子である。このように、あらかじめ人物像や性格が規定され、それに従って行動していく、という方法は、後の「心たばかりある人」車持の皇子、「財《たから》豊かに家広き人」阿部のみむらじの造型にも共通する。しかしながら、石作の皇子の計略はあまりにも稚拙で、かぐや姫に鉢の出所までも言い当てられてしまう。石作の皇子の挿話は、他に比べて短い。また、最も身分の高い皇子に敬語が用いられていないのが不審である。漢文による原『竹取』の存在の根拠とする説もあるが、作者がまだ仮名文を書くことに習熟していないことを示すものと理解しておけば充分であろう。

四　蓬莱の玉の枝――車持の皇子

車持の皇子は、[一]心たばかりある人にて、朝廷《おほやけ》には、[二]「筑紫《つくし》の国に[三]湯浴《ゆあ》みにまからむ」とて、暇《いとま》申して、かぐや姫の家には、「玉の枝取りになむまかる」と言はせて、下り給ふに、仕うまつるべき人々、皆、[四]難波《なには》まで御送りしける。皇子、「いと忍びて」とのたまはせて、人もあまた率《ゐ》ておはしまさず、近う仕うまつる限りして、出で給ひ、御送りの人々、見奉り送りて帰りぬ。おはしましぬと人には見え給ひて、三日ばかりありて漕ぎ帰り給ひぬ。

車持の皇子は、謀《はかりごと》にたけた人で、朝廷には、「筑紫の国に湯治に出かけます」と言って休暇を願い出て、一方、かぐや姫の家には、「玉の枝を取りに行きます」と使者に言わせて、下向なさるので、お仕えする人々は皆、難波までお見送りしたのだった。皇子は「ごく内密に」とおっしゃって、伴も多くは連れていらっしゃらない。お側にお仕えしている者だけを伴ってお発ちになり、見送りの人々は、見届け申し上げて帰っていった。皇子は出発なさったと人々に見せかけ、三日ほどたってから、漕ぎ帰りなさった。前もって、なすべきことはすべてお命じになっていたの

かねて、こと皆仰せたりければ、その時[五]一つの宝なりける[①]鍛冶、匠、六人を召し取りて、たはやすく人寄り来まじき家を造りて、竈《かまど》を三重にしこめて、[②]匠らを入れ給ひつつ、皇子も同じ所に籠もり給ひて、[六]知らせ給ひたる限り十六、そを、上《かみ》に[七]くどを開けて、玉の枝を作り給ふ。

かぐや姫のたまふやうに違はず作り出でつ。[八]いとかしこくたばかりて、難波に[九]みそかに持て出でぬ。「船に乗りて帰り来にけり」と殿に告げ遣りて、いといたく苦しがりたるさましてゐ給へり。迎へに人多く参りたり。玉の枝をば、[一〇]長櫃《ながびつ》に入れて、物覆ひて持て参る。いつか聞きけむ、「車持の皇子は、[一一]優曇華《うどんげ》の花持て上り給へり」とののしりけり。これをかぐや姫聞きて、我はこの皇子に負けぬべしと胸つぶれて思ひけり。

かかるほどに、門を叩きて、「車持の皇子おはしたり」と告ぐ。「旅の御姿ながらおはしたり」と言へば、会ひ奉る。皇子のたまはく、「『命を捨てて、かの玉の枝持て来たる』とて、かぐや姫に見せ奉り給へ」と言へば、翁持ちて

で、当時一流の、宝とも言うべき鍛冶工匠六人を召集なさって、たやすく人が近寄れない家を造り、竈の周りを三重に囲い籠めて、工匠たちをお入れになり、皇子も同じ所にお籠もりになっては、企てをお知らせになった者ばかり十六人、それを（お召しになって）、工房の上方にわずかに通風口を開けて、玉の枝をお作りになる。

かぐや姫のお求めになったのと寸分も違わず拵《こしら》え上げた。実に巧妙に策をめぐらして、難波にこっそり持ち出した。「船に乗って帰って来た」と、自分の邸に連絡させて、実にひどく苦しがっている様子で、留まっていらっしゃる。お迎えに人々がたくさん参上した。玉の枝を長櫃に入れ、織物で覆って、持参する。いつ聞きつけたのか、世間では「車持の皇子は、優曇華の花を持って上京なさった」との噂でもちきりなのだった。これを、かぐや姫は耳にして、私はこの皇子に負けてしまうに違いないと、胸がつぶれるような沈鬱な思いでいたのであった。

こうしているうちに、翁の邸の門を叩いて、「車持の皇子がいらっしゃいました」と皇子の従者が告げる。「旅のお姿のままでお出でになった」と言うので、翁がお会い申し上げる。皇子がおっしゃることには、「『命を捨てるような思いまでして、あの玉の枝を持って来た』と言って、か

入りたり。この玉の枝にぞつけたりける。

[一二]いたづらにみはなしつとも玉の枝を手折③らでさらに帰
らざらまし

これをも、[一三]あはれとも見でをるに、竹取の翁、走り入りて言はく、「この皇子に申し給ひし蓬萊の玉の枝を、一つの所をあやまたず持ておはしませり。何をもちて、とかく申すべき。旅の御姿ながら、我が御家へも[一四]寄り給はずしておはしましたり。はや、この皇子に婚ひ仕うまつり給へ」と言ふに、物も言はず、[一五]頰杖《つらづゑ》をつきていみじく嘆かしげに思ひたり。

この皇子、「今さへ何かと言ふべからず」と言ふままに、縁《えん》に這《は》ひ上り給ひぬ。翁、ことわりに思ふ。「この国に見えぬ玉の枝なり。この度は、いかでかいなび申さむ。人ざまも、よき人におはす」など言ひゐたり。[一六]かぐや姫の言ふやう、親ののたまふことを、[一七]ひたぶるにいなび申さむことのいとほしさに、取り難き物をかくあさましく持て来たることを、ねたく思ひ、翁は閨《ねや》の内のしつらひなどす。

ぐや姫にお見せ下さい」と言うので、翁はその品を持って奥に入った。この玉の枝に、手紙がつけてある。

いたづらに…（むなしく我が身を滅ぼしたとしても、玉の枝を手折らずには、決して帰って来なかったでしょう）

かぐや姫は、この手紙をも興味もなさそうに見ているが、竹取の翁が、部屋に駆け込んできて言うには、「この皇子にお願い申し上げなさった蓬萊の玉の枝を、寸分の違いもなく持ってお越しになりました。何にかこつけて、あれこれお断り申し上げられましょう。旅のお姿のままで、ご自分のお邸にもお立ち寄りにもならずお出で下さったのです。早く、この皇子と結婚してお仕え申し上げなさい」と言うが、かぐや姫は、物も言わず、頰杖をついて、たいそう嘆かわしそうに思い沈んでいる。

この皇子は、「この期に及んで、つべこべ言ってはならぬ」と言うまま、縁側に這い上りなさった。翁は、それももっともだと思う。「この国には見られない玉の枝です。今度ばかりは、どうしてお断り申し上げられよう。人柄もよい方でいらっしゃる」などと言って坐っている。かぐや姫の言うには、親のおっしゃることを、頑《かたく》なにお断り申し上げることがお気の毒なので、手に入れられそうもない物

翁、皇子に申すやう、「いかなる所にか、この木は候《さぶら》ひけむ。あやしく、一八うるはしく、めでたき物にも」と申す。皇子答へてのたまはく、「さをととしの二月の十日ごろに、難波より船に乗りて、海の中に出でて、行かむ方も知らずおぼえしかど、思ふことならで、世の中に④生きて何かせむと思ひしかば、ただ空しき風にまかせて歩く。命死なば、いかがはせむ、生きてあらむ限り、かく歩きて蓬萊といふらむ山に逢ふやと、海に漕ぎ漂ひ歩きて、我が国の内を離れて歩きまかりしに、一九ある時は、浪荒れつつ海の底にも入りぬべく、ある時には、風につけて知らぬ国に吹き寄せられて、鬼のやうなる物出で来て殺さむとしき。ある時には、来し方行く末も知らず、海にまぎれむとしき。ある時には、二〇糧《かて》尽きて草の根を食ひ物とし、ある時は、⑤言はむ方なくむくつけげなる物の来て食ひかからむとしき。ある時は、海の貝を採りて命を継ぐ。旅の空に、助け給ふべき人もなき所に、色々の病をして二一行く方そらもおぼえず。船の行くにまかせて海に漂ひて、五百日といふ、二二辰の刻ばかりに、

を（求めたのに）、こうして意想外にも持ってきたことを、妬ましく思っているうちに、翁は、寝室の準備などをする。

翁が皇子に申し上げるには、「どのような所に、この木はございましたのでしょうか。不思議なほどきれいで結構な品でございますな」と申し上げる。皇子が答えておっしゃるには、「一昨々年の二月の十日頃に、難波から船に乗って、大海原に出て、目指す方向もわからず不安に思われましたが、願いが成就せずにはこの世に生きていてもしょうがないと思ったので、ただ、あてのない風に身を任せてさすらいました。命が絶えたらしかたないが、生きている限りはこうして航海を続け、ついには蓬萊とかいう山に辿り着くかもと、海を漕ぎ漂い、我が国の領海を離れて行きましたが、ある時には、浪が荒れては海の底に沈みそうになり、ある時には、風向のままに知らぬ国に吹き寄せられて、鬼のような怪物が出て来て、私を殺そうとしました。ある時には、来た方角も行く先もわからず、海に呑まれそうになりました。ある時には、食糧が尽きて、草の根を食物としました。ある時は、言いようもなく不気味な怪物どもが来て、私に食いかかろうとしました。ある時には、海の貝を採って命をつなぎました。あてどのない旅の途中で、助けて下さる人もない所で、いろいろな病気になり、どこ

海の中に[三三⑥]はつかに山見ゆ。船の内をなむせめて見る。海の上に漂へる山、いと大きにてあり。その山のさま、高くうるはし。これや我が求むる山ならむと思ひて、さすがに恐ろしくおぼえて、山のめぐりをさしめぐらして二三日ばかり見歩くに、天人の装ひしたる女、山の中より出で来て、白銀の[三四⑦]鋺《かなまり》を持ちて水を汲み歩く。これを見て、船より下りて、『この山の名を何とか申す』と問ふ。女、答へて言ふ、『これは蓬萊の山なり』と答ふ。これを聞くに、嬉しきこと限りなし。[三五]この女、『かくのたまふ、誰ぞ』と問ふ。[三六]『我が名は、はうかんるり』と言ひて、ふと山の中に入りぬ。その山を見るに、さらに登るべきやうなし。その山の[三七]そばひらをめぐれば、世の中になき花の木ども立てり。黄金、白銀、[三八]瑠璃《るり》色の水、山より流れ出でたる。それには、色々の玉の橋渡せり。そのあたりに、照り輝く木ども立てり。その中に、この取りて持てまうで来たりしは、いとわろかりしかども、のたまひしに違はましかばと、この花を折りてまうで来たるなり。山は、限りなく面白し。世にた

へ行くのかさえもわかりません。船の進むに任せて、海に漂い続け、五百日めという日の辰の刻ごろに、海上に、かすかに山が見えます。船の中から目を凝らして見ます。海の上に漂っている山が、とても大きく、そこにあります。その山の様子は、とても高くて美しい。これが私の捜していた山であろうかと思って、やはり恐ろしく思われて、山の周りを漕ぎ巡らせて、二三日ほど、様子をうかがっていると、天人の身なりをした女が、山の中から出て来て、銀の鋺を手にして、水を汲み歩いている。これを見て、船から下りて、『この山の名は何と申しますか』と尋ねます。女が答えて言うには、『これは、蓬萊の山です』と答えます。これを聞いて、すっかり有頂天になりました。この女は、『このようにおっしゃるあなたはどなたですか』と尋ねます。『私の名は、はうかんるり』と言って、すっと山の中に入ってしまいました。その山は、見たところ、まったく登れそうにありません。その山のかたわらを巡って行くと、この世にない花の木が立ち並んでいる。金、銀、瑠璃色の水が山から流れ出ている。そこには、色とりどりの宝玉の橋が渡してある。その近くに照り輝く木々が立ち並んでいる。その中で、この取って持って参りましたのはずっと見劣りするものでしたが、ご所望の品に違っていては

とふべきにあらざりしかど、この枝を折りてしかば、さらに心もとなくて、船に乗りて追風吹きて、四百余日になむまうで来にし。[二九]大願力《だいぐわんりき》にや、難波より昨日なむ都にまうで来つる。さらに、潮に濡れたる衣だに[三〇]脱ぎ替へなでなむ、立ちまうで来つる」とのたまへば、翁、聞きて、うち嘆きて詠める、

[三一]呉竹のよよの竹取野山にもさやはわびしき節《ふし》をのみ見し

これを皇子聞きて、「ここらの日ごろ、思ひわび侍りつる心は、今日なむ[三二]落ちゐぬる」とのたまひて、返し、

我が袂今日乾ければわびしさの千種《ちぐさ》の数も忘られぬべし

と⑧のたまふ。

かかるほどに、[三三]をのこども、六人連ねて庭に出で来。一人のをのこ、[三四]文挟《ふばさ》みに文を挟みて申す、「[三五]⑨内匠寮《たくみのつかさ》の匠、[三六]漢部《あやべ》のうちまろ、申さく、玉の木を作り仕うまつりしこと、[三七]五穀を絶ちて千余日に力を尽くしたること、少なか

と思って、この花を折って参りましたのです。山は、この上なく壮観でした。この世の物にたとえようもありませんでしたが、この枝を折ったので、ただもう気がせいて、船に乗って、追風が吹いて、四百日余りで、戻って参りました。御仏の大願力のおかげでしょうか、難波から、昨日、上京いたしました。まったく、潮に濡れた衣さえも脱ぎ替えずに、こちらに参上したのです」とおっしゃるので、翁はそれを聞いて、ため息まじりに詠んだ歌は、

呉竹の…（代々の竹取の者どもは、野山に竹を取りに出かけても、これほどつらい目ばかりを見たことがあったでしょうか）

これを、皇子が聞いて、「長い間つらく思っておりました心は、今日、ようやく落ち着きました」とおっしゃって、返しの歌に、

我が袂…（姫を思う涙と海の潮で濡れた私の袂は、念願かなって今日ついに乾いたので、これまでのつらい思いの数々も、おのずと忘れてしまうでしょう）

とおっしゃる。

こうしているうちに、男どもが六人連れ立って、庭に現れた。一人の男が、文挟みに申し文を挟んで、申し上げる、「内匠寮の工匠、漢部のうちまろが申し上げます、玉の木

らず。[三八]しかるに、禄《ろく》いまだ給はらず。これを給ひて、わろき家子《けこ》に給はせむ」と言ひて、ささげたる。竹取の翁、この匠らが申すことは、何ごとぞ、と[三九]傾《かたぶ》きをり。皇子は、我にもあらぬ気色にて肝消えゐ給へり。これをかぐや姫聞きて、「この奉る文を取れ」と言ひて、見れば、文に申しけるやう、

　皇子の君、千日いやしき匠らともろともに、同じ所に隠れゐ給ひて、かしこき玉の枝を作らせ給ひて、官《つかさ》も給はらむと仰せ給ひき。これを、このごろ、案ずるに、[四〇]御使ひとおはしますべきかぐや姫の要じ給ふべきなりけりと承りて。この宮より給はらむ。

と申して、「[⑩]給はるべきなり」と言ふを聞きて、かぐや姫、[四一]暮るるままに、思ひわびつる心地、[四二]笑ひ栄えて、翁を呼び取りて言ふやう、「まこと、蓬萊の木かとこそ思ひつれ。かくあさましき空言《そらごと》にてありければ、はや返し給へ」と言へば、翁、答ふ、「定かに作らせたる物と聞きつれば、返さむこと、いとやすし」と、うなづきをり。かぐや姫の心

を造らせて頂きましたこと、五穀を断って、千余日の間、尽力したことは、一通りではありません。にもかかわらず、ご褒美をいまだ頂戴しておりません。これを下賜願いまして、ふつつかな弟子どもにお恵み下さい」と言って、申し文を捧げている。竹取の翁は、この工匠どもが申し上げるのは何事だ、と首をかしげている。皇子は、すっかり我を失った心持で、肝をつぶしてお坐りになっている。これを、かぐや姫が聞いて、「この差し出している文を取れ」と邸の者に命じて、取って見ると、申し文に書いてある内容は、

　皇子の君は、千日間、卑賤の工匠どもと一緒に、同じ所に隠れていらっしゃって、見事な玉の枝を造らせなさって、官職も下さろうと仰せになられました。このことを近頃になって思案しますに、ご側室とおなりになるはずのかぐや姫がご所望の品に違いあるまい、と承りまして。このお邸からご褒美を頂戴いたしましょう。

と言上してあって、「ぜひとも頂戴いたします」と言うのを、聞いて、かぐや姫は、日が暮れるにつれて沈んでいた気持ちから一転、ほがらかに笑って、翁を呼び寄せて言うには、「本当に蓬萊の木かと思ってしまいました。このように呆れ果てた作り事だったのですから、早くお返しになって下さい」と言うので、翁が答える、「確かに作らせた

行き果てて、ありつる歌の返し、

まことかと聞きて見つれば言の葉を飾れる玉の枝にぞ
　ありける

と言ひて、玉の枝も返しつ。

竹取の翁、さばかり語らひつるが、さすがにおぼえて眠りをり。皇子は、立つも[四三]はした、ゐるもはしたにてゐ給へり。日の暮れぬれば、すべり出で給ひぬ。

かの愁へせし匠をば、かぐや姫、呼び据ゑて、「嬉しき人どもなり」と言ひて、禄いと多く取らせ給ふ。匠らいみじく喜びて、「思ひつるやうにもあるかな」と言ひて帰る。道にて、車持の皇子、血の流るるまで[四四]⑪打《ちゃう》ぜさせ給ふ。禄得しかひもなく、皆取り捨てさせ給ひてければ、逃げ失せにけり。

かくて、この皇子、「一生の恥、これに過ぐるはあらじ。女を得ずなりぬるのみにあらず、天下の人の思はむことの恥づかしきこと」とのたまひて、ただ一所[四五]深き山へ入り給ひぬ。[四六]宮司《みやづかさ》、候ふ人々、皆手を分かちて求め奉れども、御

贋物と聞いたので、返すのは、とてもたやすいことです」と、うなづいている。かぐや姫の心はすっかり晴れ晴れとして、先ほどの歌の返し、

まことかと…（本物かと、あなたの話を聞いて、玉の枝をじっくり見てみましたが、偽りの言葉を飾り立てた作り物の玉の枝だったのですね）

と言って、玉の枝も返した。

竹取の翁は、あれほど皇子と懇《ねんご》ろに語り合っていたことが、騙されていたとはいえ、やはりきまり悪く思われて、居眠りをきめこんでいる。皇子は、立っていても坐っていても居場所がないという様子で、その場にいらっしゃる。日が暮れたのに乗じて、こっそりお逃げになった。

あの愁訴をした工匠を、かぐや姫は呼び寄せて、「嬉しい人々です」と言って、褒美を実にたくさんお与えになる。工匠どもはたいそう喜んで、「期待していた通りになった」と言って、帰る。その途上、車持の皇子が現われ、工匠どもを血が流れるまで打ちのめしになられる。褒美を得たかいもなく、皇子がすべて奪い取り、お捨てになってしまったので、工匠どもは逃げ去ってしまった。

こうして、この皇子は、「一生の恥、これにまさるものはあるまい。女を得られなかっただけでなく、天下の人が、

死にもやし給ひけむ、え見つけ奉らずなりぬ。皇子の、御伴に隠し給はむ、とて年ごろ見え給はざりけるなり。これをなむ、[四七]「[⑫]たまさかなる」とは言ひ始めける。

130

【校異】
①鍛冶―うち　②匠―たくら　③手折らで―たをして　④生きて何か―いき何かて　⑤ある時は―有時　⑥はつかに―わつかに　⑦かなまり―かなまる　⑧のたまふ―の給ひ　⑨内匠―くもん　⑩給はるべき―給へき　⑪打ぜさせ―調させ　⑫たまさかなる―玉さかる

【語釈】
一　心たばかりある人―計略をめぐらす人、用意周到に事をすすめる人。
二　筑紫―筑前・筑後国。また広く九州全域をもいう。
三　湯浴み―湯治。大宰府近くの次田《すいた》温泉が古くから有名で、『万葉集』（巻六）には大伴旅人の歌も見える。「源実が筑紫へ湯浴みむとてまかりける時に」（古今集・離別・三八七・詞書）。
四　難波―現在の大阪市一帯。早くから港が発達した。
五　一つの宝―国宝級の。「一《いち》の宝」が本来の形か。
六　知らせ給ひたる限り―以下、本文の混乱が想定される。物語中、最も難解な箇所として知られる→補注。
七　くど―竈の後方に設けた煙出しの穴。「竈突　竈尾也　久止」（新撰字鏡）、「竈　文字集略云窻　竈後穿也」（和名抄）。
八　いとかしこくたばかりて―「心たばかりある人」と紹介された皇子の人物像に照応。

私を見て思うことが恥ずかしいことだ」とおっしゃって、ただお一人で、深い山にお入りになった。宮司や邸にお仕えしている人々が、皆手分けしてお捜し申し上げたが、お亡くなりになってしまったのであろうか、見つけ申し上げられないままになってしまった。皇子は、お供の者から我が身をお隠しなさろうとして、何年間も姿をお見せにならなかったのである。このことから、「たまさかなる」と言い始めたのであった。

九　みそかに―こっそりと。仮名文で用いられる語で、漢文訓読では「ひそかに」が用いられる。

一〇　長櫃―長方形の櫃。長持。棒を通して二人で担いで運ぶ。

一一　優曇華―三千年に一度咲くという花。人々は「蓬萊の玉の枝」と取り違えて噂しているが、『今昔』説話（↓付録【八】）との関連によるか。

一二　いたづらに〜帰らざらまし―直前の「命を捨てて、かの玉の枝持て来たる」の言葉を、あらたまって和歌に表現し直した趣である。「み」は「身」「実」の掛詞で、「実」は「枝」と縁語。新井本、第三句「たまのえに」、第五句「かへらましやは」。

一三　あはれとも見でをるに―心惹かれずにながめていたが。「見て」と清音に解する説もあるが従えない。かぐや姫は、玉の枝と皇子の和歌に、何となく虚偽を感じているのである。

一四　寄り給はずして―「ずして」は「で」に対し、漢文訓読的な言い回し。

一五　頰杖―ほおづえ。物思いに沈んでいるさま。悩ましげに頰杖を突いている女の姿は、「よもすがら物思ふ時の頰杖は腕たゆさも知らずぞありける」（伊勢集・一七三）など、屛風歌にも詠まれた。

一六　かぐや姫の言ふやう―以下、会話文から途中で心内文に切り換わっており、文脈が整わない。「「…いとほしさに」と、取り難き」と会話文の後に「と」一字を補う説もある。

一七　ひたぶるに―ひたすらに。一途に。

一八　うるはし―端正で美しい、壮麗だ、の意。後にも「うるはしき瑠璃を色へて」「宝と見え、うるはしきこと」（四二〜三頁）とあるように、異国的な雰囲気をもつものの形容となることがある。参考「（絵ニ描イタ楊貴妃ノ）唐めいたるよそひはうるはしうこそありけめ」（源氏・桐壺）。

一九　ある時は〜ある時には―「是ニ於テ舟人漁子、南ニ徂《ゆ》キ東ニ極《いた》ル。或トキハ黿鼉《げんた》ノ穴ニ屑没《せつぼつ》シ、或トキハ岑嶅《しんがう》ノ峯ニ挂罥《けいけん》ス。或トキハ裸人ノ国ニ掣掣洩洩《せいせいえいえい》シ、或トキハ黒歯ノ邦ニ汎汎悠悠ス。或トキハ乃チ萍《うきくさ》ノゴトク流レテ浮転シ、或トキハ帰風ニ因リテ以テ自ヅカラ反ル」（文選・巻一二・海賦）の表現を模したものという（竹取物語抄）。

二〇　糧―「糧　賀天」（和名抄）。

二一　行く方そらもおぼえず―「そら」は「すら」の意の副助詞で、漢文訓読語。新井本では、この後に「かへらむ所いづかたおぼえず」とある。

二二　辰の刻―午前八時を中心とする二時間。武藤本、十行本「たつの時」。

二三　はつかに―底本「わつかに」。物の一部分だけがかすかに見えるさま。数量の少なさをいう「わづか」とは、本来、別語。

二四　鋺―金椀。金属製のわん。「鋺　加奈麻利」（新撰字鏡）。

二五　この女―以下、女の問いに対し皇子の返答がなくやや不自然。「『かくのたまふ、誰ぞ』と（皇子ガ）問ふ」を挿入句とする説、「この女に」の誤りとする説もあるが、翁の手前、冗長さを避けた省略と見るべき。

二六　我が名は、はうかんるり―十行本などの「我名はうかんるり」によると、仙女の名は「はうかんるり」「うかんるり」両様に解せる。新井本は「わが名はこらんなり」。なお、この仙女の登場する場面は、記紀に見える、彦火火出見尊（山幸）の海神宮訪問の条に似る。「井上《ゐのほとり》ニ一ノ湯津《ゆつ》杜樹《かつらのき》有リ。枝葉扶疏《しきも》シ。時ニ彦火火出見尊《ひこほほでみのみこと》、其ノ樹下ニ就《ゆ》キ、徙倚彷徨《よろほひたたず》ミタマフ。良久《やや》シクシテ一ノ美人《よきをとめ》有リテ、闥《わきのみかど》ヲ排《おしひら》キテ出ヅ。遂ニ玉鋺《たままり》ヲ以チテ来リ水ヲ汲マムトス」（神代紀下）。

二七　そばひら―かたわら。周囲。一説に、「険しい（そば）斜面（ひら）」で断崖の意。

二八　瑠璃―金・銀とともに七宝の一つ。青色の宝石。

二九　大願力―神仏に誓願し、その加護によって得た力。

三〇　脱ぎ替へなで―「なで」は完了の助動詞「ぬ」の未然形「な」に、打消の接続助詞「で」のついた形。用例は少ない。

三一　呉竹の～節をのみ見し―「呉竹」は、淡竹の別称。中国原産で、清涼殿東庭のものが有名。「呉竹の」は、ここでは「節《よ》」の枕詞で、「節」と「代」が掛詞になる。「節《ふし》」は竹の節と、事柄の意を掛ける。「よよ」には泣くさまを表す副詞も掛けられているか。

三二　落ちゐぬる―心が落ち着く。気持ちが鎮まる。「坊定まり給ふにも～女御も御心落ちゐ給ひぬ」（源氏・桐壺）。

三三　をのこども―底本「男共」。ここでは下男をさす「をのこども」と解するべきである。

三四　文挟み―高貴な人に文書を差し出すための杖、棒。先端を割ったり金具をつけたりして文書を挟んだ。「愁へ文を作りて、文挟みに挟みて、出で立ち給ふ」（うつほ・あて宮）。

三五　内匠寮―中務省に属し、宮中の調度の制作や殿舎の装飾に携わる。「たくみれう」「うちのたくみのつかさ」。神亀五年（七二八）に設置された令外の官。底本「くもんつかさ」のまま「公文。寮」と解する説や、「作物所《つくもどころ》」の誤りとする説もある。

三六　漢部のうちまろ―「漢部」は、渡来系の東漢氏に従属した部民で、錦織・鞍作・金作・鍛冶などの技術に秀でた。「うちまろ」の「う（打）ち」は鍛冶にちなむ命名であろう。

三七　五穀―米・麦・粟・黍・豆。道教で五穀を断って身を清浄に保つことを辟穀《へきこく》という。

三八　しかるに―漢文訓読系の語。

三九　傾きをり―以下、翁の動作に「うなづきをり」「眠りをり」と「〜をり」が多用される点に注意。「をり」には、動作主体に対する軽蔑の気持ちが込められることがある。この段では、愚かさゆえに皇子に荷担してしまう翁への、語り手のやや突き放した、揶揄《やゆ》的なまなざしが認められる。

四〇　御使ひ―召使い。ここでは側室、妾の意。翁の娘ていどの身分では、親王の正妻にはなれないのである。

四一　暮るるままに思ひわびつる心地―日が暮れていくさまと、結婚が迫り暗澹《あんたん》とする姫の心情を重ねる。

四二　笑ひ栄え―「栄え」は、活気が外へ向かって現れ出るさま。

四三　はした―どっちつかずで困惑するさま。

四四　打ぜさせ―打擲《ちょうちゃく》する。「懲ず（こらしめる）」と解する説もある。

四五　深き山へ入り給ひぬ―皇子の偽りの漂流譚の「（はうかんるりガ）ふと山の中に入りぬ」と照応。皇子の嘘が、現実となったおかしみ。

四六　宮司―宮家に仕え、事務に携わる人。

四七　たまさかなる→補注。

【補注】

†**蓬萊**　蓬萊は渤海のかなたにある神山で、神仙が住むと伝えられる。『列子』湯問篇では、岱輿《たいよ》・員嶠《いんきょう》・方壺《ほうこ》・瀛《えい》洲《しゅう》とともに五神山の一つとされ、玉樹の果実は不老不死の薬になるという。『史記』封禅書では方丈・瀛洲とともに三神山の一つとされており、秦の始皇帝に命ぜられた徐市《じょふつ》（徐福）が、数千人の童男童女を率いて仙薬を求めたが、果たせなかったという。白楽天の「海漫漫」（新楽府）は、「秦皇ト漢武ハ此ノ語ヲ信ジ　方士年年薬ヲ采《と》リニ去ル

蓬萊今古但名ヲ聞クノミ　煙水茫茫覔《もと》ムル処無シ」と、神仙に狂奔する天子の迷妄を戒めた作である。同じく白楽天の「長恨歌」では、仙女に転生した楊貴妃が蓬萊に住んでいる、とある。日本でも蓬萊についての知識は広く浸透しており、多くの文学作品に採り上げられている。『うつほ物語』「内侍督」では、蓬萊の不死薬をめぐっての朱雀帝と仲忠の応酬がみえる。「国譲」中巻、藤壺腹皇子の産養《うぶやしない》の場面では、仲忠から蓬萊を模した州浜《すはま》が届けられ、「薬生ふる山の麓に住む鶴の羽をならべてもかへる雛鳥」の歌が添えられていた。蓬萊の仙薬にことよせて長寿をことほぐのである。また、巨鼇（おおがめ）に支えられていると考えられたことから蓬萊山を「亀の山」ともいう。「亀の上の山もたづねじ舟のうちに老いせぬ名をばここに残さむ」（源氏・胡蝶）、「亀山にいく薬のみありければとどむるかたもなき別れかな」（拾遺集・別・三三一・戒秀）。

†知らせ給ひたる限り～くどを開けて　【語釈】六でふれたように難解な箇所として知られる。底本「しらせたまひたる限十六そをかみにくとをあけて」で、通行本には大きな異同はない。新井本では「しらせたまへるかぎり十二方をふたぎ、かみにくちをあけて」となっている。田中大秀『竹取翁物語解』は、「しらせ給ひたる限十六そは、此皇子の知行の荘園十六所と云事と聞ゆれば、其荘より出くる物成を、玉ノ枝造らせ給ふ費《ツヒエ》としてと云事成るべけれど、誤字脱字多くて、聞え難きなるべし。かみは、守、くとは、くらか、くらをあけては、倉に納たる稲などを出して其費とする事か」とし、概ねこれを踏襲するものが多い。「御知行なさつてゐるだけ全部、十六ヶ所の荘園を、神様へ御寄進なさつて、神の冥助によつて」（高崎正秀『竹取物語新釈』）のような説もある。

「知らせ給ひたる」は「お治めになっている」「お知らせになっている」、「十六そかみ」は「十六ヶ所の荘園」「土公神」「十六善神」、「かみ」は「守」「上」、「くと」は「公帑《くど》（公庫の意）」「竃（竃堗）」「くら（倉）」「まど（窓）」、「あけて」は「開けて」「挙げて」などと諸説あり定解を見ない。さらにこれらの組合せによって、何通りもの解釈が生じているというのが現状である。

いずれにせよ大きな誤脱の想定される箇所であり、正確は期しがたいが、仮に次のように理解しておく。「知らせ給ひたる限り十六」とは、計略をお知らせになった工匠たちだけ十六人、の意で、「十六」は「六」の誤り。この後に、(工匠たちを)召し集めて、の意の脱落ないしは省略があると考える。「上にくどを開けて」は、密室となった工房の上方に通風口を設けて、と解する。前文の「鍛冶、匠、六人を召し取りて、たはやすく人寄り来まじき家を造りて、竈を三重にしこめて、匠らを入れ給ひつつ」のほぼ繰り返しになるが、それだけに皇子の周到さが印象づけられることになる。

✝玉作り　精巧な玉の枝を作っても皇子から褒美ももらえず、さんざんに打擲される匠たちの姿はみじめである。かかる工匠たちの造型の背景には、彼らの不遇についての何らかの伝承が想定される。『垂仁記』には、后沙本毘売《さほひめ》の出奔を留め得なかった天皇が怒って、玉作りたちの土地を没収したことから「地《ところ》得ぬ玉作り」という諺が生まれたという。この諺について、六世紀前半における、第二期玉作遺跡の消滅が反映していると見る説もある(寺村光晴『古代玉作形成史の研究』)。また『曽丹集』には、「住吉のならしの岡の玉作り数ならぬ身は秋ぞ悲しき」という歌が見える。『俊頼髄脳』には、歌語「血の涙」の由来として、帝に玉を献上したものの本物と認められず罰せられた卞《べん》和《わ》という玉作りの故事(韓非子)を載せる(→二三頁)。竹取の翁と玉作りは、きわめて近い境遇にあるといえる。「呉竹のよよの〜」の翁の歌は、皇子にではなく、工匠たちにこそ詠みかけられるべきものであった。

✝たまさかなる　【校異】⑫に示したように、底本「玉さかる」で十行本なども同様である。多くの註釈書が「たまさかる」のまま理解しようとしている。玉が原因で失敗した皇子のうつけた様子を、「魂離る」とし「天離る」などの類推から生じた造語であると考えるのである。しかし、語源譚の前提として、取り上げられる語は、頻用される周知のものでなければならないはずである。他に用例のない「たまさかる」をここで持ち出すのは無理があろう。新井本などの古本系統の「たまさかなる」に拠るべきである。火鼠の皮衣の段にも「もし天竺にたまさかに持て渡りなば」とある。「たまさかに（玉坂）我が見し人をいかにあらむよしをもちてかまた一目見む」（万葉集・巻一一・二三九六・人麻呂歌集）、「陸奥にありといふなる玉川のたまさかにてもあひ見てしかな」（古今六帖・第三・かは）、「邂逅　たまさかと云」（喜撰式）、「たまさかといふ事は、わくらばといふことなり」（能因歌枕）のように、偶然に人と出逢うこと、あるいは人と出逢う機会がまれであることが「たまさか」である。特に、神仙との出逢いを言う用例が注意される。『万葉集』巻五の「松浦河に遊ぶ序」には「今邂逅《たまさか》に貴客に相遇ひ」、巻九の「水江の浦嶋の子を詠める長歌」には「海神《わたつみ》の　神の娘子に　邂尓《たまさかに》　漕ぎ向かひ」、巻十六の竹取翁の長歌には「慮《おも》はざるの外に偶《たまさか》に神仙に遇ひ」などとある。すなわち、蓬萊での皇子と「はうかんるり」の出逢いを「たまさかなる」と言ったのである。それとともに、人目を逃れて山に籠もった皇子が、時に姿を現すこともあった、という意味を重ねたのである。なお、「たま」には「玉」を響かせていようが、「さかな」を「さがな（性格が悪い）」を掛けている（折口信夫）とまでいってよいか、疑問は残る。

【鑑賞】車持の皇子の策略は、「心たばかりある人」と称されるにふさわしい。同じく奸智をめぐらすといっても石作の皇子の比ではない。玉の枝を求めに出航したと見せかけ、名匠たちに精巧な模造品を作らせ、しばらくの後、長い船旅でいかにも憔悴《しょうすい》しきったさまを装って翁の邸を訪れた。この段で大きな比重を占める偽りの漂流譚の語り口もまた、実に巧妙である。「さをととしの二月の十日ごろ」「五百日」「四百余日」などと具体的な日数を示し、「ある時には～殺さむとしき」「ある時には～まぎれむとしき」と、数多くの苦難を、過去の助動詞「き」によってあたかも自分が直接体験したように語っている。蓬萊に至ってからの語りは現在形を用いることで、臨場感のあるものとなっている。

親王の巧言は、愚かで人の良い翁を信じ込ませるに充分である。翁は婚儀の準備を始めた。万事窮した姫の危難を救ったのは、親王に雇われていた匠たちであった。玉の枝の禄を出し渋った欲のために、皇子の計略は水泡に帰したといえよう。

その後、親王は深山へ身を隠してしまうが、「一生の恥、これに過ぐるはあらじ。女を得ずなりぬるのみにあらず、天下の人の思はむことの恥づかしきこと」とあるのに注意されよう。この点については、恥知らずの石作の皇子とは対照的である。そもそも、世間の人々から笑いものになることは、皇子のような高貴の人にとって大きな恥辱であり、社会から抹殺されることを意味する。求婚の失敗は、皇子に社会的な死をもたらしたのである。同様に、他の求婚者たちも世の笑いものになることで物語から退場していく。

ところで、親王に騙されたのは翁だけではない。かぐや姫もまた、虚偽を感じつつも玉の枝を贋物と見抜けなかったのである。前段とは対照的だが、これは、かぐや姫が神通力を持つ「変化の物」から、しだいに人間に近づきつつあることを示していよう。不安から絶望、一転して安堵へと変わる姫の心の動きに注目したい。

五　火鼠の皮衣――阿部のみむらじ

左大臣阿部のみむらじは、財《たから》豊かに[一]家広き人にておはしける、その年来たりける[二]唐土船《もろこしぶね》の[三]わうけいといふ人のもとに文を書きて、

火鼠の皮といふなる物、買ひておこせよ。

とて、仕うまつる人の中に心確かなるを選びて、[四]小野のふさもりといふ人をつけて遣はす。持て到り、[五]かの[①]唐土にをるわうけいに金を取らす。わうけい、文を広げて見て、返事書く、

火鼠の皮衣《ごろも》、この国になき物なり。音には聞けども、いまだ見ぬ物なり。世にある物ならば、この国にも持てまうで来なまし。いと難き商ひなり。しかれども、もし天竺[六]にたまさかに持て渡りなば、もし長者のあたりに訪らひ求めむに。なき物ならば、使ひに添へて金をば返し奉らむ。

左大臣阿部のみむらじは、裕福で、一族が繁栄している人でいらっしゃったが、その年に来日した唐土の商船のわうけいと言う人の許に手紙を書き、

火鼠の皮とかいう物を、買って送ってくれ。

と書いては、お仕えする人の中で、心がしっかりしている者を選び、小野のふさもりと言う人を手紙につけて派遣した。ふさもりは手紙を持って到着して、あの唐土にいるわうけいに金を与える。わうけいが、手紙を広げて見て、返信を書くことには、

火鼠の皮衣は、この唐土の国にはない物です。噂には聞きますが、いまだ見たことのない物です。この世にあるものならば、この国にも持って参るでしょう。実にやっかいな商談です。しかしながら、もし天竺にたまたま渡来していることでもあったら、ひょっとして長者の所を訪ねて探し出したら（お送りいたしましょう）。それでもない物でしたら、使いの者に託して代金をお返し申し上げましょう。

と言へり。

[七]かの唐土船来けり。小野のふさもりまうで来て、まう上るといふことを聞きて、歩み疾《と》うする馬をもちて走らせ迎へさせ給ふ時に、馬に乗りて筑紫より[八]ただ七日にまうで来たる。文を見るに、言ふ、

火鼠の皮衣、からうして[九]人を出だして求め[②]て奉る。今の世にも昔の世にも、この皮は、たやすくなき物なりけり。昔、かしこき天竺の聖、この国に持て渡りて侍りける、西の山寺にありと聞き及びて、朝廷に申して、からうして買ひ取りて奉る。『値の金、少なし』と国[一〇]司、使ひに申ししかば、わうけいが物加へて買ひたり。いま、金[一一]五十両給はるべし。船の帰らむに給び送れ。もし金給はぬものならば、かの衣[一二]の質返し給べ。

と言へることを見て、「何[一三]仰す。いま、金少しにこそあなれ。嬉しくしておこせたるかな」とて、唐土の方に向かひて伏し拝み給ふ。

この皮衣《ぎぬ》入れたる箱を見れば、種々のうるはしき瑠璃を

と書いてある。

件《くだん》の唐土船がやって来た。小野のふさもりが帰朝して、上京するということを聞いて、大臣は、駿馬でもって使者を走らせてお迎えさせなさる時に、ふさもりはその馬に乗って、筑紫からわずか七日で上京した。手紙を見ると、その文面には、

火鼠の皮衣、やっとのことで人を遣わして探し出したのでお送りいたします。今の世にも昔の世にも、この皮は、たやすくは入手できない物だったのです。昔、尊い天竺の聖人が、この唐土の国に持って来ておりました物ですが、西の山寺にあると聞きつけて、朝廷に申請して、やっとのことで買い取って、差し上げるのです。『代金が少ない』と、国司が私の使いに申しましたので、このわうけいの品物を加えて買いました。さらに金五十両頂きましょう。船が帰るのに託してお送り下さい。もし金を頂けないのでしたら、件の質になっている衣をお返し願います。

と書いてあるのを見て、「何をおっしゃる。あと少しばかりの金じゃないか。嬉しくも届けてくれたことだ」と言って、唐土の方角に向かって、平伏して拝みなさる。

この皮衣を入れてある箱を見ると、さまざまの美しい瑠

一四色へて作れり。皮衣《ぎぬ》を見れば、一五金青《こんじやう》の色なり③。毛の末には金の光し一六ささやきたり。宝と見え、うるはしきこと、並ぶべき物なし。火に焼けぬことよりも、一七けうらなること限りなし。一八「うべ、かぐや姫、好もしがり給ふにこそありけれ」とのたまひて、「あな、かしこ」とて箱に入れ給ひて、物の枝につけて、御身の化粧いといたくして、④やがて泊まりなむものぞと思して、歌詠み加へて持ちていましたり。その歌は、

一九限りなき思ひに焼けぬ皮衣《ごろも》袂乾きて今日こそは着め

と言へり。

家の門に持て到りて、立てり。竹取出で来て、取り入れてかぐや姫に見す。かぐや姫の、皮衣を見て言ふ、「うるはしき皮なめり。わきてまことの皮ならむとも知らず。」竹取答へて言はく、「ともあれかくもあれ、まづ請《しやう》じ入れ奉らむ。世の中に見えぬ皮衣《ぎぬ》のさまなれば、これをと思ひ給ひね。人ないたくわび⑤させ奉らせ給うそ」と言ひて呼び据ゑ奉れり。

璃を彩色して拵えてある。皮衣を見ると、金青の色である。毛の先には、金色の光が輝いている。宝と見えて、美しいことは、比べられる物がない。火に焼けないことよりも、美しいことが、この上ないのである。「なるほど、かぐや姫がお好みになるのも、もっともだなあ」とおっしゃって、「ああ、ありがたや」と言って、箱にお納めになり、木の枝につけ、ご自身の化粧をたいそう念入りになさって、そのまま婿になって姫の邸に泊まることになろうと思って、歌を詠み添えて、持ってお越しになった。その歌は、

限りなき…（あなたへの限りない思いの火にも焼けない皮衣は、悲嘆の涙にびしょ濡れでしたが、苦労も報われ袂も乾いたので、今日こそあなたに着て頂けるでしょう）

と書いてある。

大臣は、かぐや姫の家の門に皮衣を持って来て、立っている。竹取の翁が出て来て、皮衣を受け取って、奥にいるかぐや姫に見せる。かぐや姫が、皮衣を見て、言うことには、「美しい皮のようですね。けれども、ことさらに本物の火鼠の皮衣であるかはわかりません。」竹取の翁が答えて言うには、「ともかく、まず大臣を招き入れ申し上げましょう。世の中には見られない皮衣の様子ですから、これ

かく呼び据ゑて、この度は必ず婚はむと、嫗の心にも思ひをり。この翁は、かぐや姫のや[三〇]もめなるを嘆かしければ、よき人に婚はせむと思ひはかれど、切《せち》に「いな」と言ふことなれば、え強ひぬは、ことわりなり。かぐや姫、翁に言ふ、「この皮衣は、火に焼かむに焼けずはこそ、まことならめと思ひて、人の言ふことにも負けめ。『世になき物なれば、それをまことと疑ひなく思はむ』とのたまふ。なほ、これを焼きて試みむ」と言ふ。翁、「それ、さも言はれたり」と言ひて、大臣に「かくなむ申す」と言ふ。大臣、答へて言ふ、「この皮は、唐土にもなかりけるを、からうして求め尋ね得たるなり。何の疑ひあらむ。」「さは申すとも、はや焼きて見給へ」と言へば、火の中にうちくべて焼かせ給ふに、めらめらと焼けぬ。「さればこそ。異物《こともの》の皮なりけり」と言ふ。大臣、これを見給ひて、顔[三一]は草の葉の色にてゐ給へり。かぐや姫は、「あな嬉し」と喜びてゐたり。かの詠み給ひける歌の返し、箱に入れて返す。

[三二]名残なく燃ゆと知りせば皮衣《ごろも》思ひのほかにおきて見

を本物とお思いなさい。人をあまり困らせ申し上げなさいますな」と言って、招いて席を用意申し上げる。

このように席に坐らせて、今度こそは必ず結婚するだろうと嫗も心に思っている。この翁は、かぐや姫が独身でいるのを嘆かわしく思っているので、高貴な人と結婚させようと思いめぐらすが、しきりに「いやです」と言うことなので、無理強いできないのも、道理である。かぐや姫が、翁に言うには、「この皮衣は、火に焼いても、焼けなかったら、本物だろうと思って、あの方の言葉に従いましょう。お爺さまは、『この世にまたとない物だから、それを本物と疑いなく思おう』とおっしゃいます。やはり、これを焼いて試してみましょう」と言う。翁、「それも、もっともな言い分ですね」と言って、大臣に、「このように娘が申しております」と言う。大臣が答えて言うには、「この皮は、唐土にもなかったのに、やっとのことで探し出して手に入れたのです。何の疑いがありましょうか。」「唐の商人が、そう申すにせよ、早く焼いてご覧なさい」と言うので、大臣が、火の中にくべて焼かせなさると、めらめらと焼けてしまった。「やはり思った通りです。偽物の皮でしたね」と、かぐや姫は言う。大臣はこれをご覧になって、顔色は草の葉のように真っ青になって坐っていらっしゃる。かぐ

ましを

とぞ[⑥]ありける。されば帰りいましにけり。

世の人々、「阿部の大臣、火鼠の皮衣を持ていまして、かぐや姫に住み給ふとな。ここにやいます」など問ふ。ある人の言ふ、「皮は火にくべて焼きたりしかば、めらめらと焼けにしかば、かぐや姫、婚ひ給はず」と言ひければ、これを聞きてぞ、[三三]とげなき物をば「[三四]あへなし」と言ひける。

や姫は、「ああ嬉しい」と喜んで坐っている。先ほど、大臣のお詠みになった歌の返しを箱に入れて、返す。

名残なく…（あとかたもなく燃えると知っていたならば、皮衣などに思い悩んだりせず、熾火《おきび》の外に置いて、焼かずに見ていたでしょうのに）

と書いてあるのだった。そういうわけで、大臣はお帰りになった。

世間の人々は、「阿部の大臣は、火鼠の皮衣を持ってお出でになって、かぐや姫の邸にお住まいになったそうな。ここにいらっしゃるのか」などと問う。ある人が言うには、「皮は、火にくべて焼いたところ、めらめらと焼けてしまったので、かぐや姫は結婚なさらなかったのだ」と言ったので、これを聞いてから後には、利発さに欠けることを、「あへなし」と言うようになったのである。

【校異】

①唐土―浦　②求めて―もとて　③なり―るり　④やがて―やりて　⑤わびさせ―わひさせ給ひ　⑥ぞ―ナシ

【語釈】

一　家広き人―「門《かど》広く」（一二頁）に同じく、一族が繁栄している人。

二　唐土船―中国からの交易船。

三　わうけい―唐土船の持ち主。

四　小野のふさもり—小野氏は多くの外交官を輩出してきた家柄で、最初の遣隋使妹子や、承和の遣唐使を拒否した篁《たかむら》は特に有名。中国商人との取り引きに最適、という設定である。新井本「小野の草もり」。

五　かの唐土—武藤本「もろこし」。十行本「彼唐」。底本「かの浦」。「唐（もろこし）」→「から」→「うら」と誤ったものか。新井本では「かのつくしのもろこしといふ所」とあり、わうけいが筑紫まで来たことになる。

六　たまさかに—もしかして。ひょっとすると。三八頁。

七　かの唐土船来けり—新井本「もろこしぶねかへりにけり」。そのゝちもろこしぶねきけり」とあるのは、わうけいが筑紫まで来たとする誤解にもとづく。

八　ただ七日に—『延喜式』（主計式）によれば、都と大宰府の通行には、下り二十七日、上り十四日を要する。その半分の日数で上京したことになる。

九　からうして—直後にも「からうして」とあるのに注意。恩着せがましい口吻《こうふん》である。

一〇　国司—中国の役人。地方官。

一一　金五十両—「両」は一斤（約六〇〇グラム）の十六分の一。十匁《もんめ》。

一二　衣の質—「質」は約束の保証として預ける品。ここでは、皮衣そのもの。

一三　何仰す—「何思す」と解する説もある。

一四　色へて—「色ふ」は、彩色する、色鮮やかにする。以下、この段では色彩に関する記述が多い点に注意。

一五　金青—「紺青」とも。鮮やかな濃い藍色。「遠山をながめやれば、金青を塗りたるとかやいふやうにて」（蜻蛉日記・中）。

一六　ささやきたり—「ささきたり」の誤りで、きらきら輝く、の意か。『万葉集』巻十六の竹取翁の長歌（三七九一）の「古《いにしへ》ささきし（狭〃寸為）我や」は、はなやぐ、の意か。あるいは「かかやきたり」の誤か。

一七　けうらなる—前出（五頁）。

一八　うべ—下の句に対し肯定や同意を表す。なるほど。もっともだ。

一九　限りなき~今日こそは着め—「思ひ」の「ひ」に「火」を掛ける。「皮衣」が和歌に詠まれるのは極めて稀である。「とこしへに夏冬行けや皮衣扇放たぬ山に住む人」（万葉集・巻九・一六八二・人麻呂歌集、古今六帖・第五・かはごろも）「弥彦《いやひこ》神の麓に今日らもか鹿の伏すらむ皮衣着て角付きながら」（万葉集・巻一六・三八八四）。なお、大臣が皮衣を「着め」とする説もあるが、採らない。

二〇　やもめ—独身者。男女ともに、未婚・死別に関わりなく用いる。

二一　顔は草の葉の色にて—顔から血の気が失せて青ざめて。「北の方は青草の色になりて」（うつほ・国譲下）。

二二　名残なく〜おきて見ましを—「知りせば〜見ましを」は、いわゆる反実仮想の構文。「思ひ」の「ひ」に「火」、「おき」に「置き」「熾」を掛ける。新井本、初句「のこりなく」。

二三　とげなき—「利げなし」で、聡明さに欠け、愚鈍であることをいうか。「心とげ（なし）」には、「浮きて寝る鴨の上毛に置く霜の心とげなき世をもふるかな」（古今六帖・第一・霜）、「碁打ちはてて結《けち》さすわたり、心とげに見えて」（源氏・空蝉）のような例がある。「とげ」の「げ」には「（鼠の）毛」が掛けられていよう。「遂げなし」と解する註釈が多いが、当時の文法に照らして無理があろう。

二四　あへなし—あっけない、の意の「あへなし」に阿部の大臣が住まなくなった、の意の「阿部なし」を掛ける。

火鼠の皮衣、灰燼（かいじん）に帰す

【鑑賞】「財豊かに家広き人」と紹介される阿部の左大臣は、火鼠の皮衣も、かぐや姫の愛情さえも、すべて金で手に入れられる、と信じて疑わない。『うつほ物語』のあて宮求婚譚に登場する三春高基《みはるのたかもと》や滋野真菅《しげののますげ》などの先蹤《せんしょう》ともいえる人物である。左大臣は、自らの財力への過信のゆえに、判断力を曇らせ、貪欲な悪徳商人の食い物にされてしまう。偽物を高額で押しつけ、さらに値を吊り上げようとするわうけいの憎らしいまでの狡猾《こうかつ》さと、まんまと騙されてしまう左大臣の凡愚ぶりが、空間を隔てた消息のやりとりによって見事に活写されている。この挿話には、作者の世相諷刺があるともいわれる（三谷邦明説）。私的な交易は禁じられていたにもかかわらず（三代実録・仁和元年十月二十日条、延喜三年八月一日太政官符など）珍しい舶来品を買い漁る都の貴族を相手に、中国商人が暴利を貪るという現実があった。そうした愚かしい風潮に対する作者の憤りと批判が、笑いのなかに込められているのかもしれない。

六　龍の首の玉——大伴の御行

大伴の御行の大納言は、我が家にありとある人を集めてのたまはく、「龍の首に五色の光ある玉[一]あなり。それを取りて奉りたらむ人には、願はむことを叶へむ」とのたまふ。をのこども、仰せの言を承りて申さく、「仰せの言は、いとも尊し。[二]ただし、この玉、たはやすくえ取らじを。[三]いはむや、龍の首の玉はいかが取らむ」と申しあへり。大納言

大伴の御行の大納言が、自分の家にいるありったけの部下を集めて、おっしゃるには、「龍の首に、五色の光を発する玉があるそうだ。それを取って献上した者には、願いごとを叶えてやろう」とおっしゃる。家来の男どもが、仰せ言を承って申し上げるには、「仰せ言は、とても尊いものです。ただし、この玉は容易には得られないでしょうが。ましてや、龍の首にある玉をどうやって取れましょう」と口々に申し上げる。大納言がおっしゃることには、「主君

のたまふ、「[四][①]君の使ひと言はむ者は、命を捨てても、おのが君の仰せ言をば叶へむ、とこそ思ふべけれ。この国になき天竺、唐土の物にもあらず。[五]この国の海山より龍は降り昇るものなり。いかに思ひてか、[六]汝ら、難き物と申すべき。」をのこども申すやう、「さらば、いかがはせむ。難き物なりとも、仰せ言に従ひて求めにまからむ」と申すに、大納言、見笑ひて、「[七]汝らが君の使ひと名を流しつ。君の仰せ言をば、いかがは背くべき」とのたまひて、龍の首の玉取りに、とて出だし立て給ふ。この人々の道の糧、食ひ物に、殿の内の絹[②]、綿、銭など、ある限り取り出だして、遣はす。「この人々ども、帰るまで、[八]潔斎《いもひ》をして我はをらむ。この玉取り得では、家に帰り来な」とのたまはせたり。おのおの、仰せ承りてまかりぬ。

「『龍の首の玉取り得ずは、帰り来な』とのたまへば」、「いづちもいづちも足の向きたらむ方へ去なむず」、「かかる好きごとをし給ふこと」と謗《そし》りあへり。給はせたる物、おのおの分けつつ取る。あるは、おのが家に籠もりゐ、あ

の使という者は、命を捨てても、自分の主君の仰せ言を叶えようと心得ねばならぬ。この日本の国にないような、天竺、唐土の物でもない。この国の海や山から、龍は降りたり昇ったりするものなのだ。どう思ってか、お前らは、難儀だと申すのか。」男どもが申すには、「では、致し方ありますまい。困難なものであっても、仰せ言に従って、探しに参りましょう」と申し上げると、大納言は、その様子を見て、笑って、「お前らは、この主君の家臣として、世間に名を知られている。主君の仰せ言を、どうして背くことができようか」とおっしゃって、龍の首の玉を取るためにと、男どもを出発させなさる。この人々の道中の食糧、食物に、邸にある絹、綿、銭などを、あるだけ取り出して、添えて、お遣わしになる。「この者どもが帰るまで、精進潔斎して、わしは待っていよう。この玉を取れなければ、家に戻って来るな」とおっしゃるのであった。めいめいが、拝命して出かけて行った。

「『龍の首の玉を取れなければ戻って来るな』とおっしゃるので」、「どこへでもどこへでも、足のおもむく方角へ行ってしまおう」、「こんな酔狂なまねをなさるとは」と口々に主人を非難しあっている。お与えになった物を、各人が分配する。ある者は自分の家に引き籠もり、ある者は自分

るは、おのが行かまほしき所へ去ぬ。「親、君と申すとも、かく九つきなきことを仰せ給ふこと」と、こと行かぬ物ゆゑ、大納言を誹りあひたり。

「かぐや姫据ゑむには、例やうには見にくし」とのたまひて、うるはしき屋を造り給ひて、漆《うるし》を塗り、一〇蒔絵《まきゑ》して、壁し給ひて、屋の上には糸を染めて、色々葺《ふ》かせて、内々のしつらひには、言ふべくもあらぬ綾織物に絵を描《か》きて、一一間《ま》ごと張りたり。もとの妻どもは、かぐや姫を必ず一二婚はむ設けして、独り明かし暮らし給ふ③。

遣はしし人は、夜昼待ち給ふに、年越ゆるまで音もせず。心もとながりて、いと忍びて、ただ一三舎人《とねり》二人一四召しつぎとして、やつれ給ひて難波の辺におはしまして、問ひ給ふことは、「大伴の大納言の人や、船に乗りて、龍殺して、そが首の玉取れ④るとや聞く」と問は⑤するに、船人答へて言はく、「あやしきことかな」と笑ひて、「さるわざする船もなし」と答ふるに、一五「をぢなきことする船人にもあるかな。え知らで、かく言ふ」と思して、一六「我が弓の力は、龍あらば、

の行きたい所へと去ってしまう。「親や主人とは申しても、こんなに無茶なことをお命じになるとは」と納得の行かぬことなので、大納言を非難しあっている。

「かぐや姫を迎えるには、ありきたりの流儀では見苦しい」とおっしゃって、美しい建物をお造りになり、漆を塗り、蒔絵で壁をお作りになって、屋根は糸を染めて色とりどりに葺かせ、室内の装飾には、言いようもなく見事な綾織物に絵を描いて、間ごとに張っている。以前からいた妻たちは、かぐや姫を必ず妻としようという準備のために(離縁して)、すでに独り住みしていらっしゃる。

派遣した家臣は、夜も昼もお待ちになっているのに、年越しの頃になってまで、音沙汰がない。じれったく思って、ことさら内密に、わずか舎人二人だけを、召使いとして、素姓をお隠しになって、難波の辺りにお出でになって、お尋ねになることには、「大伴の大納言殿の家来が、船に乗って、龍を殺して、その首の玉を取ったという話を聞いたか」と尋ねさせなさると、船人が、答えて言うには、「変な話だなあ」と笑って、「そんなまねをする船もないよ」と答えると、「浅はかな船人だなあ。何もわからずに、こんなことを言う」とお思いになって、「我が弓の威力は、龍がいたら、さっと射殺して、首の玉を取ってしまえるだ

ふと射殺して、首の玉は取りてむ。遅く来る奴[一七]ばらを待たじ」とのたまひて、船に乗りて海ごとに歩き給ふに、いと遠くて、筑紫の方の海に漕ぎ出で給ひぬ。

　いかがしけむ、速き風吹き、世界暗がりて、船を吹きもて歩く。いづれの方とも知らず、船を海中にまかり入れぬべく吹き廻して、浪は、船に打ち懸けつつ巻き入り、雷《かみ》は、落ち懸かるやうに閃《ひらめ》き懸かるに、大納言は、惑ひて、「まだかかるわびしき目見ず。いかならむとするぞ」とのたまふ。舵《かぢ》取り答へて申す、「ここら船に乗りてまかり歩くに、まだかかるわびしき目を見ず。御船海の底に入らずは、雷落ち懸かりぬべし。もし幸ひに神の助けあらば、南海に吹かれおはしぬべし。うたてある主の御もとに仕うまつりて、[一八]すずろなる死にをすべかめるかな」と舵取り泣く。大納言、これを聞きてのたまはく、「船に乗りては、舵取りの申すことをこそ、[一九]高き山と頼め、などかく頼もしげなく申すぞ」と、[二〇]青《あを》反吐《へど》をつきてのたまふ。舵取り答へて申す、「神ならねば、何わざをか仕うまつらむ。風吹き浪激しけ

ろう。遅れて来る奴らなぞ待つまい」とおっしゃって、船に乗って、あちらこちらの海を巡っていらっしゃるうちに、たいそう遠くまで、筑紫の方の海に漕ぎ出しなさった。

　どうしたことか、疾風が吹いて、辺り一面暗くなって、船を吹き流す。どちらの方角ともわからず、船を海中に引き込むほどに吹き廻して、浪は船にうちかかっては海に巻き込み、雷は落ちかかるように閃光を浴びせるので、大納言は惑乱して、「これまで、こんなつらい目を見たことはない。どうなってしまうのだろう」とおっしゃる。舵取りが答えて言うには、「幾度となく船に乗っては海を巡って参りましたが、まだこんなつらい目を見たことはありません。お船が海の底に沈まなくても、雷が落ちてくるでしょう。もし、幸いにも神のご加護があっても、南海に吹かれておしまいになるでしょう。とんでもないご主人のおそばにお仕え申して、つまらない無駄死にをしてしまいそうです」と舵取りが泣く。大納言がこれを聞いておっしゃるには、「船に乗ったからには、舵取りの申すことをこそ、高い山のように頼りにしているのに、どうして、このように頼りなさげに申すのか」と、青反吐を吐きながらおっしゃる。舵取りが答えて申し上げるには、「神様でもない私に、何ができましょうか。風が吹いて、浪が激しいけれども、

れども、雷さへ頂きに落ち懸かるやうなるは、龍を殺さむと求め給ひ候へばあるなり。[三一]疾風《はやて》も龍の吹かするなり。はや、神に祈り給へ」と言ふ。「よきことなり」とて、「[三二]舵取りの御神、聞こし召せ。⑥をぢなく心をさなく、龍を殺さむと思ひけり。今より後は、[三三]毛一筋をだに動かし奉らじ」と[三四]寿詞《よごと》をはなちて、立ち居、泣く泣く呼ばひ給ふこと千度ばかり申し給ふ[三五]けにやあらむ、やうやう雷鳴り止みぬ。少し光りて、風はなほ速く吹く。舵取りの言はく、「これは龍のしわざにこそありけれ。この吹く風はよき方の風なり。あしき方の風にはあらず。よき方に赴きて、吹くなり」と言へども、大納言は、これを聞き入れ給はず。

三四日吹きて吹き返し寄せたり。浜を見れば、[三六]播磨《はりま》の明石《あかし》の浜なりけり。大納言、南海の浜に吹き寄せられたるにやあらむと思ひて、息つき臥し給へり。船にあるをのこども、国に告げたれども、国の司まうでとぶらふにも、え起き上がり給はで船底に臥し給へり。松原に御筵《むしろ》敷きて降ろし奉る。その時にぞ、南海にあらざりけりと思ひて、

さらには雷まで頭上に落ちかかりそうなのは、龍を殺そうとお捜しになったせいです。疾風も、龍が吹かせているのです。早く神様にお祈り下さい」と言う。大納言は、「承知した」とおっしゃり、「舵取りの御神よ、お聞き下され。思慮浅く、愚かにも龍を殺そうと思っておりました。今後は、毛の一筋さえをも動かし申し上げますまい」と、誓願の詞を叫んで、立ったり坐ったり、泣く泣く神に呼びかけなさることが、千回ほども申し上げなさった効果だろうか、次第に雷がおさまった。わずかに稲光がして、風は、やはり速く吹いている。舵取りが言うには、「これは、龍のしわざだったのです。この吹く風は、よい方向の風です。悪い方角の風ではありません。よい方角へ向かって吹いております」と言うけれども、大納言は、これをお聞き入れにならない。

三、四日、風が吹いて、船を海岸に吹き返し寄せた。浜を見ると、播磨の明石の浜なのだった。大納言は、南海の浜に吹き寄せられたのであろうかと思って、溜息をして臥せっていらっしゃる。船にいる家来どもが国府に連絡したけれども、国司が見舞いに来たのにも、起き上がることがおできにならず、船底に臥せっていらっしゃる。松原に御筵を敷いて、大納言を降ろし申し上げる。その時になって、

からうして起き上がり給へるを見れば、風邪いと重き人にて、[二七]腹いと膨《ふく》れ、こなたかなたの目には[二八]李《すもも》を二つつけたるやうなり。これを見奉りてぞ国の司もほほ笑みたる。

国に仰せ給ひて、[二九]手輿《たごし》作らせ給ひて、[三〇]呻吟《によ》ふ呻吟ふ担はれて家に入り給ひぬるを、いかでか聞きけむ、遣はししをのこども、参りて申すやう、「龍の首の玉をえ取らざりしかばなむ、殿へもえ参らざりし。玉の取り難かりしことを知り給へればなむ、[三一]勘当《かんだう》あらじとて、参りつる」と申す。大納言、起きゐてのたまはく、「汝ら、よく持て来ずなりぬ。[三二]龍は鳴る雷の類にこそありけれ。それが玉を取らむとて、そこらの人々の害せられむとしけり。まして、龍を捕らへたらましかば、また、こともなく我は害せられなまし。よく捕らへずなりにけり。かぐや姫てふ[三三]大盗人の奴が、人を殺さむとするなりけり。家のあたりだに今は通らじ。をのこどももな歩きそ」とて、家に少し残りたる物どもは、龍の玉を取らぬ者どもに給びつ。

これを聞きて、離れ給ひしもとの上は、[三四]かたはらいたく

南海ではなかったのだ、と思って、ようやく起き上がりなさった姿を見ると、重い風邪にかかった人のようで、腹がたいそう膨れて、左右の目には、李を二つつけたようである。これを拝見して、国司もにやにやしている。

国府にご命じなさって、手輿を作らせなさって、うめきうめき担がれて、家にお入りになったのを、どうして聞きつけたのか、派遣した家来どもが参上して申し上げるには、「龍の首の玉を取れなかったので、お邸にもうかがえなかったのです。玉が取り難いものであったことをご承知になったでしょうから、お咎《とが》めもあるまいと思って参上したのです」と申し上げる。大納言は起き上がって、おっしゃるには、「お前ら、よくぞ持って来なかった。龍は雷神の類のものであった。その玉を取ろうとして、多くの人々が殺されかけたのだ。ましてや、龍を捕らえでもしたら、また、あっけなくわしは殺害されていたであろう。よくぞ捕らえずにいてくれた。かぐや姫という大悪党の奴めが人を殺そうとして仕組んだことなのだ。家の近くでさえも、これからは通るまい。お前らも、決して近寄ってはならぬぞ」と言って、邸に少し残っていた金品などは、龍の玉を取らなかった者どもにお与えになった。

これを聞いて、離縁なさった元の奥方は、馬鹿馬鹿しく

笑ひ給ふ。糸を葺かせ造りし屋は、[三五]鳶《とび》、烏《からす》の巣に皆くひもて去にけり。世界の人の言ひけるは、「大伴の大納言は、龍の首の玉取りておはしたる」、「いな、さもあらず。御眼《まなこ》二つに李のやうなる玉をぞ添へていましたる」と言ひければ、「あな、食べがた」と言ひけるよりぞ⑦、[三六]世にあはぬことをば、「あな、[三七]たへがた」とは言ひ始めける。

思って大笑いなさる。糸を葺かせて造った屋根は、鳶や烏が、巣を作るのに皆くわえて飛び去ってしまった。世間の人々が言うことには、「大伴の大納言は、龍の首の玉を取っておいでになったのか」、「いや、そうでもない。御眼二つに、李のような玉をくっつけていらっしゃる」と言ったので、「ああ、不味そうで食べられない」と言ったことから、世の道理に合わないことを「あな、たへがた」と言い始めたのである。

【校異】

①君—てん　②絹—けぬ　③給ふ—給ひ　④取れる—とねる　⑤問はする—くはする　⑥をぢなく—音なく　⑦ぞ—も

【語釈】

一　あなり—動詞「あり」の連体形に伝聞・推定の助動詞「なり」の接続した「あるなり」の音便「あんなり」の撥音無表記形。

二　ただし—漢文訓読調のことば。

三　いはむや—これも漢文訓読調のことば。

四　君の使ひ—底本「天」を「君」の誤字と見て改める。あるいは、日本書紀の古訓に「天」をキミと訓む例があり、これも同様に解すべきか。直後にも「君の使ひ」とある。

五　この国の海山より龍は降り昇るものなり—「即位ノ間、乾《いぬゐ》ノ角ノ山中ヨリ黄龍天ニ騰《のぼ》ル」（扶桑略記・寛平元年十月一日）。

六　汝—漢文訓読系のことば。

七　君の使ひと、名を流しつ—参考「……大君の　辺にこそ死なめ　顧みは　せじと言立て　ますらをの　清きその名を　古よ　今の現に　流さへる　祖の子どもそ　大伴と佐伯の氏は　人の祖の　立つる言立て　人の子は　祖の名絶たず　大君に　まつろふものと　言ひ継げる　言の官ぞ

「……」（万葉集・巻一八・四〇九四・陸奥国に金を出だす詔書を賀《ことほ》ける歌・大伴家持）。

八　潔斎―家に籠もって心身を清めること。「いむ」の未然形に反復・継続の助動詞がついた「いまふ」が音韻変化した「いもふ」の連用形が名詞化した。

九　つきなき―無理な。わけのわからない。

一〇　蒔絵―漆の下地に、金や銀の粉、顔料などを用いて絵模様を描いたもの。延喜年間以後に流行したことから、成立期の手がかりとする説もある。

一一　間―柱と柱の間。

一二　必ず婚はむ設けして―以下、文脈が整わない。新井本に「もとのきたのかたとはうとくなりて」とあるように、離縁して、の意の文が続くべきところ。

一三　舎人―天皇や皇族、上流貴族に仕える下級官人。朝廷から支給された。

一四　召しつぎ―取り次ぎ役。

一五　をぢなき―至らない。拙劣な。臆病な。「劣・怯　オヂナシ」（名義抄）。

一六　我が弓の力は―いかにも武人らしい自信のあらわれ。この条、『史記』秦始皇本紀を踏まえるか→補注。

一七　奴ばら―「奴」は人を卑しめていう語。「ばら」は複数を表す接尾語。

一八　すずろなる―自分の意志や目的とは無関係に物事が進行していくさまを表す語。思いがけない。不本意な。

一九　高き山―畏敬し、あがめるものの形容。「高山ハ仰ギ、景行ハ行ク」（詩経・小雅・車舝《しやかつ》）、「我等ガ父子、並ニ蘇我ヨリ出デタリ。天下ノ知レル所ナリ。是ヲ以テ高山ノ如クニ恃《たの》ム」（舒明即位前紀）、「ただ、高き山とのみ頼み聞こえてなむ」（うつほ・祭の使）。

二〇　青反吐―「青」は、生々しい、の意。

二一　疾風―突風。「はやち（「ち」は風の意）」の転。

二二　舵取りの御神―舵取が祀る、航海の安全を守る神。船魂。

二三　毛一筋―次の「千度」との言葉遊び。

二四　寿詞―祈りのことば。誓願。

二五　けにやあらむ―おかげだろうか。「け」は「験《げん》」の撥音無表記と見る説もある。

二六　播磨の明石の浜―現在の兵庫県明石市の海岸。古くから交通の要所として栄えた。

二七　腹いと膨れ―『医心方』所引の『病原論』に「脾《ひ》中ニ風踞《きよ》シテ腹満ス」とある。

二八　李―「目或イハ杏核《きやうかく》ノ人ナルガ如ク、或イハ酸棗《さねぶと》ノ状ノ如シ。腫《は》ルルハ風邪ニ因リテ発ル所ナリ」（『病原論』）。

二九　手輿―輿の一種。前後二人で、腰のあたりまで轅《ながえ》を持ち上げて運ぶ。「腰輿　太古之」（和名抄）。

三〇　呻吟ふ―苦しみ呻くさまを表す、漢文訓読系の語。「文やらむとて、歌を呻吟ひをるほどに」（落窪・巻二）。

三一　勘当―「勘」は罪状を考える、「当」は法に当てる、の意。処罰。おとがめ。

三二　龍は鳴る雷の類にこそありけれ―龍は雷神・海神・水神と考えられ、畏敬・尊崇の対象であった。「乃チ三諸ノ岳ニ登リ、大蛇《をろち》ヲ捉《と》取ラヘテ天皇ニ示《み》セ奉ル。天皇斎戒《ものいみ》シタマハズ。其ノ雷《かみなり》虺虺《ひび》キテ、目精《まなこ》赫赫《かかや》ク」（雄略紀七年）、「海の中の龍王、よろづの神たちに願を立てさせ給ふに、いよいよ鳴りとどろきて」（源氏・明石）。

三三　大盗人―（必ずしも盗人に限らず）大悪党。

三四　かたはらいたくて―他本多く「腹を切りて」とあり、この方が滑稽さが強まる。参考「嗚呼《をこ》ノ詞ハ、腸《はらわた》ヲ断チ頤《おとがひ》ヲ解カズトイフコトナキナリ」（新猿楽記）、「次第取ル僧共腹ヲ切テゾ咲《わら》ヒ嘡《ののしり》ケル」（今昔物語集・巻二八・一九）。なお、実在の大伴御行の妻は、その貞節によって、丹比嶋（石作の皇子のモデルとされる）の妻とともに五十戸を賜ったという（続日本紀・和銅五年九月三日）。

三五　鳶、烏の巣に皆くひもて去にけり―次の「燕の子安貝」段の「燕の巣くひたらば」（五九頁）に連想が働く。

三六　世にあはぬ―世の道理に合わないこと。具体的には、龍探しに従者を派遣した大納言の命令の理不尽なさまをいう。

三七　たへがた―「堪へがた」と「（李のような玉を）食べがた」とを掛ける。「堪へがた」は、理不尽な主君の命に対して、の意であろう。あるいは大納言の失敗に笑いをこらえきれない、の意も込めるか。

【補注】

†典拠としての秦始皇本紀　『史記』秦始皇本紀には、次のようにある。蓬萊に派遣された徐市（→三六頁）は、大鮫《だいこう》魚《ぎょ》に妨げられて仙薬を得られずにいると偽る。「乃チ海ニ入ル者ヲシテ巨魚ヲ捕フル具ヲ齎《もたら》サシメ、而シテ自ラ連弩《れんど》ヲ以テ大魚ノ出ヅルヲ候《うかが》ヒ之ヲ射ムトス」と、自ら出陣した皇帝は巨魚を射止めたものの、罹病《りびょう》し、死んでしまった。龍の首の玉を取りに命じられた家臣たちと徐市、自ら出向いて龍に立ち向かい、大病を患う大納言と始皇帝の姿はよ

く似ており、典拠の一つに挙げられよう。

【鑑賞】旅人・家持など多くの歌人を輩出した大伴氏は、古くから軍事をもって朝廷に仕えてきた名門である。【語釈】に掲げた家持の「陸奥国に金を出だせる詔書を賀ける歌」などには、一族の歴史の重みを背負った氏長者の誇りがうかがえる。実在の大伴御行は、壬申の乱で天武方について軍功があり、「大君は神にしませば赤駒の腹ばふ田居を都となしつ」(万葉集・巻一九・四二六〇)という歌も残している。この段で、大勢の家臣に向かって「君の使ひと言はむ者は、命を捨てても、おのが君の仰せ言をば叶へむ、とこそ思ふべけれ」「汝らが君の使ひと名を流しつ。君の仰せ言をば、いかがは背くべき」と君臣の義を説く大納言の姿は、アナクロニズムに陥った、武門の頭領の極端な戯画化に他ならない。家臣の不首尾にしびれを切らして自ら船に乗り出すあたり、いかにも単純な軍人らしい振る舞いといえよう。「君の仰せ言」を至上とする彼が、海が荒れるやいなや脅え出し、船頭の言葉を「高き山」としてすがるのも滑稽である。いつもの尊大な猛々しさも臆病さと裏腹の虚勢でしかないことを痛快に暴

嵐におびえる大納言

き立てている。さらには、離反した家来を信じ込んで、禄を「龍の玉を取らぬ者どもに給びつ」とあるのも哄笑を誘う。

ちなみに、帝を含む求婚者の中で、唯一かぐや姫と歌の贈答がないのが大伴御行である。和歌の名門でもあるはずの大伴氏の長者御行が、武芸一辺倒で、歌と無縁である点に、ひねりを利かせた面白味があるのだろう。

この段の圧巻は、海に乗り出した大納言が暴風雨に見舞われる、その真に迫った描写にあろう。南海に漂着したかと思いきや、明石の海岸に打ち寄せられたというのが落ちになっている。この叙述の背景には、遣唐使などの多くの海難の記事があるとおぼしい。「(承和)六年夏、本朝ニ帰ル。路狂飈《きやうへう》ニ遭ヒ、南海ニ漂落ス。風浪緊急ニシテ、船艫ヲ鼓《う》ツ。俄ニ雷電霹靂シ、桅子《きし》摧《くだ》ケ破レ、天昼ナホ黒暗ニシテ、路ハ東西ヲ失フ。須臾《しばらく》シテ寄リ着ク、何レノ島ナルカヲ知ラズ」(文徳実録・仁寿三年六月二日)とは菅原梶成の漂流の記事である。また、『竹取』より後の例になるが、『うつほ物語』は、遣唐使に選ばれた清原俊蔭が、破船し、波斯国《はしこく》に漂着することから物語が始発する。漢学者の出身と目される作者の周辺には、多くの遣唐使にまつわる悲話が伝えられていたと想像されるが、それらを素材としつつこの叙述が生み出されているのである。そのような深刻な話題を扱いながらも、漂流先が明石の海岸という、落差ある笑いで締めくくるところに、作者の戯作精神が躍如としている。

七　燕の子安貝——石上のまろたか

中納言石上のまろたかの、家に使はるるをのこどものも

中納言石上まろたかが、その家に使われている男どもの

とに「燕の巣くひたらば、告げよ」とのたまふを、承りて、「何の用にかあらむ」と申す。答へてのたまふやう、「燕の持たる子安貝を取らむ料[一]なり」とのたまふ。をのこども、答へて申す、「燕をあまた殺して見るだにも、腹になきものなり。ただし、子産む時なむ、[二]いかでか出だすらむ」と申す。「人だに見れば失せぬ」と申す。また人の申すやう、「[三]大炊寮《おほひづかさ》の飯炊《いひかし》く屋の棟に[四]つくの穴ごとに燕は巣をくひ侍る。それに、[五]まめならむをのこどもを率①てまかりて、[六]あぐらを結ひ上げて窺《うかが》はせむに、そこらの燕、子産まざらむやは、さてこそ取らしめ給はめ」と申す。中納言、喜び給ひて、「をかしきことにもあるかな。[七]もつともえ知らざりけり。興あること申したり」とのたまひて、まめなるをのこども二十人ばかり遣はして、[八]麻柱《あななひ》に上げ据ゑられたり。

殿より使ひ隙なく給はせて、「子安の貝取りたるか」と向かはせ給ふ。燕も、人あまた上りゐたるに怖ぢて、巣にも上り来ず。かかるよしの返しを申しければ、聞き給ひて、いかがすべきと思し煩《わづら》ふに、かの寮の[九]官人、[一〇]くらつまろと

もとに、「燕が巣を作ったら、報告せよ」とおっしゃるのを、承って、「何の用途になさるのですか」と申し上げる。答えておっしゃるには、「燕が持っている子安貝を取るためだ」とおっしゃる。家来たちが答えて申し上げるには、「燕をたくさん殺して見てさえも、腹の中にないものです。ただし、子を産む時には、どうやって出すのでしょう（あるそうです）」と申す。「人が少しでも見ようとすると、なくなってしまいます」と申し上げる。また、他の人が申し上げるには、「大炊寮の飯を炊く建物の棟の、束柱の穴ごとに、燕は巣を作ります。それに、しっかりした男どもを連れて行って、足場を組んで、そこに上げて、様子を窺わせたら、多くの燕が子を産まないことがありましょうか、そこでお取らせになるのがよいでしょう」と申し上げる。中納言はお喜びになって、「興味深いことだなあ。まったく知らなかったよ。素晴らしいことを申してくれた」とおっしゃって、忠実な家臣ども二十人ほどを遣わして、足場に上げてお据えになった。

御殿から、使者をひっきりなしにお遣いになって、「子安の貝は取ったか」と様子をうかがわせなさる。燕も、人がたくさん上って来たのに恐れて、巣にも飛んで来ない、こうした旨の返事を申し上げると、お聞きになって、どう

申す翁申すやう、「子安貝取らむと思し召さば、たばかり申さむ」とて、御前に参りたれば、中納言、額を合はせて向かひ給へり。

くらつまろが申すやう、「この燕②の子安貝は、あしくたばかりて取らせ給ふなり。さてはえ取らせ給はじ。麻柱に[二]おどろおどろしく二十人上りて侍れば、[三]あれて寄りもうで来ずなり。せさせ給ふべきやうは、この麻柱を毀《こぼ》ちて、人皆退きて、まめならむ人一人を[三]③荒籠《あらこ》に乗せ据ゑて、綱を構へて、鳥の子産まむ間に、綱を吊り上げさせて、ふと子安貝を取らせ給ひなば、よかるべき」と申す。中納言のたまふやう、「いとよきことなり」とて、麻柱を[四]毀し、人皆帰りまうで来ぬ。

中納言、くらつまろにのたまはく、「燕は、いかなる時にか、子を産むと知りて、人をば上ぐべき」とのたまふ。くらつまろ申すやう、「燕、子産まむとする時は、尾をささげて七度巡りてなむ、産み落とすめる。さて七度巡らむ折、引き上げて、その折、子安貝は取らせ給へ」と申す。

したらよいものか、と思い悩んでいると、あの寮の役人でくらつまろという名の老人が申し上げるには、「子安貝を取ろうとの思し召しでしたら、よい知恵をお授けいたしましょう」と言って、御前に参上なさるので、中納言は、くらつまろと額をつき合わせて相談なさった。

くらつまろが申し上げるには、「この燕の子安貝は、下手に計画してお取りになっています。それでは、お取りになれますまい。足場に仰々しく二十人もの人が上っておりますので、離れて寄って来ないのです。なさるべきことは、この足場を崩して、人は皆退いて、頼りになる人一人を、荒籠に乗せ据えて、綱を用意して、鳥の子を産もうとする瞬間に、綱を吊り上げさせて、さっと子安貝を取らせなさるのがよいでしょう」と申し上げる。中納言がおっしゃるには、「とても結構なことだ」と言って、足場を崩し、家人は皆邸に戻って来た。

中納言、くらつまろにおっしゃるには、「燕が、どんな時に子を産むと判断して、人を吊り上げたらよいのか」とおっしゃる。くらつまろが申し上げるには、「燕が子を産もうとする時は、尾を上に向けて七回旋回して、産み落とすようです。ですから、七回巡った時に、籠を引き上げて、その時に、子安貝をお取らせなさいませ」と申し上げる。

中納言、喜び給ひて、よろづの人にも知らせ給はで、みそかに寮にいまして、をのこどもの中にまじりて、[三五]夜を昼になして、取らしめ給ふ。

くらつまろ、かく申すを、いといたく喜びてのたまふ、「ここに使はるる人にもなきに、願ひを叶ふることの嬉しさ」とのたまひて、[三六]御衣脱ぎて被《かづ》け給うつ。「さらに、夜さり、この寮にまうで来」とのたまうて、遣はしつ。

日暮れぬれば、かの寮におはして見給ふに、まこと、燕、巣作れり。くらつまろ申すやう、尾浮けて巡る。荒籠に人を上せて吊り上げさせて、燕の巣に手を差し入れさせて探るに、「物もなし」と申すに、中納言、「あしく探れば、なきなり」と腹立ちて、誰ばかりおぼえむにとて、「我上りて探らむ」とのたまひて、籠に乗りて、吊られ上りて、窺ひ給へるに、燕、[三七]尾をささげて④、いたく巡るに合はせて、手をささげて探り給ふに、手に[三八]平《ひら》める物さはる時に、「我、物、握りたり。今は降ろしてよ。翁、し得たり」とのたまひて、集まりて、とく降ろさむとて、綱を引き過ぐして、

中納言はお喜びになって、多くの人にもお知らせにならずに、こっそり寮にお出でになって、家来どもの中に交じって、昼夜をおかず取らせなさる。

くらつまろがこう申し上げるのを、たいそうお喜びになり、おっしゃるには、「私の許に仕えている人でもないのに、願いを叶えてくれるとは、嬉しい限りだ」とおっしゃって、お召し物を脱いでお与えになった。「あらためて、夜になったら、この寮にやって来い」とおっしゃり、お帰しになった。

日が暮れたので、あの寮にいらしてご覧になると、本当に燕が巣を作っている。くらつまろの申したように、尾を上に向けて旋回している。荒籠に人を乗せて、吊り上げさせて、燕の巣に手を差し入れさせて捜すが、「何物もありません」と申し上げるので、「下手に探っているから、ないのだ」と立腹なさって、誰があてになろうかとお思いになり、「私が上って捜そう」とおっしゃって、籠に乗って吊り上げられて巣を窺っていらっしゃると、燕が尾を上に向けて、しきりに旋回するのに合わせて手を差し出して探っていらっしゃると、手に平べったい物を触った時に、「私は、例の物を握ったぞ。もう降ろしてくれ。翁よ、うまくやったぞ」とおっしゃったので、家来は集まって、早

綱絶ゆるすなはちに、[一九]八島の鼎《かなへ》の上にのけざまに落ち給へり。人々、あさましがりて、寄りて抱へ奉れり。御眼は白《しら》眼《め》にて臥し給へり。人々、[二〇]水を掬《すく》ひ入れ奉る。からうして、生き出で給へるに、また鼎の上より手取り足取りして下げ降ろし奉る。からうして、「御心地はいかが思さるる」と問へば、息の下にて、「物は少しおぼゆれど、腰なむ動かれぬ。されど、子安貝をふと握り持たれば、嬉しくおぼゆるなり。まづ、[二一]紙燭《しそく》して来《こ》。この貝、[二二]顔見む」と御ぐしもたげて御手を広げ給へるに、燕のまり置ける古糞《ふるくそ》を握り給へるなりけり。それを見給ひて、「あな、かひなのわざや」とのたまひけるよりぞ、思ふに違ふことをば、[二三]「かひなし」と言ひける。

　貝にもあらずと見給ひけるに、御心地も違ひて、[二四]唐櫃《からびつ》の[二五]ふたに入れられ給ふべくもあらず、御腰は折れにけり。中納言は、[二六]⑤いはけたるわざして病むことを人に聞かせじとし給ひけれど、それを病にて、いと弱くなり給ひにけり。貝をえ取らずなりにけるよりも、人の聞き笑はむことを日に

く降ろそうとして、綱を強く引き過ぎて、綱が切れてしまうやいなや、八島の鼎の上に仰向けに落ちておしまいになった。人々はびっくりして、走り寄って大納言をお抱え申し上げた。御眼は白眼になって、ぐったりしていらしゃる。人々は水を掬って飲ませて差し上げる。やっとのことで息を吹き返しなさったので、また、鼎の上から手を取り足を取り、下げ降ろし申し上げる。かろうじて、「ご気分はいかがでございますか」と家来が問うと、息も絶え絶えに、「意識は何とかあるが、腰が動かせない。しかし、子安貝を、さっと捕らえたので、嬉しく思われるのだ。まずは紙燭をつけて来い。この貝の顔を見よう」とお頭を持ち上げて、御手を広げなさると、燕がたらしておいた古糞を握っていらしゃるのだった。それをご覧になって、「ああ、貝のないことだ」とおっしゃったことから、期待に違うことを「かひなし」と言うようになったのである。

　貝ではないとご覧になってから、ご気分も悪くなって、唐櫃のふたに入れられなさることもできぬほどに、御腰は折れてしまったのである。中納言は、子供じみたまねをして病気になったことを人に聞かすまいとなさったが、その心配が病の種になって、たいそう衰弱なさってしまった。貝を取り損ねたことよりも、人が聞いて笑うことを、日が

そへて思ひ給ひければ、ただに病み死ぬるよりも、人聞き恥づかしくおぼえ給ふなりけり。

これをかぐや姫聞きて、とぶらひにやる歌、

二七 年を経て浪立ち寄らぬ住江《すみのえ》のまつかひなしと聞くはまことか

とあるを読みて聞かす。いと弱き心に、頭もたげて、人に紙を持たせて、苦しき心地にからうして書き給ふ、

二八 かひはかくありけるものをわび果てて死ぬる命をすくひやはせぬ

と書き果つる、⑥絶え入り給ひぬ。これを聞きて、かぐや姫、少しあはれと思しけり。それよりなむ、少し嬉しきことをば、「かひあり」とは言ひける。

【校異】

①率て―ひて　②燕の―つはくらめ　③荒籠―あらた　④ささげて―さけて　⑤いはけたる―いくいけたる　⑥絶え―たゝ

経つにつれてお悩みになったので、ただ病死するよりも、人の噂が恥ずかしく思われなさるのであった。

このことを、かぐや姫が聞いて、見舞いに贈る歌は、

年を経て…（年を経ても浪が打ち寄せぬように、住の江の松のように、あなたはお立ち寄りになりませんが、あなたを待っていても、その甲斐もなく貝を得られなかったというのは本当ですか）

と書いてあるのを、傍の者が読んで聞かせる。すっかり心は弱っていたが、頭を持ち上げて、人に紙を持たせて、苦しい心地をおして、やっとのことでお書きになる歌は、

かひはかく…（燕の巣くう、その巣の中に子安貝は確かにあったのです、そしてあなたからお手紙を頂いて甲斐もあったのです。それなのにつらい思いで今にも死にそうな私の命を救っては下さらないのですか）

と書き終えて、絶命してしまわれた。これを聞いて、かぐや姫は、少し、あわれとお思いになった。それから、少し嬉しいことを、「かひあり」と言うようになったのである。

【語釈】

一　料―目的。理由。また、用途や目的に応じて準備しておく物。

二　いかでか出だすらむ―この後に、武藤本、十行本「はらくか」、武田本「はらかくか」、新井本「はへる」とあり、いずれも解しがたいが、「（貝が）あるようです」の意が続くべきところ。

三　大炊寮―宮内省に属する役所で、諸国からの米穀を納め、諸司に分配した。

四　つく―束柱。棟と梁《はり》の間を支える短い柱。「柱　ツク」（名義抄）。

五　まめならむ―誠実な、勤勉な、忠実な。

六　あぐら―足場。後文の「麻柱」に同じ。

七　もつとも―下に否定を伴って、全然、全く、の意。

八　麻柱―動詞「あななふ（助ける、支える）」の名詞形。足場。足がかり。「麻柱　阿奈奈比」（和名抄）。

九　官人―六位以下の下級役人をいう。

一〇　くらつまろ―ツバクラメのクラは小鳥の総称（柳田国男『野鳥雑記』）。小鳥のことを熟知した翁、という意をこめた命名か。「たばかり申さむ」とあるように、主人公が老賢人の智慧によって危難を乗り越える、という話型がある。兄の釣針をなくした彦火火出見尊《ひこほほでみのみこと》のもとに現れた塩土老翁《しおつちのおじ》は「復《また》ナ憂ヘマシソ。吾、汝ノ為ニ計《たばか》ラム」と言い、海神の宮に向かう手助けをした（神代紀下）。

一一　おどろおどろしく―仰々しく。おおげさに。

一二　あれて―離れて。

一三　荒籠―編み目の粗い籠。海神の宮に向かう彦火火出見が入った「無目籠《まなしかたま》」（大目麁籠《おほまあらこ》）を連想させる。このあたり、神話のパロディか。籠に人を入れて吊り上げるのは、『日本霊異記』下・一三や『三代実録』貞観三年三月十四日条などにも見える。

一四　毀し―「こぼす」は「こぼつ」に同じ。「覆　コボス　コボツ」（名義抄）。

一五　夜を昼になして―参考「夜を昼になしてなむ、急ぎまうで来し」（うつほ・吹上上）。

一六　御衣脱ぎて被け給うつ―身につけていた衣を褒美として与える。

一七　尾をささげて―底本、十行本「尾をさけて」。武藤本により改める。前に「尾をささげて」「尾浮けて」とあった。次の「手をささげて」との語呂合わせ。

一八　平める物―平たくなっている物。新井本「ひらめく物」。

一九　八島の鼎―「八島」は、多くの島の意で、日本全国をいう。「鼎」は、食物の煮炊きに用いる金属製の三脚の釜。大炊寮では、全国からの八座の竈神を祀っていた。「大炊省ニ八ツノ鼎有リテ鳴ル」（天智紀十年）、「大炊寮ノ大八島竈ノ神、斉火武主比命《いみほむすびのみこと》、庭火皇神《にはびのすめかみ》、並ビテ従五位下ヲ授リ」（文徳実録・斉衡二年十二月）。

二〇　水を掬ひ入れ奉る〜からうして、生き出で給へるに―参考「ものいたく病みて、死に入りたりければ、面に水そそきなどして生き出でて　わが上に露ぞ置くなる天の川門渡る舟の櫂のしづくか」（伊勢物語・五九段。古今集・雑上・八六三では「題知らず、詠み人知らず」）。

二一　紙燭―「脂燭」とも。長さ約四、五センチ、直径約一センチの棒状に削った松の木の先に油を塗って火をともすもの。参考「紙燭召して（女三宮ノ）御返り見給へば〜あはれにかたじけなしと思ふ」（源氏・柏木）。

二二　顔見む―ようやく手にした貝に愛着を込めて「顔」という。

二三　かひなし―「貝なし」と「甲斐なし」の掛詞。「同じ巣にかへりしかひの見えぬかないかなる人か手に握るらむ」（源氏・真木柱）は、この段を踏まえた歌か。

二四　唐櫃―六本の脚がついた中国風の櫃。衣服や書物、調度品を入れる。子安貝を収めてかぐや姫に献上するために用意したものか。

二五　ふたに入れられ―先の大伴大納言の手輿のように、これに中納言を担ぐのである。ことさらに「ふた」とするのは、貝との形態上の連想が働いているか。新井本では「ふたにいれられ給ていゑにいてたてまつる。くるまにのり給べくもあらず、御こしはおれにけり」と詳細。

二六　いはけたる―子供じみた。幼稚な。底本「いくいけたる」。武藤本、十行本「いゝいけたる」。新井本「かくわらはげたる」。「いたいけしたる（子供っぽい）」「わわけたる」と解する説もある。

二七　年を経て〜聞くはまことか―「まつ」に「松」「待つ」、「かひ」に「貝」「甲斐」を掛ける。「住江」は、摂津国、現在の大阪市住吉区の一帯。新井本「すみよしの」。この歌のように「松」「浪」がしばしば詠まれる。また、『万葉集』で「暇あらば拾ひに行かむ住吉の岸に寄るといふ恋忘れ貝」（巻七・一一四七・作者未詳）と詠まれた恋忘れ貝は、平安時代には恋忘れ草へと転じていく。「生ひ立つをまつと頼めしかひもなく浪こすべしと聞くはまことか」（後拾遺集・雑二・九四八・藤原朝光）は当該歌を踏まえるか。

二八　かひはかく〜すくひやはせぬ―「かひ」に「貝」「甲斐」、「すくひ」に「巣くひ」「救ひ」を掛ける。また、「（水を）掬ひ」も響かす。薬を「匙《かひ》」で「掬」うと解する通説は根拠に乏しい。新井本、初句「かひはなく」。

中納言、貝をとりそこねて落下する

病臥する中納言、姫から見舞いの手紙を得る

【鑑賞】最後の五番目に登場するのが、石上の中納言である。他の求婚者と比べ、物語の筆致は、最も身分の低い、この人物に対して好意的、同情的にみえる。それは、狡猾さとは無縁の、自分の生命を賭けてまで子安貝を得ようとする彼の純粋さ、一途さによっている。偽りに満ちた二皇子たちに始まった求婚譚は、しだいに人間の卑しく醜い側面だけでなく、魅力的な一面をも探り当てようとしつつある。それはかぐや姫の態度の変化に明らかである。かぐや

姫は、自ら「年を経て〜」と中納言をいたわる歌を送った。他の求婚者たちとは一線を画す、破格の厚遇である。しかし、これを中納言という一個人に対して姫が抱いた愛情や感慨と解すべきではあるまい。女を得ようとして躍起になり、ついには自らの命をも投げ出す中納言の振る舞い、月の住人の超越的、絶対的なまなざしからすれば、これほど愚かで無意味な行為はない。しかし、そうした不完全で不合理な人間という存在に対し、不可思議な魅力を感じ始めている。それが「少しあはれと思しけり」という、姫の心の動きである。

なお、この条は『源氏物語』の柏木の造型に大きく影響している。朱雀院の鍾愛《しょうあい》する皇女にして光源氏の正妻、女三宮への恋心を抱く柏木は、遂に密通へと及んでしまう。それは源氏の知るところとなり柏木は身の破滅を意識する。柏木は、「あはれとだにのたまはせよ」「かひなきあはれをだにも絶えずかけさせ給へ」と繰り返し宮からの「あはれ」を求めていた。柏木死去の報を耳にして、宮は「おほけなき心もうたてのみ思されて、世に長かれとしも思さざりしを、かくなむと聞き給ふはさすがにいとあはれなりかし」と思ったとある。柏木もまた、自らの死を代償として、宮の「あはれ」を手にしたのだった。

八　狩の行幸——帝の求婚

さて、かぐや姫、かたちの世に似ずめでたきことを、帝聞こし召して、内[一]侍[二]中臣《なかとみ》のふさこにのたまふ、「多くの人

ところで、かぐや姫の容貌が、世に似るものなく素晴らしいことを、帝はお聞きあそばされて、内侍中臣のふさこ

の身をいたづらになして、婚はざるかぐや姫は、いかばかりの女ぞと、まかりて見て参れ」とのたまふ。ふさこ、承りて、まかれり。

竹取の家に、かしこまりて請じ入れて会へり。三嫗に内侍①のたまふ、「仰せ言に、四かぐや姫のかたち②優《いう》におはすなり、よく見て参るべきよしのたまはせつるになむ、参りつる」と言へば、「さらば、かく申し侍らむ」と言ひて、入りぬ。

かぐや姫に、「はや、かの御使ひに対面し給へ」と言へば、かぐや姫、五「よきかたちにもあらず、いかでか見ゆべき」と言へば、「うたてものたまふかな。帝の御使ひをば、いかでかおろかにせむ」と言へば、かぐや姫の答ふるやう、「帝の召してのたまはむこと、かしこしとも思はず」と言ひて、さらに見ゆべくもあらず。産める子のやうにあれど、いと心恥づかしげに、おろそかなるやうに言ひければ、心のままにもえ責めず。

内侍のもとに帰り出でて、「口惜しく、この幼き者は、強《こは》く侍る者にて、対面すまじき」と申す。内侍、「『必ず見

におっしゃるには、「多くの人の身を滅ぼしてまでも結婚しないかぐや姫とは、どれほどの女かと、出かけて見て参れ」とおっしゃる。ふさこは、ご命令を承って、退出する。

竹取の家では、かしこまって、招き入れて面会する。嫗に、内侍がおっしゃるには、「仰せ言に、かぐや姫の容貌は優れていらっしゃるそうだ、よく見て参るようにとの旨をおっしゃったので、参上いたしました」と言うので、嫗は、「では、さように申しましょう」と言って、姫の部屋に入った。

かぐや姫に、「早く、あのお使いに対面なさい」と言うと、かぐや姫は「優れた容貌でもありませんのに、どうしてお目にかかれましょう」と言うので、「困ったことをおっしゃるね。帝のお使いを、どうしてないがしろにできましょう」と言うと、かぐや姫の答えるには、「帝がお召しになっておっしゃることは、畏れ多いとも思いません」と言って、一向に会いそうにもない。自分が産んだ実の子のような間柄ではあるが、こちらが気後れするほど、そっけなく言うので、思いのままに強いることもできない。

嫗は内侍のもとに戻って来て、「残念ながら、この幼い者は、強情な者でございまして、対面できそうもございません」と申し上げる。内侍、「『必ず拝見して参れ』と仰せ

奉りて参れ』と仰せ言ありつるものを、見奉らでは、いかでか帰り参らむ。国王の仰せ言を、まさに、世に住み給はむ人の承り給はでありなむや。言はれぬことなし給ひそ」と、言葉恥[六③]づかしく言ひければ、これを聞きて、まして、かぐや姫聞くべくもあらず。「国王の仰せ言を背かば、はや殺し給ひてよかし」と言ふ。

この内侍、帰り参りて、[七]このよしを奏す。帝、聞こし召して、「多くの人殺してける心ぞかし」とのたまひて、止みにけれど、なほ思しおはしまして、この女のたばかりにや負けむと思して、仰せ給ふ、「汝らが持ちて侍るかぐや姫、[八]奉れ。顔かたちよしと聞こし召して、御使ひ給びしかど、かひなく見えずなりにけり。かく[九]たいだいしくやは慣らはすべき」と仰せらるる。翁、かしこまりて、御返事申すやう、「この女の童は、[一〇]たえて宮仕へ仕うまつるべくもあらず侍るを、もて煩ひ侍り。さりとも、まかりて仰せ給はむ」と奏す。これを聞こし召して仰せ給ふ、「などか、翁の生ほし立てたらむ者を、心にまかせざらむ。この女、

言があったのに、拝見せずには、どうして宮中に帰参できましょう。国王の仰せ言を、どうして、この世にお住まいになる人が承諾なさらずにいられましょうか。言い訳の立たぬことをなさいますな」と、聞いている方が恥ずかしくなるほど激しく言うので、これを聞いて、ますます、かぐや姫は聞き入れようともしなくなる。「国王の仰せ言に背くのでしたら、早く殺して下さい」と言う。

この内侍は、宮中に帰参して、この経緯を奏上する。帝はお聞きあそばして、「多くの人を殺してしまった強情な心なのだな」とおっしゃって、それきりになったが、やはりお思い続けていらっしゃって、この女の計略に負けてなるものかとお思いになって、仰せになるには、「お前らが持っているかぐや姫を差し出せ。容貌が優れているとお聞きあそばされて、お使いを派遣なさったのに、その甲斐もなく、会おうともしなかった。このように無礼なまま甘やかしていてよいものか」と仰せになる。翁が恐縮して、ご返事を申し上げるには、「この女子は、一向に宮仕えいたしそうにもございませんので、もて余しております。そうは申しても、家に戻って仰せ言を承知させましょう」と奏上する。これをお聞きあそばして、仰せなさるには、「どうして、翁の手で育て上げたものなのに、意のままになら

もし奉りたるものならば、翁に二冠《かうぶり》を、などか給ばせざらむ。」

　翁、三喜びて家に帰りて、かぐや姫に語らふやう、「かくなむ、帝の仰せ給へる。なほやは仕うまつり給はぬ」と言へば、かぐや姫、答へて言ふ、「もはらさやうの宮仕へ仕うまつらじと思ふを、強ひて仕うまつらせ給はば、消え失せなむず。御官、冠仕うまつりて、死ぬばかりなり。」翁、いらふるやう、「なし給ひそ。冠も、我が子を見奉らでは、何にかはせむ。さはありとも、などか宮仕へをし給はざらむ。死に給ふべきやうやあるべき」と言ふ。「なほ空言かと、仕まつらせて死なずやある、と見給へ。あまたの人の心ざしおろかならざりしを、四空しくなしてしこそあれ、昨日今日、帝ののたまはむ言《こと》につかむ、人聞きやさし」と言へば、翁、答へて言ふ、「天下のことは、とありともかかりとも、御命のあやふきこそ大きなる障《さは》りなれば、なほ仕うまつるまじきことを参りて申さむ」とて、参りて申すやう、「仰せの言のかしこさに、かの童を参らせむとて仕う

ぬのか。この女を、もし、差し出せば、翁に官位を、どうして賜わせぬことがあろうか。」

　翁は喜んで、家に帰って、かぐや姫に相談するには、「このように帝が仰せなさいました。それでもやはりお仕えなさりませんか」と言うと、かぐや姫が答えて言うには、「まったく、そんな宮仕えはいたすまいと思っておりましたが、強いてお仕えさせようとなさるのでしたら、消え失せてしまいましょう。お爺様が御官位を頂けるようにして差し上げて、私が死ぬまでのことです。」翁が答えるには、「そんなことをなさるな。官位も、大事なあなたを拝見できなくなったら、何になろうか。そうはいっても、どうして宮仕えをなさらないのですか。死んでおしまいになるわけでもあるのですか」と言う。「やはり嘘だったかと、宮仕えさせて死なずにいるか、試してご覧なさい。多くの人々の愛情が並々ではなかったのを、破滅させてしまったのに、昨日今日になって、帝がおっしゃることに従ったら、人の噂が恥ずかしいことです」と言うので、翁が答えて言うには、「天下の官位のことは、ともかくも、私には、お命の危険こそ大きな悩みなのだから、やはりお仕えできないことを、参内して申し上げよう」と言って、参内して奏上するには、「仰せ言のもったいなさに、あの童を参上さ

まつれば、『宮仕へに出だし立てば死ぬべし』と申す。みやつこまろが手に産ませたる子にてもあらず、昔、山にて見つけたる。かかれば、[一四]心ばせも世の人に似ず侍る」と奏せさす。

[一五]帝仰せ給はく、「みやつこまろが家は、山もと近くなり。[一六]御狩の④行幸《みゆき》し給はむやうにて見てむや」とのたまはす。みやつこまろが申すやう、「いとよきことなり。何か。心もなくて侍らむに、ふと行幸して御覧ぜられなむ」と奏すれば、帝、にはかに日を定めて、御狩に出で給うて、かぐや姫の家に入り給うて見給ふに、[一七]光り満ちて、[一八]けうらにてゐたる人あり。これならむと思して、逃げて入る袖を捕らへ給へば、面《おもて》をふたぎて候へど、はじめよく御覧じつれば、類《たぐひ》なくめでたくおぼえさせ給ひて、「ゆるさじとす」とて、率ておはしまさむとするに、かぐや姫、答へて奏す、「[一九]おのが身は、この国に生まれて侍らばこそ使ひ給はめ、いと率ておはしまし難くや侍らむ」と奏す。帝、「などか、さあらむ。なほ率ておはしまさむ」とて、御輿を寄せ給ふに、

せようといたしましたが、『宮仕えに出したら死んでしまいましょう』と申します。みやつこまろの手で産ませた子でもなく、昔、山で見つけた子なのです。ですから、気性も世の人に似ていないのです」と奏上する。

帝が仰せられるには、「みやつこまろの家は、山のふもと近くにある。御狩の行幸をなさるようなふりをして、(姫に)会えるだろうか」とおっしゃる。みやつこまろが申し上げるには、「とても結構なことです。何のご心配がございましょう。娘がぼんやりしておりますような時に、不意に行幸なされば、きっとご覧になれましょう」と奏上するので、帝は、にわかに日を決めて御狩にお出でましになって、かぐや姫の家にお入りになり、ご覧になると、光が満ちて美しい様子で坐っている人がある。まさしくこれであろうとお思いになって、逃げて奥へ入る、その袖を捕らえなさると、袖で顔を隠して控えているが、初めにしっかりとご覧になったので、類なく素晴らしく思われなさって、「放さないぞ」とおっしゃり、お連れなさろうとするが、かぐや姫が答えて奏上するに、「私の身はこの国に生まれましたものでしたら、お召しにもなれましょうが、お連れなさるのは、とても難かしゅうございましょう」と奏上する。帝は、「どうしてそんなことがあろう。何として

このかぐや姫、[三〇]きと[三一]影になりぬ。はかなく、口惜しと思して、げに、ただ人にはあらざりけりと思して、「さらば、御伴には率て行かじ。もとの御かたちと[三二]なり給ひね。それを見てだに帰りなむ」と仰せらるれば、かぐや姫、もとのかたちになりぬ。帝、なほめでたく思し召さるること、せき止め難し。

かく見せつるみやつこまろを[三三]喜び給ふ。さて仕うまつる百官の⑤人々に、⑥饗《あるじ》いかめしう仕うまつる。

帝、かぐや姫を留めて帰り給はむことを、飽かず口惜しく思しけれど、魂を留めたる心地してなむ、帰らせ給ひける。御輿に奉りて後に、かぐや姫に、

[三四]帰るさの行幸物憂くおもほえて背きてとまるかぐや姫
ゆゑ

御返事、

[三五]葎《むぐら》はふ下にも年は経ぬる身の何かは玉の台《うてな》をも見む

これを、帝御覧じて、⑦いとど帰り給はむ空もなく思さる。御心は、さらに立ち帰るべくも思されざりけれど、さりと

も連れてお出でになろう」とおっしゃり、御輿をお寄せになると、このかぐや姫は、さっと影になってしまった。はかなく残念にお思いになって、やはり普通の人ではなかったのだとお思いになって、「では、御伴には連れて行くまい。もとのお姿にお戻りなさい。せめてそれだけでも見て帰ろう」と仰せになるので、かぐや姫は、もとの姿に戻った。帝が、やはり姫を素晴らしいとお思いあそばすお気持ちは、せき止められそうにない。

このように姫を見せてくれたみやつこまろに、帝は謝意をお示しになる。そして、翁も、行幸に供奉した百官の人々を、盛大に饗応して差し上げる。

帝は、かぐや姫をとどめて宮中にお帰りになるのを、不満で残念にお思いになるが、姫のもとに魂を留めたような気持ちがしたまま、お帰りなさるのだった。御輿にお乗りになって後に、かぐや姫に、

帰るさの…（帰る道の行幸がもの憂く思われて、振り返っては立ち止まってしまう。私の命に背いて里にとどまるかぐや姫ゆえに）

御返事、

葎はふ…（葎の生い茂る賤しい家で年月を過ごしてきた我が身が、どうして玉光り輝く御殿を見ることがで

て夜を明かし給ふべきにあらねば、帰らせ給ひぬ。

[二六]常に仕うまつる人を見給ふに、かぐや姫の傍らに寄るべくだにあらざりけり。異人《ことひと》よりはけうらなりと思しける人の、かれに思し合はすれば、人にもあらず。かぐや姫のみ御心に懸かりて、ただ独り過ぐし給ふ。よしなく[二七]御方々にも渡り給はず。かぐや姫の御もとにぞ、御文を書きて通はさせ給ふ。御返り、[二八]さすがに憎からず聞こえ交はし給ひて、面白く、[二九]木草につけても御歌を詠みて遣はす。

きましょうか）

これを、帝はご覧になり、ますますお帰りになる方角もわからなくお思いになる。御心の内では、一向に帰ろうともお思いになれなかったが、とはいえ、夜をお明かしなさるわけにもいかないので、お帰りになった。

いつもお仕えしている女官たちをご覧になると、かぐや姫の傍らに近寄れそうな者さえいない。他の人よりは美しいとお思いになっていた人も、あのかぐや姫と思い比べなさると、人並とも思えない。かぐや姫のことばかりお心にかかり、ただ独りでお過ごしになっている。これといった理由もなくては、お妃たちの所にもお渡りにならない。かぐや姫のお所に、お手紙を書いてやりとりなさる。姫のご返事は、入内に応じなかったとはいっても、つれなからず真心を込めてやりとり申し上げて、趣深く、季節の木や草にことよせても、帝は御歌を詠んでお遣わしになる。

【校異】

①のたまふ—の給ひ　②かたち—うち　③恥づかしく—はちしく　④の—ナシ　⑤の—ナシ　⑥に—ナシ　⑦いとど—いかゝ

【語釈】

一　内侍—内侍司の女官。尚侍《ないしのかみ》・典侍《ないしのすけ》・掌侍《ないしのじょう》の別があるが、単に「内侍」というときは掌侍をさす。

二　中臣のふさこ―中臣氏は、宮中の祭祀に携わる氏族で斎《いむ》部《べ》氏と対立関係にあった。鎌足は、藤原氏の祖。人臣初の摂政となった、藤原良房を寓するとする説もある。

三　嫗―翁に代わって嫗が女官のふさこに応待するのである。

四　かぐや姫のかたち〜よく見て参るべきよしのたまはせつる―「『かぐや姫のかたち〜よく見て参るべし』とのたまはせつる」などとあるべきで、破格の表現。帝の直接話法から間接話法に切り替わってしまっている。

五　よきかたちにもあらず―内侍の言葉「かぐや姫のかたち優におはすなり」を否定して切り返す。一二頁の翁との会話でも「よくもあらぬかたち」と言っていた。

六　恥づかしく―底本「はちしく」。十行本「恥しく」。武藤本「はつかしく」。あるいは新井本のように「はげしう」と解すべきか。

七　このよしを奏す―新井本「かぐやひめの見えずなりぬる事をありのまゝにそうす」。

八　奉れ―以下、「聞こし召して」「給びしかど」のように、帝が自分自身に対して敬語を用いる、いわゆる自敬語が頻出。帝が実際にこのように言っているわけではなく、語り手の帝への敬意がこめられた表現とみられる。

九　たいだいしく―もってのほかだ。不都合だ。「たぎたぎし（道が平坦でなく歩きにくい、の意）」の転。「怠々し」「退々し」は後の当て字。

一〇　たえて―（下に打ち消しを伴って）全然〜、一向に〜、の意。

一一　冠―五位の位。

一二　喜びて―かぐや姫を得て裕福になった身分卑しい翁にとって、次の願いは授爵して貴族に列せられることなのである。

一三　空しくなしてしこそあれ―新井本「むなしくなしてき。ひとのおもひはおとれるもまされるもおなじ事にてこそあれ」。

一四　心ばせ―「ばせ」は「馳せ」。表面にはっきりと現れた活発な心の動き。気立て。心意気。

一五　帝仰せ給はく―新井本ではこの前に「みかどきかせをはしまして、へんげの物にてさいふにこそ、いかゞはせむ、御覧じだにもいかでか御らんぜむとおほせ給ふ。これをいかゞせむとそうせさす」とある。

一六　御狩の行幸―狩をする帝には、行動力に富んだ雄々しい王者の風貌がある→補注。

一七　光→七頁補注。

一八　けうら―五頁。

一九 おの―自分。われ。若い女性が用いるのは稀で、かぐや姫が「変化の物」であることを示すか。対して、二六頁では、「我はこの皇子に負けぬべし」と語られていた。
二〇 きと―急に。一瞬のうちに。
二一 影―実体のはっきりしない、ぼんやりしたもの。影法師のような存在。
二二 なり給ひね―帝が、かぐや姫に尊敬語を用いている点に注意。
二三 喜び給ふ―「喜ぶ」は、ここでは、謝意を示す、の意。褒美として翁に官位が贈られたのだろう。
二四 帰るさの～かぐや姫ゆゑ―「背きてとまる」は、帝が振り返って立ち止まる、の意と、かぐや姫が勅命に背いて翁の邸にとどまる、の意をかける。参考「さすがにかけ離れぬ（玉鬘ノ）けはひを、あはれと（冷泉帝ハ）思しつつ、かへり見がちにて渡らせ給ひぬ」（源氏・真木柱）、「帰るさの道行くべくも思ほえず凍りて雪の降りしまされば」（伊勢集・五〇）、「帰るさの物憂き秋の夕暮にいとどもまねく花薄かな」（兼澄集・七四）。
二五 葎はふ～玉の台をも見む―「葎」は雑草の生い茂る陋屋《ろうおく》。対して「玉の台」は、立派な宮殿。→補注。新井本「……したにもとしをへぬる身を……」。
二六 常に仕うまつる人―常に帝のそばで奉仕する女官たち。
二七 御方々―女御・更衣などの妃たち。
二八 さすがに―入内の勅命には従わなかったけれども、やはり。
二九 木草につけても―参考「同じ心なる文通はしなどうちしてこそ、若き人は木草につけても心を慰め給ふべけれど」（源氏・蓬生）、「はかなき木草につけたる御返りなどのをり過ぐさぬも」（同・朝顔）。

【補注】

† **物語における狩** 狩や行幸を頻繁に催す天皇には、行動力に富むイメージがある。記紀における雄略などは、その典型といえよう。史実を顧みても、桓武や嵯峨といった平安時代初頭の帝は、遊猟を繰り返すことで、その王者性や権威を強めていくのである。『伊勢物語』に登場する惟喬《これたか》親王は、交野《かたの》の渚の院での狩に興ずるが、「上中下みな歌詠

かぐや姫と帝

みけり」という人々との君臣唱和のさまは、かつての嵯峨朝のそれをも彷彿させ、不遇の皇子への物語の同情さえうかがえる。雄略はしばしば乙女たちと出逢っているが、狩が男女を結びつける例も多い。特に、初段や、六十九段などの重要章段が狩を契機とする『伊勢』のありようは注目されよう。『源氏物語』行幸巻では、冷泉帝の盛大な大原野行幸と、帝の英姿に感動する玉鬘の姿が語られる。この段における帝とかぐや姫の出会いに通ずるものがある。

†葎の宿　「葎」は、「蓬」「浅茅」などと同じく、荒廃した邸や庭に生える雑草の類で、取るに足りないものをいう。『うつほ物語』「俊蔭」など、葎の宿に美貌の姫君が一人ひっそり暮らしている、という趣向は、物語の常套的な話柄であった。『源氏物語』「帚木」の雨夜の品定めでは、「世にありと人に知られず、さびしくあばれたらむ葎の門に、思ひの外にらうたげならむ人の閉ぢられたらむこそ限りなくめづらしくはおぼえめ」という左馬頭の弁も見える。かぐや姫の歌のように、「葎の宿」は、金殿楼閣を意味する「玉の台」としばしば対比される。「何せむに玉の台も八重葎生へらむ宿に二人こそ寝め」（古今六帖・第六・葎）のように、真実の愛には及ばぬものとして、「玉の台」は否定的に扱われることが多い。「思ひあらば葎の宿に寝もしなむひじきものには袖をしつつも」

（伊勢物語・二段）は、藤原高子（二条后）が入内して「玉の台」の人になる前に、主人公の贈った歌。

【鑑賞】 五人の求婚が失敗に終わり、いよいよ帝の登場である。貴公子たちにもなびかず、破滅へと追いやったかぐや姫に対し、帝の関心は並々でない。ふさこは「国王の仰せ言を、まさに、世に住み給はむ人の承り給はでありなむや」、帝こそがこの「世」、地上の絶対者であるという論理を押しつけ、かぐや姫を召そうとする。もちろん、姫がそうした命令に従うはずもない。「この世の人は、男は女に婚ふことをす、女は男に婚ふことをす」（一二頁）という翁の言葉に抗《あらが》ったのも想起される。ここには、決して相容れることのない、地上と天上の論理の相克が横たわっている。

かぐや姫への想いを鎮めがたい帝は、狩の行幸を計画する。**【補注】** に記したように、この帝は、行動力に富む、威厳に満ちた存在として造型されているが、にもかかわらず「きと影にな」った姫にはいかんともしがたい。「もとの御かたちとなり給ひね」と姫に対し敬語を用いるようになったのは、「ただ人にはあらざりけり」と、姫の超越性を悟ったからである。もはや帝は強引に権力を振りかざし、入内を強要しようとはしない。かかる帝に対し、姫はあらためて人間的な魅力、偉大さを見出だしている。結ばれることを断念することで、かえって二人の心の交流が可能になったといえよう。かぐや姫一人を愛するようになった帝は、多くの妃たちを顧みなくなる。後宮の秩序を乱す、かかる振る舞いは帝王としては失格なのだが、かぐや姫との純愛に生きようとする帝の姿は、むしろそれゆえに、一人の男としての、独特の魅力を発揮しているのである。

九　八月十五夜――かぐや姫の昇天

かやうにて、御心を[一]たがひに慰め給ふほどに、[二]三年ばかりありて、[三]春の初めより、かぐや姫、月の面白う出でたるを見て、常よりも物思ひたるさまなり。ある人の、[四]「[①]月の顔見るは忌むこと」と、制しけれども、ともすれば人間《ひとま》にも月を見ては[②]いみじく泣き給ふ。

七月十五日の月に出でゐて切に物思へる気色なり。近く使はるる人々、竹取の翁に告げて言ふ、「かぐや姫、例も月をあはれがり給へども、このころとなりては、ただごとにも侍らざめり。いみじく思し嘆くことあるべし。[③]よくよく見奉らせ給へ」と言ふを聞きて、かぐや姫に言ふやう、「なんでふ心地すれば、かく物を思ひたるさまにて、月を見給ふぞ。[五]うましき世に」と言ふ。かぐや姫、「見れば、[六]世間心細くあはれに侍る。なでふ物をか嘆き侍るべき」と言ふ。

このようにして、お心をお互いに慰めあっていらっしゃるうちに、三年ほどたって、春の初めから、かぐや姫は、月が趣深く出ているのを見て、いつもよりも物思いにふけっている様子である。そばにいる人が、「月の顔を見るのは、不吉なことです」と注意するけれども、ともすると、人のいない間にも、月を見ては、ひどくお泣きになる。

七月十五日の月に、縁に出てじっと坐って、切実に物思いに沈んでいる様子である。姫の近くで使われている人々が、竹取の翁に告げて言うには、「かぐや姫は、いつも月をしみじみと眺めておいででしたが、特に近頃は、尋常でもないようです。ひどく思い嘆いていらっしゃることがあるに違いありません。よくよく見て差し上げて下さい」と言うのを聞いて、かぐや姫に言うには、「どんな気持がするので、こんなに物を思い詰めた様子で月をご覧になるのですか。素晴らしいこの世の中なのに」と言う。かぐや姫は、「月を見ると、世の中が心細くしみじみと感じられるのです。どうして物を嘆いてなどおりましょうか」と言う。

かぐや姫のある所に至りて見れば、なほ物思へる気色なり。これを見て「あが仏[4]、何ごと思ひ給ふぞ。思すらむこと、何ごとぞ」と言へば、「思ふこともなし。物なむ心細くおぼゆる」と言へば、翁、「月な見給うそ。これを見給へば、物思す気色はあるぞ」と言へば、「いかで月を見ではあらむ」とて、なほ月出づれば出でゐつつ嘆き思へり。[七]夕闇には物思はぬ気色なり。月のほどになりぬれば、なほ時々はうち嘆き泣きなどす。これを、使ふ者ども、「なほ物思すことあるべし」とささやけど、親を始めて何ごとも知らず。

　八月十五日ばかりの月に出でゐて、かぐや姫いといたく泣き給ふ。人目も今は慎み給はず泣き給ふ。これを見て、親どもも「何ごとぞ」と問ひ騒ぐ。かぐや姫、泣く泣く言ふ、「さきざきも申さむと思ひしかども、必ず心惑はし給はむものぞと思ひて、今まで過ぐし侍りつるなり。さのみやはとて、うち出で侍りぬるぞ。おのが身は、この国の人にもあらず、[八]月の都の人なり。それをなむ昔の契りありけ

かぐや姫のいる所に行って、見ると、やはり物思いに沈んでいる様子である。これを見て、「我が最愛の姫よ、何を思い嘆いていらっしゃるのですか。お悩みになっているのは、どんなことですか」と言うと、「思い嘆くことなどありません。何となく心細く思われるだけです」と言うので、翁は、「月をご覧になってはなりません。これをご覧になると、思い嘆かれるようになりますよ」と言うと、「どうして月を見ずにいられましょう」と言って、やはり月が出ると、縁に出ては思い嘆いている。まだ月のない夕闇には、物思いもない様子である。月が出る頃になると、やはり、時々は嘆息したり、泣いたりなどする。このことを、召使いどもは、「やはり何かお悩みがあるに違いない」と、ささやくが、親をはじめとして、どんなことともわからない。

　八月十五日頃の月に、縁に出て、じっと坐って、かぐや姫はとてもひどくお泣きになる。人目も、今はかまわずお泣きになる。これを見て、両親も、「何ごとですか」としきりに尋ねる。かぐや姫が、泣く泣く言うには、「前々から申し上げようと思っておりましたが、きっと心を惑わしなさるだろうと思って、今まで黙って過ごしていたのです。そうしてばかりもいられないと思って、打ち明けるのです。

るによりなむ、この世界にはまうで来たりける。今は帰るべきになりにければ、この月の十五日に、かのもとの国より迎へに人々まうで来むず。さらずまかりぬべければ、思し嘆かむが悲しきことを、この春より思ひ嘆き侍るなり」と言ひて、いみじく泣くを、翁、「こはなでふことをのたまふぞ。竹の中より見つけ聞こえたりしかど、[九]菜種の大きさをおはせしを、我が丈立ち並ぶまで養ひ奉りたる我が子を何人か迎へ聞こえむ。まさに許さむや」と言ひて、「我こそ死なめ」とて、泣きののしること、いと堪へ難げなり。かぐや姫言ふ、「月の都の人にて、父母あり。[一〇]片時の間とてかの国よりまうで来しかども、かくこの国にはあまたの年を経ぬるになむありける。かの国の父母のこともおぼえず。ここにはかく久しく[一一]遊び聞こえて慣らひ奉れり。いみじからむ心地もせず、悲しくのみある。されどおのが心ならずまかりなむとする」と言ひて、もろともにいみじう泣く。使はるる人も、年ごろ慣らひて、立ち別れなむことを、[一二]心ばへなどあてやかにうつくしかりつることを、見慣らひ

私の身は、この国の人ではありません、月の都の人なのです。それなのに、昔からの契りがあったために、この世界に参上したのです。今は、帰らねばならぬ時になりましたので、今月の十五日に、以前住んでいたあの国から、迎えに人々が参りましょう。避けることもできず、お暇《いとま》しなければなりませんので、お爺様、お婆様がつらくお思いになってお嘆きになるのが悲しいことなので、この春から、思い嘆いているのです」と言って、激しく泣くのを、翁は、「これは、何ということをおっしゃるのです。竹の中からお見つけ申したけれども、菜種ほどの大きさでいらっしゃったのを、私の背丈と立ち並ぶまでお育て申し上げた我が子を、誰がお迎え申し上げられましょうか。どうして許せましょうか」と言って、「私こそ死んでしまおう」と言って、泣きわめくのは、とても堪えきれない様子である。かぐや姫が言うには、「私には、月の都の人である父母がおります。片時の間ということで、あちらの国からやって参りましたが、こうしてこの国で多くの年を過ごしてきたのです。あの国の父母のことも覚えておりません。ここには、このように長らく過ごさせて頂き、慣れ親しませて頂きました。（月に帰るといっても）嬉しい気持ちもしないで、悲しいばかりです。しかし、私の心にもまかせず、お暇し

て、恋しからむことの堪へ難く、湯水飲まれず、同じ心に嘆かしがりけり。

このことを、帝聞こし召して、竹取が家に御使ひ遣はさせ給ふ。御使ひに竹取出で会ひて、泣くこと限りなし。このことを嘆くに、髭も白く、腰もかがまり、目もただれにけり。翁、[一三]今年は五十ばかりなりけれども、物思ひには片時になむ老いになりにけり、と見ゆ。御使ひ、仰せ言とて、翁に言ふ、『いと心苦しく物思ふなるは、まことにか』と仰せ給ふ。」竹取、泣く泣く申す、「この十五日になむ月の都よりかぐや姫の迎へにまうで来なる。尊く問はせ給ふ。この十五日は人々給はりて月の都の人まうで来ば捕らへさせむ」と申す。御使ひ、帰り参りて、翁のありさま申して、奏しつることどもを聞こし召してのたまふ、「[一四]一目見給ひし御心にだに忘れ給はぬに、明け暮れ見慣れたるかぐや姫をやりて、⑤いかが思ふべき。」

かの十五日、寮々《つかさつかさ》に仰せて、勅使中将[一五]⑥[一六]高野のおほくにといふ人を任《さ》して、[一七]六衛《りくゑ》の府《つかさ》併《あ》はせて二千人の人を竹取

ようとしているのです」と言って、一緒に激しく泣く。召使いも、長年慣れ親しんでいて、別れてしまうことを考えると、気だてなど上品でかわいらしかったことを見慣れているので、恋しい気持ちを抑えがたく、湯水も喉を通らず、同じ気持ちで嘆いているのだった。

このことを、帝はお聞きあそばして、竹取の家に勅使をお遣わしになる。勅使に、竹取が出て対面して、泣くことは限りがない。このことを嘆いているうちに、髭も白く、腰も曲がり、眼もただれてしまった。翁は、今年は五十歳くらいだったが、物思いで、一瞬にして年老いてしまったように見える。勅使が、帝の仰せ言として翁に言うには、『たいそう不憫にも、思い悩んでいるというのは本当か』との仰せである。」竹取が、泣く泣く申すには、「この十五日に月の都から、かぐや姫のお迎えに参るそうです。恐れ多くもお尋ね下さいました。この十五日には、警護の人々を賜って、月の都の人がやって参りましたら、捕らえさせましょう」と申し上げる。勅使は宮中に帰参して、翁の様子を申し上げて、奏上したことを申し上げるのを、お聞きあそばして、おっしゃるには、「一目ご覧になったお心にさえお忘れにならないのに、明け暮れ見慣れているかぐや姫を手放してしまったら、翁はどんなにつらく思うだろう

が家に遣はす。家にまかりて、築地《ついぢ》の上に千人、屋の上に千人、家の人々多かりけるに、併はせて空ける隙もなく守らす。この守る人々も弓矢を帯《たい》して、⑦母屋の内には女ども番にをりて守らす。嫗、[一八]塗籠《ぬりごめ》の内にかぐや姫を抱《いだ》かへてをり。翁も、塗籠の戸さして、戸口にをり。翁の言はく、「かばかり守る所に、天の人にも負けむや」と言ひて、屋の上にをる人々に言ふ、「つゆも物、空に翔《かけ》らば、ふと射殺し給へ。」守る人々の言ふ、「かばかりして守る所に[一九]⑧かはほり一つだにあらば、まづ射殺して外にさらさむと思ひ侍る」と言ふ。翁、これを聞きて、頼もしがりをり。これを聞きて、かぐや姫は、「さし籠めて守り戦ふべきしたくみをしたりとも、あの国の人をえ戦はぬなり。弓矢して射られじ。かくさし籠めてありとも、かの国の⑨人来ば、皆開きなむとす。あひ戦はむとすとも、かの国の人来なば、猛き心使ふ人も、よもあらじ。」翁の言ふやう、「御迎へに来む人をば、長き爪して眼を摑《つか》み潰さむ。さが⑩髪を取りて、[二〇]かなぐり落とさむ。[二一]さが尻を掻き出でて、ここらのおほやけか。」

その十五日、それぞれの役所にお命じになり、勅使に中将高野のおほくにという人を任命して、六衛府を併わせて、二千人の兵士を竹取の家に派遣される。家に到着して、築地の上に千人、屋根の上に千人、家の人々がもともと多くいたのに加えて、立錐《りっすい》の余地もないように守らせる。この家に仕える護衛の人々も、弓矢を携えて、母屋の内では、女どもを、当番にして守らせる。嫗は、塗籠の中で、かぐや姫を抱きしめてじっとしている。翁も、塗籠の戸を閉めて、戸口に控えている。翁が言うには、「これほど厳重に守っている所なのだから、天の人にも負けようか」と言って、屋根の上にいる人々に言うには、「少しでも、何物かが空を翔ったら、さっと射殺して下さい。」護衛の人々が言うには、「これほどまでして守っている所に、蝙蝠一匹でもいたならば、真っ先に射殺して、外にさらしてやろうと思います」と言う。翁は、これを聞いて、頼もしがっている。これを聞いて、かぐや姫が言うには、「私を塗籠に閉じこめて、守って戦う備えをしても、あの国の人とは戦えません。弓矢でも射ることができないでしょう。こうして鍵を鎖して閉じこめているといっても、あの国の人が来たら、すべて開いてしまいましょう。あの国の人が来たら、

人に見せて、恥を見せむ」と腹[二二]立ちをる。かぐや姫言はく、「声高になのたまひそ。屋の上にをる人どもの聞くに、いと[二三]まさなし。いますがりつる心ざしどもを、思ひも知らで、まかりなむずることの口惜しう侍りけり。長き契りのなかりければ、ほどなくまかりぬべきなめり、と思ひ、悲しく侍るなり。親たちの顧みを、いささかだに仕うまつらでまからむ道も、安くもあるまじきに、日ごろも出でゐて今年ばかりの暇を申しつれど、さらに許されぬによりてなむ、かく思ひ嘆き侍る。御心をのみ惑はして去りなむことの、悲しく堪へ難く侍るなり。かの都の人は、いとけうらに、老いをせずなむ、思ふこともなく侍るなり。さる所へまからむずるも、いみじく侍らず。老い衰へ給へるさまを見奉らざらむ⑪こそ、恋しからめ」と言ひて、翁、「胸痛きこと、なし給うそ。うるはしき姿したる使ひにもさはらじ」と妬みをり。

かかるほどに、宵うち過ぎて、[二四]子《ね》の刻ばかりに、家のあたり、昼の明さにも過ぎて光りたり。望月《もちづき》の明さを十合は

猛々しい心をふるう人も、まさかいないでしょう。」翁の言うには、「お迎えに来る人を、この長い爪で眼を摑み潰してしまおう。そいつの髪をひっつかんで、ひきずり落としてやろう。そいつの尻をまくり出して、大勢のお役人に見せて、恥をかかせてやろう」と立腹している。かぐや姫の言うには、「声高におっしゃいますな。屋根の上にいる人々に聞かれては、とても恥かしいことです。これまでの数々のご愛情をわきまえもせずに、お暇することが残念でございます。末永くご一緒できるという、前世からの因縁がなかったので、まもなくお暇しなければならないと思って、悲しいのでございます。お爺様、お婆様にお世話になった恩返しも、少しもいたさずに、お暇する道中も心穏やかではあるはずもなく、この数日間も、縁に出て坐っては、せめて今年だけのお許しをお願いしましたが、一向に許されなかったので、こんなに思い嘆いているのです。お心を惑わせてばかりで去って行くことが、悲しく堪えがたいのでございます。あの月の都の人は、たいそう美しくて、老いるということもなく、物思いもないのです。そんな所へ去って行きますのも、嬉しくはありません。お爺様、お婆様の老い衰えていかれるのをお世話申し上げられないのが、心残りとなりましょう」と言うので、翁は、「胸が痛くな

せたるばかりにて、ある人の毛の穴さへ見ゆるほどなり。大空より、人、[二五]雲に乗りて降り来て、土より五尺[二六]ばかり上がりたるほどに、立ち連ねたり。内外なる人の心ども、物に襲はるるやうにて、あひ戦はむ心もなかりけり。からうして、思ひ起こして弓矢を取り立てむとすれども、手に力もなくなりて萎《な》えかかりたる中に、心さかしき者、念じて射むとすれども、外《ほか》ざまへ行きければ、荒れも戦はで、心地ただ痴《し》れに痴れて目守《まも》りあへり。

立てる人どもは、装束のきよらなること、物にも似ず。[二七]飛ぶ車一つ具したり。[二八]羅《ら》蓋《がい》さしたり。その中に、王と思しき人、家⑫に、「みやつこまろ、まうで来《こ》」と言ふに、猛く思ひつるみやつこまろも、物に酔ひたる心地して、俯《うつぶ》しに臥せり。言はく、「汝、幼き人[二九]。いささかなる功《く》徳《どく》[三〇]を翁作りけるによりて、汝が助けにとて、片時のほどとて下ししを、そこらの年ごろ、そこらの黄金給ひて、身を変へたるがごとくなりにけり。かぐや姫は罪[三一]を作り給へりければ、かく賤しきおのれがもとにしばしおはしつるなり。罪の限

るようなことを、おっしゃいますな。美しい姿をした月の使いが来ても、差し支えあるまい」と、妬ましく思っている。

こうしているうちに、宵も過ぎて、子の時ごろに、家の周りが、昼の明るさにもまさって光ったのだった。望月の明るさを十倍にしたくらいで、そこにいる人の毛穴まで見えるほどである。大空から、人が、雲に乗って降りて来て、地面から五尺くらい上がったあたりに立ち並んでいる。家の内外にいる人々の心は、物の怪に襲われたような気がして、立ち向かう気力も失せてしまった。やっとのことで、気を取り直して、弓矢をつがえようとするけれども、手に力も入らず、なよなよと物に寄りかかっている。その中でも、心のしっかりした者が、堪えて射ようとはするけれども、逸《そ》れてしまうので、勝負にもならず、気持ちが、ただぼんやりとするばかりで、様子を見つめているのだった。

立っている人々は、装束の美しいことは似るものがない。空飛ぶ車を一つ備えている。羅蓋がさしかけてある。その中にいる王とおぼしき人が、家に向かって、「みやつこまろ、出て参れ」と言うと、勇ましく思っていたみやつこまろも、何かに酔ったような気がして、うつぶせにひれ臥した。天人が言うには、「汝、心幼い者よ。ささやかな功徳

り果てぬれば、かく迎ふる。翁は、泣き嘆く、あたはぬことなり。はや返し奉れ」と言ふ。翁、答へて申す、「かぐや姫を養ひ奉ること、[三]二十余年になりぬ。『片時』とのたまふに、あやしくなり侍りぬ。また、異所に、かぐや姫と申す人ぞおはしますらむ」と言ふ。「ここにおはするかぐや姫は重き病をし給へば、え出でおはしますまじ」と申せば、その返事はなくて、屋の上に、飛ぶ車を寄せて、「いざ、かぐや姫、[三]穢き所にいかでか久しくおはせむ」と言ひ、立て籠めたる所の戸、すなはちただ開きに開きぬ。格子どもも、人はなくして開きぬ。嫗、抱きてゐたるかぐや姫、外に出でぬ。え留むまじければ、ただ さし仰ぎて泣きをり。

竹取心惑ひて泣き臥せる所に寄りて、かぐや姫言ふ、「ここにも、心にもあらでかくまかるに、昇らむをだに見送り給へ」と言へども、「何しに、悲しきに見送り奉らむ。我をいかにせよとて捨てては昇り給ふぞ。具して率ておはせね」と泣きて臥せれば、御心惑ひぬ。「文を書き置きてまからむ。恋しからむ折々、取り出でて見給へ」とて、う

を、翁が作ったことによって、汝の助けにと思って、わずかな間のことと思って姫を下したのだが、長い年月の間に、多くの黄金を賜って、身を変えたように裕福になったのだ。かぐや姫は罪をお作りになったので、このように卑しいお前のもとで、しばらくの間お過ごしになったのだ。その罪業も消え果てたので、こうして迎えに来たのだ。翁が泣き嘆いているのは、筋違いというものである。姫を早くお返し申し上げよ」と言う。翁が答えて申し上げるには、「かぐや姫をお育て申し上げること、二十年余りとなりました。『わずかな間』とおっしゃいましたので、奇妙に思われました。きっとよそにかぐや姫と申し上げる人がいらっしゃるのでしょう」と言う。「ここにいらっしゃるかぐや姫は重い病を患っておいでなので、外にはお出でになれないでしょう」と申し上げるので、その返事はせずに、屋根の上に飛ぶ車を寄せて、「さあ、かぐや姫、こんな穢い所に、どうして長くとどまっていらっしゃるのですか」と言うと、姫を閉じ込めていた塗籠の戸は、たちまちにすっかり開いてしまった。格子も、人はいないのに開いてしまった。嫗が抱いていたかぐや姫は、外に出てしまった。とどめられそうにもないので、嫗はただ空を仰いで泣いている。

竹取の翁が心を惑わせて泣き臥せっている所に、寄り添

ち泣きて書く言葉は、

　この国に生まれぬるとならば、嘆かせ奉らぬほどまで侍らで過ぎ別れぬること、返す返す本意なくこそおぼえ侍れ。脱ぎ置く衣を形見と見給へ。月の出でたらむ夜は[三四]見おこせ給へ。見捨て奉りてまかる空よりも落ちぬべき心地する。

と書き置く。

　天人の中に持たせたる箱あり。[三五]天《あま》の羽《は》衣《ごろも》入れり。また、あるは[三六]不死の薬入れり。一人の天人言ふ、「壺なる御薬[三七]奉れ。穢き所の物聞こし召したれば、御心地あしからむものぞ」とて、持て寄りたれば、いささか嘗《な》め給ひて、少し、形見とて脱ぎ置く衣《ころも》に包まむとすれば、ある天人包ませず、御衣を取り出だして着せむとす。その時に、かぐや姫、「しばし待て」と言ひ、「衣《きぬ》着せつる人は、心異になるなりと言ふ。物一言言ひ置くべきことありけり」と言ひて、文書く。天人、「遅し」と、[三八]心もとながり給ひ、かぐや姫、「物知らぬことなのたまひそ」とて、いみじく静かに、お

ってかぐや姫が言うことには、「私も、心ならずもこうしてお暇するので、せめて昇天するのだけでも見送ってください」と言うけれども、「どうして、悲しいのに、見送り申し上げられましょう。私をどうしようと思って、見捨てて昇天なさるのです。一緒に連れて行って下さい」と、泣き臥せっているので、姫の心は戸惑ってしまう。「手紙を書き置いてお暇いたします。恋しくなった折々に、取り出してご覧下さい」と言って、泣きながら書く言葉は、

　この国に生まれたのでしたら、嘆かせ申し上げないほどまで、末永くお仕えすることもできずに、歳月が過ぎてお別れすることが、返す返すも不本意に思われます。脱ぎ置いていく衣を形見としてご覧下さい。月の出た夜は、見つめて下さい。お爺様、お婆様を見捨て申し上げてお暇するのは、不安で空からも落ちそうな気持ちがいたします。

と書き置きする。

　天人の中に、持たせてある箱がある。天の羽衣が入れてある。また他の箱には、不死の薬が入れてある。一人の天人が言う、「壺の中の薬を召し上がれ。穢い所の物を召し上がってこられたので、ご気分が悪いことでしょう」と言って持ち寄って来るので、少しばかりお嘗めになって、少

ほやけに御文奉り給ふ。慌てぬさまなり。

かくあまたの人を給ひて、とどめさせ給へど、許さぬ迎へまうで来て、取り率てまかりぬれば、口惜しく悲しきこと。宮仕へ仕うまつらずなりぬるも、かく煩はしき身にて侍れば。心得ず思し召されつれども、心強く承らずなりにしこと、なめげなる者に思し召しとどめられぬるなむ、心にとまり侍りぬ。

とて、

[三九]今はとて天の羽衣着るをりぞ君を⑬あはれと思ひ出でける

とて、壺の薬添へて、[四〇]頭中将を呼び寄せて奉らす。中将に天人取りて伝ふ。中将取りつれば、ふと天の羽衣うち着せ⑭奉りつれば、翁をいとほし、愛《かな》しと思しつることも失せぬ。この衣着つる人は、物思ひなくなりにければ、車に乗りて、百人ばかり天人具して、昇りぬ。

し、形見にということで、脱ぎ置く衣に包もうとすれば、そこにいる天人は包ませないで、御衣を取り出して着せようとする。その時に、かぐや姫、「しばらく待ちなさい」と言い、「衣を着せられた人は、心変わりしてしまうといいます。一言言い残すべきことがあるのです」と言って、手紙を書く。天人が、「遅い」ともどかしげにしていらっしゃるのを、かぐや姫、「ものの道理をわきまえぬことを、おっしゃいますな」と言って、たいそう静かに、帝にお手紙を差し上げなさる。あわてぬ様子である。

このように多くの人々を遣わしてお引き留め下さいましたが、許してはくれぬ迎えが参りまして、私を連れ去って行きますので、残念で悲しいことです。宮仕えがかないませんでしたのも、このように煩わしい身だったからなのでございます。納得のゆかぬことと思いになられたことでしょうが、強情にもお言葉に従わなかったことを、無礼なものとしてお心におとどめになられてしまうことが、気がかりになっております。

と書いて、

今はとて…（今はこれまでと天の羽衣を着るこの時になって、あなた様のことがしみじみといとおしく思い出されてくるのです）

【校異】

①月の顔―月かほ　②いみじく―いみし〃く　③よくよく―よしよし　④あが―有　⑤いかが―女何　⑥中将―少将　⑦母屋―たもや　⑧かはほり―かはり　⑨人来ば―人〃は　⑩髪―しみ　⑪こそ―事　⑫家に、みやつこまろ―宮つこまろ家に　⑬あはれ―ころも　⑭奉り―れり

【語釈】

一　たがひに―漢文訓読系の語。和文では「かたみに」が用いられる。

二　三年ばかり―いわゆる神聖数の「三」。

三　春の初めより―以下、「七月十五日」、「八月十五日」と時の進行につれてかぐや姫の愁嘆が深まっていく点に注意。

と歌を書いて、壺の薬を添えて、頭中将を呼び寄せて、帝に献上させる。中将には（かぐや姫から）天人が取って手渡す。中将が受け取ったので、さっと天の羽衣を着せかけ申し上げたので、翁を、気の毒だ、いとおしいとお思いだった姫の感情も消え失せてしまった。この衣を着た人は、物思いがなくなってしまうので、車に乗って、百人ほどの天人を引き連れて、昇天してしまった。

四　月の顔見るは、忌むこと→補注。

五　うましき―満ち足りていて快いさま。「うまし」は、上代ではク活用とシク活用の両方があり、これは後者の例。

六　世間―仏教語。この世の中。

七　夕闇―まだ月が出ない宵闇のころ。陰暦二十日過ぎは、月の出が遅い。

八　月の都―『起世経《きせきやう》』に云はく、「仏此丘ニ告ゲタマハク、月天子ノ宮殿ハ縦横正等四十九由旬《ゆじゅん》ナリ。四面垣墻《ゑんしやう》ハ七宝ノ成ス所、月天ノ宮殿ハ純《もは》ラ天ノ銀天ノ青瑠璃ヲ以テ相ヒ間錯《まじ》フ。…月天子…天ノ種種ノ五欲ノ功徳ヲ以テ、和合シテ楽ヲ受ケ、随意ニシテ行ク。月天子ノ身寿《いのちながき》コト五百歳」」（『竹取物語抄』）。

九　菜種―アブラナの種。仏典では、ごく小さなものの喩え

に用いられる語。「芥子　ナタネ　蕪菁」(色葉字類抄)、「三千大千世界ヲ観ルニ、乃至、芥子ノ如キ許リモ、是レ菩薩ノ身妙ヲ捨テシ処ニ非ザルコト有ルコト無シ」(法華経・提婆達多品)。

一〇　片時の間―月と地上では時間の意識がまったく異なる。月の都の「片時」が地上では「あまたの年」に相当する。

一一　遊び聞こえて―ここでの「遊ぶ」は、生まれ故郷を離れた地で楽しく過ごすこと。

一二　心ばへ―「ばへ」は「延へ」。その人の発する雰囲気から察せられる、本性や性格をいう。人に限らず物事の風情や趣についてもいう。

一三　今年は五十ばかり―一四頁「年七十に余りぬ」の注参照。

一四　見給ひし―次の「御心」「忘れ給はぬ」と帝の自敬表現が続く。

一五　中将―底本「少将」。後出の「頭中将」と同一人物と見て改めた。両者を別人とみる説もある(小嶋菜温子)。

一六　高野のおほくに―高野氏は百済系の帰化人の一族。乙継の娘新笠《にいかさ》は光仁天皇の妃で、桓武天皇・早良《さわら》親王などの生母。

一七　六衛の府―左右の近衛府・兵衛府・衛門府。宮中の警護にあたる。嵯峨天皇の弘仁二年(八一一)に確立した制度。

一八　塗籠―周囲を壁で塗り込め、採光のための窓と妻戸だけを設けた小部屋。納戸。

一九　かはほり―蝙蝠。前の「かばかり」との語呂合わせ。兵士には、まだ軽口を叩けるほどの余裕があるのである。「蚊ばかり」とする説もある。

二〇　かなぐり―乱暴に引き抜く。荒々しく払いのける。「死人ノ髪ヲカナグリ抜キ取ルナリケリ」(今昔物語集・巻二九・一八)。

二一　さが尻を掻き出でて―参考「調吉士《つきのきし》伊企儺《いきな》、為人《ひととなり》勇烈《たけ》クシテ……即チ号叫《おら》ビテ曰ク『新羅ノ王《こにきし》、我ガ臗脽《しり》ヲ啗《くら》ヘ』トイフ」(欽明紀二十三年七月)。

二二　腹立ちをる―この辺り、翁が興奮のあまり卑しい素性を丸出しにしている点に注意。

二三　まさなし―見苦しい。みっともない。

二四　子の刻―午前零時を中心とする二時間。武藤本、十行本「ねの時」。

二五　人、雲に乗りて降り来て―仏の来迎図のイメージである。

二六　五尺ばかり―一尺は、約三〇・三センチメートル。参考「阿弥陀仏立ち給へり……蓮華の座の土を上がりたる高さ三四尺」(更級日記)。

二七　飛ぶ車―「兼名苑ノ注ニ云フ、奇肱《きこう》国ノ人、能ク飛ブ車ヲ作ル、風ニ従ヒテ飛行ス。故ニ飛車ト曰フ」（和名抄）。参考「雲にだに心をやらば大空に飛ぶ車をばよそながら見む」（うつほ・菊の宴）。

二八　羅蓋―薄絹で張った傘。従者が貴人の背後からさしかける。

二九　幼き人―翁とはいえ、不老不死の月の都の人から見れば、ずっと年少であり、思慮も浅く未熟である。

三〇　功徳―仏教語。善行を積んだことで得られる果報。参考「かの仙人に菜摘み水汲みせし功徳のゆゑに、輪廻生死の罪を滅ぼして、人の身を得たるなり」（うつほ・俊蔭）。

三一　罪を作り給へりければ―天人がかぐや姫に尊敬語を用いている点に注意。月の世界では高貴な身分であったことがわかる。

三二　二十余年―かぐや姫の言葉の「あまたの年」に照応。

三三　穢き所―地上を「穢土」とする仏教的な思想による。

三四　見おこせ給へ―「見おこす」は、「見やる」の対で、視線を送る、投げかけるの意。かぐや姫は、すでに月にいる立場で、このように言う。

三五　天の羽衣―天人女房譚では飛行の道具として語られる（↓付録【四】【五】）。しかし、この物語では、その機能は「飛ぶ車」に委ねられ、喜怒哀楽の感情をなくす装置として用いている。物語の創意である。

三六　不死の薬↓補注。

三七　奉れ―次の「聞こし召し」とともに、「飲む」「食ふ」の尊敬語。

三八　心もとながり給ひ―喜怒哀楽の感情のないはずの天人が、じれったがっている点に注意。かぐや姫の「慌てぬさま」という凛とした態度と対照的。

三九　今はとて〜思ひ出でたる―第五句、武藤本「おもひいでける」、十行本「思ひ出ける」。新井本「……きる時ぞ……おもひ出ぬる」。

四〇　頭中将―近衛中将で蔵人頭を兼任している者。天皇の側近であり、大臣家の子息など前途有望な者が任じられる。弘仁元年（八一〇）設置。

【補注】

†月の禁忌　空高く皎々と輝く月に、人々は美を感じる一方で、異様な無気味さ、禍々しさをも感じていた。「おほ

かたは月をもめでじこれぞこの積もれば人の老いとなるもの」（古今集・雑上・八七九・在原業平、伊勢・八八段）、「月をあはれと言ふは忌むなりと言ふ人のありければ　独り寝のわびしきままに起きゐつつ月をあはれと忌みぞかねつる」（後撰集・恋二・六八四・詠み人知らず）、「今は入らせ給ひね。月見るは忌み侍るものを」（源氏・宿木）、「荒れたる板屋のひまより月のもり来て、児の顔にあたりたるが、いとゆゆしくおぼえければ、袖をうちおほひて」（更級日記）などの例によって知られる。古来の土俗的な発想に「月明ニ対シテ往時ヲ思フ莫レ、君ガ顔色ヲ損ジテ君ガ年ヲ減ゼン」（白氏文集・巻一四・贈内）のような中国的な思想が結びついたものであろう。

†中秋の明月　中秋の明月を賞翫《しょうがん》するのは中国から移入された風習である。北宋の朱弁『曲洧《きょくい》旧聞』によれば、盛唐の杜甫に始まるとされるが、白楽天が好んで詩に詠んだことで我が国にも広まった。「華陽観中、八月十五日夜、友ヲ招キテ月ヲ翫《もてあそ》ブ」（白氏文集・巻十三）などはとりわけ親しまれた詩である。日本でいち早く観月の詩宴を催したのが菅原氏の周辺で、島田忠臣の「八月十五夜宴月」（田氏家集・上）あたりが文献に見る初出であろう。以後「菅家ノ故事」（菅家文草・巻四・八月十五日夜、思旧有感）として慣例化し、また宮中でも行われるようになった。海彼の新しい流行を速やかに取り入れ、物語の山場に据えた点にも、作者が漢詩文の教養の持ち主であることがうかがえる。

†月と不死　「かの都の人は、いとけうらに、老いをせず」とあるように、月は、地上とは対極的な、不老不死の世界である。古代の人々は、満ち欠けを繰り返す月に、死と再生の神秘を認めていたらしい。『淮南子《えなんじ》』覧冥訓には、弓の名人、羿《げい》が西王母から得た不死薬を盗み飲んだ妻の姮娥《こうが》（嫦娥とも）が月に昇った話を載せる。月の兎が餅搗《つ》きをする昔話も、不死薬を杵で搗くのがオリジナルである。また、日本でも、「変若水《をちみづ》（生命の若返りの霊水）の信仰があった。「天橋も　長くもがも　高山も　高くもがも　月読の　持てる変若水　い取り来て　君に奉《まつ》りて　変若《を》ち

月を見ては泣くかぐや姫

かぐや姫を迎えに来た天人たち

得てしかも」（万葉集・巻一三・三二四五）。ニコライ・ネフスキーは『月と不死』（一九二八年）において、琉球宮古島の伝承を紹介している。月と太陽の使者アカリヤザガマは、人間に変若水、蛇に死水を与えるよう命ぜられる。油断している隙に蛇が変若水を浴びてしまったので、やむなく人間に残った死水を浴びせる。このようなわけで、人間は不死を得られず、いっぽう、蛇は脱皮を繰り返すようになったという。

【鑑賞】帝と心を通わせるようになってから、三年が過ぎた。かぐや姫は月を眺めては嘆き悲しむようになる。心配する翁たちに、姫はついに「月の都の人なり」と自分の素性を打ち明ける。「昔の契り」―前世からの宿縁によって、この地上に降りてきたのだという。後文の、翁の「功徳」ゆえに姫を下したという、天人の王の言葉と照応するが、さらに姫が月の世界で犯した「罪」を贖《あがな》うために、この穢れた人間界へと放たれたとあるのが注意される。ここには、貴種流離譚の話型が指摘できる。高貴な血筋の主人公が、何らかの罪を背負い、贖罪のために故郷から放逐され、さすらいの旅を続ける。建設的な仕事を成し遂げては、またいずこかへと去っていく、という類型である。記紀のスサノヲ、ヤマトタケル、『伊勢物語』の在原業平の東下り、『源氏物語』の須磨における光源氏などがよく知られている。さらに中国では、罪を犯した仙女がこの地上へと下される、いわゆる謫仙《たくせん》の話も多い。こうした話型の枠組みによりつつ、堕天使かぐや姫の物語が語られているのである。

いよいよ姫が月に帰還する八月十五夜となる。帝は、大勢の兵士を総動員して姫の警護に当たらせる。しかし、「あの国の人をえ戦はぬなり」「かの国の人来なば、猛き心使ふ人も、よもあらじ」との姫の言葉通り、月の使者たちを前に、兵士たちはまったくの無力である。月の世界の超越性・絶対性が決定的に印象づけられる場面といえよう。そうした中で、地上の世界の一員として、月の人々と対峙するのが他ならぬかぐや姫である。「物知らぬことなのたまひそ」と天人を制し、悠然と帝への手紙を認《したた》める姫の姿は、実に人間的であるが、とりわけ「今はとて天の羽衣着る折ぞ君をあはれと思ひ出でたる」の歌は重要である。「あはれとも見でをるに」（二七頁）→「少しあはれと思しけり」（六三頁）としだいに高まってきた「あはれ」の感動が、まさに地上から去ろうとする今になって頂点となっているることが知られよう。この羽衣をまとうと、すべての人間的な感情は失われてしまう、それを痛感するがゆえに、かぐや姫の最期の絶唱は、きわめて張りつめたものになっているのである。

十　富士の煙

その後、翁、嫗、[一]血の涙を流して惑へど、かひなし。あの書き置きし文を読みて聞かせけれど、「何せむにか、命も惜しからむ。[二]誰がためにか。何ごとも用もなし」とて、薬も食はず、やがて起きも上がらで病み臥せり。

中将、人々引き具して帰り参りて、かぐや姫をえ戦ひ留めずなりぬるをこまごまと奏す。薬の壺に御文添へて参らす。広げて御覧じて、いとあはれがらせ給ひて、物も聞こし召さず。[三]御遊びなどもなかりけり。大臣、上達部を召して、「いづれの山か、天に近き」と問はせ給ふに、ある人奏す、「[四]駿河《するが》の国にあるなる山なむ、この都も近く天も近く侍る」と奏す。これを聞かせ給ひて、

[五]逢ふこともなみだに浮かぶ我が身には死なぬ薬も何に
かはせむ

かの奉る不死の薬に、文、壺具して御使ひに給はす。勅使

その後、翁も嫗も、血の涙を流して戸惑っているけれども、何のかいもない。例の書き置いた手紙を読んで聞かせるが、「どうして命も惜しかろう。誰のために。何事も無用だ」と言って、薬も飲まず、そのまま起き上がれずに病み臥せっている。

中将は、人々を引き連れて宮中に帰参して、戦って姫を引き留められなかった事情を、細々と奏上する。薬の壺にお手紙を添えて献上する。帝は広げてご覧になり、とても沈鬱なお気持ちになって、何もお召し上がりにならない。管絃の催しなどもないのだった。帝は、大臣や上達部をお召しになって、「どの山が、天に近いか」とお尋ねになるので、ある人が奏上するには、「駿河の国にあるという山が、この都からも近く天にも近いのでございます」と奏上する。これをお聞きになって（お詠みになった歌）

逢ふことも…（あの女《ひと》と逢うこともなく悲しみの涙に浮かぶ我が身には、不死の薬も何の意味があろうか）

あの献上した不死の薬に、手紙と壺を添えて御使の者にお与えになる。勅使には調のいはかさという人を任命して、

には[六]調《つき》のいはかさといふ人を召して、駿河の国にあなる山[七]の頂きに持てつくべきよし仰せ給ふ。嶺にてすべきやう教へさせ給ふ。[八]御文、不死の薬の壺、並べて火をつけて燃やすべきよし仰せ給ふ。そのよし承りて、[九]士《つはもの》もあまた具して山へ登りけるよりなむ、その山を「[一〇]富士の山」とは名づけける。[一一]その煙、いまだ雲の中へ立ち上るとぞ言ひ伝へたる。

駿河の国にあるという山の頂に持って行くべき旨をお命じになる。嶺ですべき作法をお教えになる。お手紙と、不死の薬の壺を、並べて火をつけて燃やすべき旨をお命じになる。その旨を承って、兵士どもを大勢引き連れて山に登ったことにちなんで、その山を「富士の山」とは名付けたのである。その煙は、いまだに雲の中へ立ち上っていると言い伝えている。

【語釈】

一 血の涙―一二三頁。参考「父母、紅の涙を流してのたまはく、『汝、不孝の子ならば、親に長き嘆きあらせよ』」（うつほ・俊蔭）。

二 誰がためにか―後に「命も惜しからむ」の意の省略がある。

三 御遊びなどもなかりけり―「遊び」は、管絃の遊び。皇族や高官が死んだ場合は、歌舞音曲が停止される。かぐや姫の昇天が、最愛の妃の死のイメージでとらえられている。

四 駿河の国―現在の静岡県中央部。

五 逢ふこともなみだに～何にかはせむ―「なみだ」に「無み」「涙」を掛ける。「何せむにか、命も惜しからむ」という翁・嫗の悲嘆に酷似。参考「世の常のねをし泣かねば逢ふことのなみだの色もことにぞありける」（後撰集・恋二・六六九・藤原治方）、「逢ふことのなみだにのみぞ濡れそはる逢はぬ夜を惜し悲しと思へば」（元良親王集・一五九）、「あはれてふことに飽かねば世の中を涙に浮かぶ我が身なりけり」（貫之集・五九七）。

六 調のいはかさ―調氏は、百済系の帰化人氏族。調首《つきのおびと》淡海《おうみ》は、壬申の乱に天武天皇に従った（日本書紀・天武元年六月）。調使《つきのつかい》王は、安殿《あて》親王の病に際し、諸陵頭として崇道天皇の御霊慰撫に淡路に派遣されている（日本紀略・延暦十一年六月）。「かさ（暈）」とともに月を連想させる名である。また、『聖徳太子伝暦』（推古六年九月）には、富士山頂を黒駒で翔けた聖徳太子の従者、調使麻呂の名が見える。新井本「つきのいはかど」。

七　あなる―「あるなる」の音便「あんなる」の撥音無表記。↓五四頁。

八　御文―かぐや姫からの手紙を処分するという見方もあるが、帝のかぐや姫への手紙と解するべきである。手紙を燃やし、煙を立ち上らせることで、遙か月の世界にいるかぐや姫に想いを伝えるのである。十陵八墓への荷前《のさき》の使や、春日祭の使が、宣命を焼くのに通ずる行為（益田勝実）。

九　士も―底本「兵者も」。武藤本「つはものども」。十行本「つは物ども」。

一〇　富士の山―「不死の山」との読者の期待を裏切って、「士に富む（あまた）」からこの名がついたのだとする、この物語の最後の言語遊戯。これまでの同音異義の掛詞ではなく、漢字表記にもとづく語源譚となっている点に注意。「富士」という表記の初出は延暦十六年（七九七）成立の『続日本紀』であり、以後、公的な記録に用いられるようになる。それ以前の『常陸国風土記』では福滋、『万葉集』では布自・布士・不尽・不自などと記されている。なお、新井本では「つはものどもあまたぐしてなむかの山へはのぼりける。そのふしのくすりをやきてけるよりのちはかの山の名をばふじの山とはなづけゝる」とある↓補注。

一一　その煙、いまだ雲の中へ立ち上る―平安時代には富士山は噴火を繰り返しており、「富士の煙によそへて人を恋ひ」（古今集・仮名序）とあるように、その火や煙は恋との関連で歌に詠まれた。この煙も、帝のかぐや姫への絶ちがたい愛執の表象であり、「不尽」をも響かしていよう。参考「吾妹子《わぎもこ》に逢ふ縁《よし》を無み駿河なる不尽の高嶺の燃えつつかあらむ」（万葉集・巻十一・二六九五・作者未詳）「人知れぬ思ひをつねにするがなる富士の山こそ我が身なりけれ」（古今集・恋一・五三四・詠み人知らず）。なお「燃ゆれどもしるしだになき富士の嶺に思ふ中をばたとへざらなむ」（貫之集・五六七）「しるしなき煙を雲にまがへつつ世を経て富士の山は燃えけり」（同・六五九）は『竹取』末尾を踏まえた歌か。

【補注】

†富士山　古代の貴族で実見した者はごく稀であろうが、日本最高峰の富士山は、古くから、多く文学作品にも採り上げられ、信仰の対象ともなっていた。平安時代にはしばしば噴火を繰り返していたことが文献によって知られる。とりわけ貞観六年（八六四）のそれは大規模であり、この時の溶岩流によって現在の青木ヶ原・河口湖・西湖・精進湖が生じたという。これに先だって、朝廷では富士山に従三位（文徳実録・仁寿三年（八五三）七月）、正三位（類聚国史・貞観元年（八五九）正月）を授けている。なお、『古今集』仮名序には、「今は富士の山も煙立たずなり」とあり、延喜五年（九〇五）の時点では、一時活動を休止していたことがわかる。「その煙、いまだ雲の中へ立ち上る」という末尾の一文と関わって成立時期の問題を含む。なお、承平七年（九三七）十一月にも噴火があったことが知られ、成立期を引き下げる説もある。時代が下って、『更級日記』にも「山の頂きの少し平らぎたるより、煙は立ち上る。夕暮れは日の燃え立つも見ゆ」とあり、作者が上京した寛仁四年（一〇二〇）頃も煙を上げていたことが明らかである。

【語釈】にも示したように、『万葉集』以来、その噴煙に寄せて恋の思いを詠む例が多い。その一方、山部赤人や高橋虫麻呂らは、時間を超越した雄大な神秘の山として、その威容に接した感動を歌った。赤人の長歌に「天地《あめつち》の　分かれし時ゆ　神さびて　高く貴き　駿河なる　布士の高嶺を……時じくそ　雪は降りける……」（万葉集・巻三・三一七）と、季節に関わらず雪が降るとするのは「時知らぬ山は富士の嶺いつとてか鹿の子まだらに雪の降るらむ」（伊勢物語・九段）にも通ずる発想である。また、都良香《みやこのよしか》「富士山記」は、神仙の山としての富士の姿を詳細に伝えており貴重である（→付録【七】）。

【鑑賞】地上に残された者たちの悲嘆は、この上なく深い。生きる望みを奪われた翁・嫗は、薬も飲まず、死に身を任せようとする。そして帝もまた、かぐや姫の形見の不死薬を口にすることなく処分しようとする。帝が不老不死を拒み、人間として生き、死ぬことを選んだのは、かぐや姫への愛執ゆえに他ならない。姫と逢えぬまま、絶望を抱えながら地上に生き続けることは、耐え難い苦しみだからである。

帝と不死薬の関連については、当時渡来していた多くの神仙譚の影響が考えられるが、その一つである『漢武帝内伝』のあらすじは、次のようである。仙術に耽溺《たんでき》していた武帝のもとに、七月七日、西王母が降臨する。王母は三千年に一度だけ実を結ぶ桃を与え、身を修めるよう説く。さらに王母と上元夫人から五嶽《ごがく》真形図、六甲霊飛十二事の経典を授かる。しかし貪欲な帝は戒めを破り、火災により仙書を失い、自らも崩じた。日本における史実に目を転じると、道教に深く傾斜していた仁明天皇の丹薬（金液丹—水銀など鉱物系の薬）服用が注意される。幼少から病弱だった仁明は、丹薬を飲んで顕著な効験を得たという。やはり丹薬によって病を克服した叔父淳和上皇の勧めだったともいう（続日本後紀・嘉祥三年三月）。

秦の始皇帝や漢の武帝といった、地上のすべてを手中におさめた王者たちが最後に求めるのは永遠の時間、すなわち不老不死である。物語が掉尾《ちょうび》に不死薬を持ち出したのには、かかる背景がある。しかし物語の帝との径庭は大きい。帝はみずから薬を放棄し、人間として生き、やがて来る死を受け入れようとするのである。

私はここに、芥川龍之介が唐代小説を翻案した『杜子春』を想起する。地獄の鬼どもに苛《さいな》まれる母への愛情ゆえに、戒を破った杜子春は仙人になりそこねる。しかし、自分が人間でしかないことに、あらためて喜びを見出だした彼の気持ちは晴れやかである（ちなみに原作では、仙術を得られなかったことを道士に叱責され、杜子春は悄然として悔やんだ、とある）。『竹取物語』にせよ、『杜子春』にせよ、両作品を貫くのは、人間への愛情と信頼に裏打ちされた、この世の肯定に他なるまい。

帝が世を去ってから、どれほどの時間が流れたであろうか。今もなお、富士の嶺からは噴煙が立ち上っている。帝の、かぐや姫への愛執の炎は後々まで絶えることがないであろう。

解説

一　物語の出で来はじめの親——物語文学の誕生

物語とは、主に平安・鎌倉時代に流行した文学ジャンルの一つである。現在伝わらない、散逸したものを含めて数多くの物語が制作され、享受されていたことは「世の中に多かる古物語の端などを見れば」（蜻蛉日記・序）「物語ト云ヒテ女ノ御心ヲヤル物、大荒木ノ森ノ草ヨリモシゲク、荒磯海ノ浜ノ真砂ヨリモ多カレド」（三宝絵・序）といった記事によって知られる。多くの読者に愛好されたとはいっても、それは文芸として高く評価されていたわけでは決してなく、碁や双六と同様の「つれづれ慰むもの」（枕草子）、消閑の具、娯楽読み物に過ぎぬものであった。名のみ伝わり現存しない作品の多さが、かかる事情を証明している。見方を変えれば、今日に伝わる数少ない物語は、歴史のふるいにかけられた、選りすぐりの傑作群と認められよう。

「物語」の語義については諸説ある。モノを接頭語的に解し、とりとめもないカタリとする説もあれば、モノ（霊・鬼神の類）に関するカタリとする説も有力である。「変化の物」を主人公とする物語の原則からすると、後者の方が妥当かもしれない。

「よきもあしきも、世に経る人のありさまの、見るにも飽かず聞くにもあまることを、後の世にも言ひ伝へさせまほしきふしぶしを、心に籠めがたくて言ひおきたるはじめなり」（源氏物語・蛍）とあるように、珍しい出来事を人に語り聞かせたいとする願望が物語を生み出しているのであり、口承の物語はかなり古くから存在していたであろう。「青みづら依網《よさみ》の原に人も逢はぬかも石走《いはばし》る近江県《あふみあがた》の物語せむ」（万葉集・巻七・一二八七・人麻呂歌集）の「物語」は古い用例として、その実態は不明なものの、注目される。

いわゆる物語文学の嚆矢《こうし》が、『竹取物語』である。これは、『源氏物語』「絵合」に「物語の出で来はじめの親なる竹取の翁」とあることで明らかである。もちろん、『竹取』のような傑作が突如として世に現れたわけではなく、それ以前にも多くの試みがあったはずである。『万葉集』には、古くからの伝承に取材した作も多い。「桜児《さくらこ》」「竹取翁」などの「由縁《ゆえん》ある雑歌」を載せる巻十六には、後の物語文学の萌芽を見出だすことができるが、ここでは、巻九、高橋虫麻呂「水江の浦島の子を詠める一首」（一七四〇～四一）を取り上げよう。海神の宮で妻と楽しく暮らしていた浦島子が、里心を起こして戻った故郷はすっかり変わっており、禁じられていた玉櫛笥《たまくしげ》を開けたばかりに、急に老いて死んでしまった、という有名な伝承である。その長歌に「……常世《とこよ》に至り　わたつみの　神の宮の　内の隔《へ》の妙なる殿に　携はり　二人入り居て　老いもせず　死にもせずして　永き世に　ありけるものを　世間《よのなか》の　愚か人の我妹子《わぎもこ》に　告げて語らく　しましくは　家に帰りて　父母に　事も告《の》らひ　明日のごと　我は来なむと　言ひければ……」とあり、反歌に「常世辺に住むべきものを剣太刀己《な》が心からおそやこの君」とある。常世での不老不死の暮らしを捨てて、人間界に戻って年老いた浦島子を「愚か人」「おそ」とする、この非難を額面通りに受け取ってよいかは疑問である。むしろここには、望郷の念を抑えがたくこの世に戻り、禁を破って死に至る、人間ならではの「愚か」さを肯定する、温かな眼差しがあるように思う。その意味で『竹取』の人生観に通ずるものが認められるし、この批評は、物語文学における語り手のそれを先取りするものといえよう。

　中国から輸入された多くの小説類の影響、及びそれらを模して書かれた邦人の漢文小説の存在も重要である。空海『聾瞽《ろうこ》指帰《しいき》』によれば、本朝の日雄人なる人物は、唐の張文成『遊仙窟』に対抗して、滑稽な『睡覚記』をものしたという。宇多朝期成立の藤原佐世編『日本国見在書目録』には、六朝志怪、唐代伝奇小説の名が多く見え、日本の知識人がこれらに親炙《しんしゃ》していたことが知られる。あるいは国史における、官人たちの功績や人となりを記した、漢文伝の存在も注目される。一定の様式に依りながら、その人物を生き生きと描いていくその手法は、物語における人物造型の方法——特に五人の求婚者たちの——に少なからぬ影響を与えている。

九世紀後半から十世紀前半にかけて、文章道出身の、優れた文人官僚の輩出をみたことは特筆すべきである。『富士山の記』（→付録【七】）や『道場法師伝』で知られる都良香、『詰眼文《きつがんぶん》』『善家秘記』『藤原保則伝』の三善清行、そして『白箸翁《はくちょおう》』『白石先生伝』『紀家怪異実録』などを遺した紀長谷雄《きのはせお》らである。長谷雄の『貧女吟』（『本朝文粋』所収）は、次のような話である。ある裕福な家でかしづかれている美しい娘があった。良家の子息たちがこぞって求婚し、ついに一人の青年と結婚する。しかし、その婿は浮薄な性格で、遊興にふけり財産も使い果たしてしまう。娘の父母が死に、兄弟からも夫からも見放された女は、独り、老残の日々を送っている、というもの。「語を寄す世間の豪貴の女に、夫を択ば意《こころ》を看、人を見ること莫《なか》れと」と結ばれるが、かぐや姫の「よくもあらぬかたちを、深き心も知らで、あだ心つきなば、後くやしきこともあるべきをと思ふばかりなり。世のかしこき人なりとも、深き心ざしを知らでは、婚ひがたしとなむ思ふ」という発言を彷彿させる。『竹取』の世界と地続きといってよい。彼ら文人の中に『竹取』の作者を想定しても誤らないであろう。

かかる漢文の述作を基盤としつつ、物語文学が大きく開花することになるが、その契機に、仮名という新たな、日本語表現に最適の文字の発明があったことは強調すべきである。表音文字である仮名の使用によって、繊細なニュアンスまでも伝えることが可能になったのであり、大きな言語革命と呼んでよい。そしてこの文字の発明は、それまで漢文とは無縁だった人々にも、物語の享受を可能にしたのである。

二　物語の作者と成立時期

他の多くの物語がそうであるように、『竹取物語』の作者もまた、不明である。『河海抄《かかいしょう》』には「竹取物語、不知作者、古物語也」とある。古くから伝わる話を書き記した、というのが物語の建前であるから、そもそも作者という概念が存在しないのである（唯一の例外が『源氏物語』であるが、反響のあまりの大きさゆえに作者が注目されたのであって、紫式部の署名があるわけではない）。確実なのは、相当な漢詩文の教養を持つ男性知識人が、手すさびとして書いた戯作であるということのみである。当時、新たに発明された仮名とは、「女手」の称が示すように、女性が読み、書くための文字であった。漢文をもっぱらにする男性の作者にとって、仮名で文章を綴るのは、憚《はばか》られる営みであり、作者が名乗りをあげないのは当然なのである。物語の随所に見える言葉遊びや滑稽な笑いは、仮名で書くことへの後ろめたさの韜晦《とうかい》ともいえよう。別の見方をすれば、官人としての日常を離れ、匿名の語り手に扮することで、戯作に遊ぶ自由を獲得したともいえる。

かかる理由で、物語の作者を推定するのは困難だが、何人かの候補が挙げられている。

- ・漢文体の原作を空海（宝亀五・七七四～承和二・八三五）が書いた。
- ・漢籍仏典に明るく、洒脱明朗な和歌で知られる僧正遍昭（弘仁六・八一六～寛平二・八九〇）。
- ・『貧女吟』『白石先生伝』など、多くの漢文の著述をなした紀長谷雄（承和一二・八四五～延喜一二・九一二）。
- ・『うつほ物語』『落窪物語』の作者にも擬せられる源順《したごう》（延喜一一・九一一～永観元・九八三）。
- ・大和地方に在住の学僧で、斎部《いむべ》氏と関係があり、天武系統に不満を抱く者。

その他諸説があるが、決定的なものはない。いずれにせよ、物語の叙述から析出される作者とは、ユーモアに溢れた、社会への批判精神を抱きつつ、人間への愛情と信頼を失わない、健全な知識人と想像されるのである。

成立時期についても、物語の記述を根拠に、多くの考証が積み重ねられているが、論者によってかなりの幅がある。その上限については、弘仁元年（八一〇）の蔵人所設置以降とする説もあるが、貞観年間（八五九～八七七）以降とみるのが穏当である。その要点を摘記すると次のようになる。

・島田忠臣の詩に見えるように、この頃から文人の間で八月十五夜の観月の宴が盛んになること。

・大伴御行の失敗談を忌憚なく書けるのは、貞観八年（八六六）、応天門の変で、権勢を振るっていた伴善男が失脚して以降のはずである。

・当然のことながら、物語を表記する仮名が発明され、ある程度普及していること。現存最古の平仮名の文献は貞観九年（八六七）頃成立の『讃岐国司解《さぬきのこくしのげ》』である。

・作中の和歌には、縁語掛詞を多用したものが多いが、こうした技巧が頻繁に用いられるのは、九世紀後半の、いわゆる六歌仙時代以降である。

その下限については、次のような説がある。

・『古今集』仮名序には、「今は富士の山も煙立たずなり」とあり、延喜五年（九〇五）の時点では噴煙は休止していた。しかるに物語の結末は「その煙、いまだ雲の中へ立ち上るとぞ言ひ伝へたる」とある。したがって『古今集』に先行して成立した。

・『大和物語』第七十七段の「竹取がよに泣きつつとどめけむ君は君にと今宵しもゆく」の歌が詠まれたのは延喜九年（九〇九）の八月十五夜の出来事で、これ以前に『竹取』が流布していたことが知られる。

・『源氏物語』「絵合」巻に、「絵は巨勢相覧《こせのあふみ》、手は紀貫之書けり」を史実とすると、相覧の没年は不明だが、貫之は天慶九年（九四六）に卒している。また、『貫之集』には、『竹取』を踏まえたとおぼしい和歌が見える。遅くとも貫之の没年までには成立していたはずである。

結局のところ、漢詩文の抜群の才に恵まれた男性作家によって、九世紀後半から十世紀初頭にかけて成立したと、大まかな推定を下すほかないのが現状である。

なお、物語の源泉をチベットの長篇昔話『金玉鳳凰』(田海燕編、一九五七、上海少年児童出版社)所収「斑竹姑娘《パンツークーニャン》」に求める説(百田弥生子「竹取物語の成立に関する一考察」(アジア・アフリカ語学院紀要」三、昭和四七年一一月)があり、一時期話題になった。金沙江のほとりで、竹から生まれた美少女(斑竹姑娘)に土地の有力者たち五人が求婚する。娘は、それぞれに難題を課すが、その品々はいずれも『竹取』のそれにことごとく類似している。結局五人の結婚は失敗に終わり、娘は、彼女を見つけた少年(朗巴《ランパ》)と夫婦になって幸せに暮らした。発見当初は、『竹取』の素材として有力視もされたが、現在では、むしろ戦時中に、日本から『竹取』が移入されたものと考えられている。

三　『竹取物語』の主題と方法

物語の本質は、特異なできごとを通じて、普遍的な人間の姿や、人生の実相を描くことにあるとおぼしい。漢文による小説類も含めて、初期物語の多くは、この人間界とは別の異境との関わりを語るものが多い。前掲の浦島子のように、この世の者が異境を訪れる話、あるいは『竹取』のごとく異境の住人が人の世に現れる話、方向性は逆であるが、その関心の深さは注目されよう。かかる異境への憧れは、閉塞した日常から逃れようとする自由な精神の飛翔とみることができよう。それとともに、こうした異境を物語に導入しようとする物語の方法こそが問われねばならない。結論を先に述べれば、異境という外部に視点を置くことで、はじめてこの世界が相対化され、人間の本質に気づかされるようになる、ということである。

物語の初期において、かぐや姫には絶世の美女ではあるけれども、どこか冷たい、血の通っていない印象があった。

姫の内面に立ち入るような叙述も見られず、神秘的な雰囲気を漂わせていた。「仏の御石の鉢」の段では、偽物の鉢の出所を難なく言い当ててしまう神通力をも示していた。そうした姫の絶対性・超越性が揺らぎ始めるのが次の「蓬萊の玉の枝」の段である。この段では、精巧な玉の枝を偽物と見抜けず、「我はこの皇子に負けぬべしと胸つぶれて思」うのであった。さらに「頰杖をつきていみじく嘆かしげ」→「かくあさましく持て来たることを、ねたく」と、最大の危機に直面した姫の心の動きが語られている。工匠たちの登場で、真相を知るや、一転「笑ひ栄えて」と喜色満面になる。月の住人としての絶対性が弱まり、危機に立たされることで、姫は人間らしい感情を獲得したことになる。さらに「燕の子安貝」の段では、自分ゆえに不具となってしまった石上の中納言に、自ら歌を詠みかけている。その歌を形見にこの世を去ったことを聞き、「少しあはれ」との感情を姫は抱く。この「あはれ」の感情は、中納言のみに向けられたものではあるまい。愛を得られるはずもない一人の女のために、遂には我が身を滅ぼしてしまう、この愚かしい人間という存在に、姫は理解しがたい、しかし何か心ひかれるものを感じ取っているのである。この辺りから「あはれ」が明滅し始めるが、帝との交流を経て、それが高まり頂点へと達するのが、昇天の場面である。年老いた翁・媼を残し、慣れ親しんだ地上を去らねばならない姫の悲嘆はこの上ない。帰還をうながす天人と姫の対話は天と地の論理の相克を示すものである。「遅し」と「心もとなが」る天人を尻目に悠然と帝への手紙を認《したた》める姫の姿はきわめて人間的であり、圧倒的な月の世界の掟に、一矢を報いた場面といえよう。「物知らぬことなのたまひそ」と言うように、姫はこの世の情理を深く知る存在へと成長したのである。しかし、その人間的な感情の一切も、羽衣を纏《まと》えば失われてしまう。それを痛感するゆえに「あはれ」はいっそう深いものとなる。「今はとて天の羽衣着るをりぞ君をあはれと思ひ出でぬる」の絶唱は、二つの世界に引き裂かれつつある姫の、人間としての自己への惜別の歌でもあった。ちなみに「あはれ」を物語の本質として重視する見方は、田中大秀『竹取翁物語解』に始まる。「此の物語も物の哀知べきくさはひなれば、其意もて読味べき書になむ有ける」とする。師本居宣長の「物のあはれ」の論を受け継ぎ、『竹取』においても「あはれ」が重要な概念であることを論じたのであった。

人間らしい存在へと変貌していくのは、かぐや姫に限ったことではない。もう一人の主要人物、帝についても然《しか》りである。この威厳に満ちた帝は、地上の最高権力者として、かぐや姫をもひれ伏させようとしたのだったが、姫と出逢い、その超越性を認め、結ばれ得べくもない運命にあることを悟る。その後は、互いに心の交流を深め合うようになるが、姫に恋着するあまり、他の妃を顧みなくなる。さらには姫の帰還を阻止すべく──国家の大事でもないのに、たった一人の女への執着ゆえに──大軍を派遣する。これらは帝王失格として指弾されるべき振る舞いではあるが、その反面、自らを厳しく束縛する制約や禁忌から逃れ、自由な一人の男として生きようとする、この帝には、人間的な魅力が溢れているのも事実である。帝は、律令国家の頂点という記号的な存在から、血肉を備えた人間への変貌を遂げているといえよう。彼が、不死薬を拒んで人間として生き、死ぬことを選んだのは、当然のことであった。そして、かぐや姫や帝が、きわめて人間的な存在へと変貌していくことは、換言すれば、物語が「人間」を発見したということであった。

ところで、この物語の本質について、早くから大まかに二つの理解が行われてきた。一つは、和辻哲郎『日本精神史研究』（大正一五年）に代表される「現世のかなたの永遠の美」を求める「お伽噺」とする見方であり、対して津田左右吉『文学に現はれたる我が国民思想の研究』（大正五年）のごとく「恋にうき身をやつす当時の大宮人を写した一篇の世態小説」と見る立場である。この見解の相違は、いわゆる白鳥処女説話と求婚譚のどちらをより重視するか、という価値観にもとづく。いずれも説得力のある見解ではあるが、対立的にとらえるのではなく両者を止揚するのが望ましい。これら二系統の物語が結びつくことで『竹取物語』がはじめて成立しているのであり、物語がかかる複式構造を有する意義を積極的に考えることが重要である。天と地上の二つの世界を互いに相対化しながら、人間として生きることの意味を問うことが、この物語の本質といえよう。

人の世の「あはれ」を共感豊かに描く一方で、滑稽な笑いが全編に横溢《おういつ》しているのも物語の特徴として無視できない。それは、縁語・掛詞を多用する和歌や、各段を締めくくる駄洒落まがいの語源譚に遺憾なく発揮されている。まだ発明されたばかりの、かな文字との出逢いが、作者の言語感覚をいっそう研ぎ澄まし、戯作の世界へと向かわせるのである。

とりわけ、語源譚に対する作者の執着には並々ならぬものが感じられる。神話や伝承において神聖な信ずべきもの、と見なされていた事物の由来を、見事なまでに「そらごと」へと奪取、転換させてしまうのだった。燕の子安貝の段や、富士の山の段といった「あはれ」深い段においても、「少し嬉しきことをば、「かひあり」とは言ひける」、「士もあまた具して山へ登りけるよりなむ、その山を「富士の山」とは名づける」という落ちを律儀なまでに、懲りもせずに付け加えるのである。物語は、自らが育んできた抒情をふたたび諧謔《かいぎゃく》の側へと押し戻してしまう。仮名で戯作を書くことへの、作者の後ろめたさと含羞《はにかみ》がそうさせるのだろうか。

それにしても、人間存在への洞察の深さといい、言葉の自由自在な駆使といい、最初期の物語として『竹取物語』の達成には瞠目《どうもく》すべきものがある。まさに「物語の出で来はじめの親」の名誉ある称を冠せられるにふさわしい。

四　『竹取物語』の本文

『竹取物語』の伝本は、写本・版本・書き入れ本あわせて百数十本にのぼるが、どれも誤脱が多く、全面的な信頼に足るものはない。天正二十年（一五九二）書写の武藤元信氏旧蔵本（現天理図書館蔵）、やはりこの頃の書写と目される吉田幸一氏蔵本、および数点の断簡を除いては中世にまで遡り得るものはなく、すべて江戸期のものである。その本文は、古本系統と通行本系統に大別される。

古本系統とは、賀茂別雷神社三手文庫蔵元禄五年（一六九二）整版本に、今井似閑《じかん》が「ある古本を以て一校せしめ畢《をはん》ぬ。互ニ見合セバ好本と成侍るべし　宝永四亥ノ八月　洛東隠士」と奥書に記した本の系統で、新井信之氏旧蔵の文化一二年（一八一五）書写本が唯一の完本として伝わる。必ずしも通行本に対して古態を有しているわけではなく、古本の称を避け、異本と呼ぶむきもある。この註釈では、必要に応じて新井本の本文を掲出してあるので、参照されたいが、概して、通行本に比して、説明過多で、冗長な印象を受ける。合理的解釈や誤解にもとづく本文改編もまま見られる。たとえば、【語釈】にも記したように、火鼠の皮衣の段では、新井本「かのつくしのもろこしといふ所にをるわうけいにこがねとらす……もろこしぶねかへりにけりそのゝちもろこしぶねきけり」となっており、唐商人わうけいが、筑紫の「もろこし」まで来て、いったん唐に戻り、再び来日したことになる。やや無理のある辻褄合わせといえよう。あるいは、物語掉尾《ちょうび》の「富士」の名の由来については、「つはものどもあまたぐしてなむかの山へはのぼりける。そのふしのくすりをやきてけるよりのちは、かの山の名をばふじの山とはなづけゝる」とあり、「富士」「不死」の掛詞的に理解している。当然「不死」とあるべき読者の予想を裏切って「富十」と語る通行本のほうが、いかにもこの物語らしい結末とも思える。古本系統があまり顧みられてこなかったのもゆえなしとしないのだが、とはいえ、古本系統によるべき箇所（例えば「蓬萊の玉の枝」の段の「たまさかなる」）もあり、通行本でも大きな校訂を要する箇所は少なくない。

通行本系統は、中田剛直『竹取物語の研究　校異篇・解説篇』によれば、さらに三類六種に分類される。従来の註釈では、武藤本または、慶長年間（一五九六～一六一五）の上木とされる古活字十行本を底本とするのが主流であるが、この註釈では、成蹊大学図書館蔵古活字十一行本を用いた。上巻二三丁、下巻一九丁。縦二六・七糎、横一七・九糎。表紙は雲母引地に胡粉の草木模様入黄色、中央紅色の題簽に「たけとり物語　上（下）」とあり、内題「たけとり物語上（下）」および尾題「たけとり物語上（下）」を有する。刊記はないが、元和（一六一五～二四）寛永（～四四）年間の刊行であろう。この本は、中田氏によれば第三類第三種本（十一行丙本）に分類され、広く流布した正保三年（一六四六）版本ときわめて近い本文を有する。武藤本や十行本を底本とした註釈に見慣れた眼からすると違和を感じるような箇所もないわけではないが、可能な限り底本を尊重した。

五　『竹取物語』から『源氏物語』へ——その文学史的意義

『うつほ物語』や『源氏物語』、さらには中世に至るまで、後続の物語における『竹取物語』の影響は甚大なものがある。これまでもその影響関係の指摘は多くなされてきたし、以後も新たな発見は続くであろう。しかし、そうした作業を積み重ねてみても、あまり生産的でない。『竹取』という物語は、すべての物語の原点というべき作品であり、いわば話型の最大公約数という性格を有している。いずれの物語においても、人物や場面を詳細に分析していけば、『竹取』へと還元され、辿り着くのは、当然なのである。

とはいえ、やはり『竹取』の投影をさぐるのは魅力的な作業でもある。『源氏物語』においても随所に影響を見ることができるが（ただし、中世の古註釈においてはほとんど等閑視されている）、それは作者の『竹取』への深い理解と共感に支えられているとおぼしい。『源氏』への影響を見ることから、かえって『竹取』の本質が明らかにもされよう。

『源氏』がいかに『竹取』を血肉化して、新たな物語を生み出していったか、例えば玉鬘という姫君を取り上げよう。夕顔の遺児である玉鬘は、幼少時を筑紫で過ごし、美しく成長する。太夫監の求婚を振り切って、命からがら帰京する。長谷寺で右近と邂逅《かいこう》を果たした玉鬘は、光源氏の実の娘という名目で、六条院に引き取られる。源氏が血のつながりもない玉鬘を、実の父と偽って世話するあたり、かぐや姫と翁の関係を彷彿させる。そして、世の男たち――螢宮・鬚黒大将・柏木などの面々――が、玉鬘に思いを寄せることで、『竹取』や『うつほ』さながらの求婚譚が展開していく。新たなヒロインを擁して華やぐ六条院のさまは、一種の致富長者譚と見えなくもない。夕顔思慕に端を発した引き取りだったが、母をも凌ぐ美質を備えた玉鬘に、源氏はたびたび一線を越えてしまいそうになっては、厳しく自制するのだった。一方、玉鬘といえば、男たちの懸想に悩まされながら、心の中では、実父内大臣との再会を願い続けている。六条院での玉鬘の姿は、地上に流離し、さまざまな困難に直面していくかぐや姫のそれと見事なまでに重なり合うのである。なお、娘への懸想を「実法なる痴者の物語」「たぐひなき物語」（螢）と自認する源氏の言葉の背後には、先行物語への作者の対抗意識が見え隠れするが、それはそれとして、翁自身が本来的な求婚者の一人であった竹取説話の存在を示唆するものかもしれない。

　養父からの懸想に困惑し、六条院に馴染めなかった玉鬘であるが、近江の君を蔑《ないがし》ろにする内大臣の噂を耳にするにつけても、源氏の思いやりの深さを理解するようになる。「はじめこそむくつけくうたてとも思ひ給ひしか、かくてもなだらかに、うしろめたき御心はあらざりけりと、やうやう目馴れて、いとしも疎み聞こえ給はず」（常夏）「いとど深き御心のみまさり給へば、やうやうなつかしううちとけ聞こえ給ふ」（篝火《かがりび》）などと、心を開いていく。また、大原野の行幸を見物し、冷泉帝の麗姿に深く心動かされることになるが、この場面は、『竹取』の狩の行幸の段が下敷となっていよう。いったい、玉鬘の物語には、彼女の人間的な成長を語る教養小説的側面があり、やはり人の世の情理を理解していったかぐや姫によく似ている。玉鬘は六条院に安住の地を得たようにも見えたが、それも長くは続かなかった。こともあろうに、無骨者の鬚黒が強引に我がものとしたのである。慣れ親しんだ六条院を離れ、悲嘆に沈む玉鬘の姿は、月への帰還を余儀なくされるかぐや姫そのものであり、取り残される源氏が翁の立場にあることは明瞭であろう。

このように玉鬘の物語と『竹取』とはその構造や細部において緊密に符合するが、最も本質的かつ重要なのは、源氏・冷泉帝と玉鬘という男女が、結ばれないことでかえって心の絆をいっそう強めていく、という点である。実は、これは『源氏物語』が好んで用いたモチーフであって、朝顔の斎院や宇治の大君、あるいは空蟬などの物語で繰り返されることになる。

光源氏の生涯の伴侶である紫上もまた、かぐや姫の面影を色濃く宿す女君であった。北山で偶然に出逢った光源氏によって理想的な姫君へと成長していった経緯だけでも『竹取』を充分になぞっているが、特に最晩年の「御法《みのり》」巻は注目されよう。目前に迫る死を自覚する紫上には、この世のことごとくが「あはれ」に思われるのだという。「残りすくなしと身を思したる御心の中には、よろづのことあはれにおぼえ給ふ」「さしも目とまるまじき人の顔どももあはれに見えわたされ給ふ」「この宮と姫宮とをぞ、見さし聞こえ給はむこと、口惜しくあはれに思されける」などと、死への不安や諦念、現世への執着の思いが「あはれ」によって繰り返される。八月十四日、はかなく露が消えるように紫上は世を去るが、その美貌は少しも損なわれない。むしろこの世の人とは思えぬほどの絶対的な美しさを放つのだった。葬送はただちに翌十五日に執り行われた。源氏の詠歌「のぼりにし雲居ながらもかへり見よわれあきはてぬ常ならぬ世に」とともに、この日付の明示には、紫上の死をかぐや姫の昇天に重ね合わせる物語の意図がある。かつての葵上の死もこの時期であり、源氏の絶望はこの上なく強められるのだった。

さらに「幻」巻では、紫上の文殻を泣く泣く焼却する源氏の姿が描かれている。紫上への執着を振り捨て、出家への心の準備をする源氏ではあるが、紫上の手紙の「こまやかに書き給へるかたはら」に「かきつめて見るもかひなし藻塩草おなじ雲居の煙とをなれ」と書き付けて、一緒に燃やした、とあるのが注意されよう。幽冥境を異にする二人にとって、立ち上る煙こそが、唯一の交流の手段なのであった。言うまでもなく、不死薬とかぐや姫への手紙を富士山で焼かせた帝の姿と重なり合う。

これらの例に見るように、『源氏』が『竹取』から受け継いだものは多大であり、その遺産がさらに後の物語へと継承されていった。『源氏』の影響下にある物語のいずれもが、多かれ少なかれ『竹取』を彷彿させるのは、当然といえよう。物語史において、『竹取』の命脈は途絶えることなく続いている。

参考文献

『竹取物語』に関する文献は膨大な数にのぼるが、ここでは、比較的入手・参看しやすいものにとどめる。詳細は種々の文献目録によられたい。

影印・複製・翻刻・索引

新井信之『竹取物語の研究　本文篇』（昭和19年　国書出版）
山田忠雄『竹取物語総索引』（昭和32年　武蔵野書院）
中田剛直『竹取物語の研究　校異篇・解説篇』（昭和40年　塙書房）
久曽神昇『古典研究会叢書　竹取物語』（昭和49年　汲古書院）
大曽根章介『複刻日本古典文学館　竹取物語』（昭和49年　日本古典文学館）
阪倉篤義『天理図書館善本叢書　竹取物語』（昭和51年　天理大学出版部）
上坂信男『九本対照竹取翁物語語彙索引　本文篇　索引篇』（昭和55年　笠間書院）
片桐洋一『竹取翁物語　古活字十行本』（昭和61年　和泉書院）
中野幸一『奈良絵本絵巻集一　竹取物語』（昭和62年　早稲田大学出版部）
樺島忠夫『竹取物語絵巻』（平成15年　勉誠出版）
中野幸一・横溝博『竹取物語絵巻　九曜文庫蔵奈良絵本・絵巻集成』（平成19年　勉誠出版）

小嶋菜温子・渡辺雅子・保立道久『竹取物語絵巻　チェスター・ビーティー・ライブラリィ所蔵』（平成20年　勉誠出版）
秋山虔・室伏信助・王朝物語史研究会『紹巴本竹取物語』（平成20年　勉誠出版）
王朝物語史研究会『竹取物語本文集成』（平成20年　勉誠出版）

註釈

小山儀・入江昌熹『竹取物語抄』（天明4年　『国文註釈全書』『日本文学古註釈大成』所収）
狛毛呂成『竹取物語伊佐々米言』（寛政5年　『未刊国文古註釈大系』『日本文学古註釈大成』所収）
田中大秀『竹取翁物語解』（天保2年　『国文註釈全書』『国文学註釈叢書』ほか所収）
田中躬之『竹取物語抄補註釈』（天保11年　『未刊国文古註釈大系』『日本文学古註釈大成』所収）
加納諸平『竹取物語考』（天保末　『国文学註釈叢書』『日本文学古註釈大成』所収）
島津久基『岩波文庫　竹取物語』（昭和4年　岩波書店）
三谷栄一『竹取物語評解』（昭和23年　改訂版　昭和31年　有精堂）
武田祐吉『竹取物語新解』（昭和25年　明治書院）
高橋貞一『新註国文学叢書　竹取物語』（昭和26年　講談社）
山岸徳平『学燈文庫　竹取物語』（昭和30年　学燈社）
阪倉篤義『日本古典文学大系9　竹取物語』（昭和32年　岩波書店）
南波　浩『日本古典全書　竹取物語』（昭和35年　朝日新聞社）
松尾　聰『詳註竹取物語全釈』（昭和36年　武蔵野書院）

松尾　聰『校註竹取物語』（昭和43年　笠間書院）
中田剛直『古本竹取物語』（昭和43年　大修館書店）
阪倉篤義『岩波文庫　竹取物語』（昭和45年　岩波書店）
片桐洋一『日本古典文学全集8　竹取物語』（昭和47年　小学館）
三谷栄一『鑑賞日本古典文学6　竹取物語』（昭和50年　角川書店）
上坂信男『講談社学術文庫　竹取物語』（昭和53年　講談社）
野口元大『新潮日本古典集成　竹取物語』（昭和54年　新潮社）
雨海博洋『旺文社文庫　竹取物語』（昭和60年　旺文社）
上坂信男『竹取物語全評釈　古注釈篇』（平成2年　右文書院）
片桐洋一『新編日本古典文学全集12　竹取物語』（平成6年　小学館）
堀内秀晃『新日本古典文学大系17　竹取物語』（平成9年　岩波書店）
上坂信男『竹取物語全評釈　本文評釈篇』（平成11年　右文書院）
室伏信助『角川ソフィア文庫　竹取物語』（平成13年　角川書店）
関根賢司・高橋亨『新編竹取物語』（平成15年　おうふう）

研究書・論文集

三谷栄一『物語文学史論』（昭和27年　有精堂）
三谷栄一『物語史の研究』（昭和42年　有精堂）

日本文学研究資料刊行会『日本文学研究資料叢書　平安朝物語Ⅰ』（昭和45年　有精堂）
徳田　進『竹取物語絵巻の系譜的研究』（昭和53年　桜楓社）
中川浩文『竹取物語の国語学的研究』（昭和60年　思文閣出版）
高橋　亨『物語文芸の表現史』（昭和62年　名古屋大学出版会）
片桐洋一『日本文学研究大成　竹取物語・伊勢物語』（昭和63年　国書刊行会）
鈴木日出男『竹取物語伊勢物語必携』（平成元年　学燈社）
三谷邦明『物語文学の方法Ⅰ』（平成元年　有精堂）
島内景二『初期物語話型論』（平成4年　新典社）
小嶋菜温子『かぐや姫幻想』（平成7年　森話社）
河添房江『源氏物語表現史』（平成10年　翰林書房）
王朝物語研究会『研究講座　竹取物語の視界』（平成10年　新典社）
奥津春雄『竹取物語の研究』（平成12年　翰林書房）
片桐洋一『源氏物語以前』（平成13年　笠間書院）
関根賢司『竹取物語論』（平成17年　おうふう）
益田勝実『ちくま学芸文庫　益田勝実の仕事2　火山列島の思想』（平成18年　筑摩書房）
保立道久『かぐや姫と王権神話』（平成22年　洋泉社）

付録

（仏典・漢籍・伝承・物語など参考資料）

【一】仏説㮈女祇域因縁経《ぶっせつなによぎいきいんねんきょう》

後漢安息国三蔵安世高訳

＊仏陀のすぐれた弟子である㮈女比丘尼《なによびくに》と、その息子で仏陀の主治医となる祇域《ぎいき》の因縁譚。㮈《からなし》の樹から生まれた美しい㮈女をめぐって七人の王が争うが、結局瓶沙王《びんしゃおう》が㮈女を得、二人の間には男児（祇域）が生まれた。植物からの誕生と、多くの男性からの求婚、というモチーフは『竹取物語』と共通している。田中大秀『竹取翁物語解』は、これを典拠とみる。なお、小山儀・入江昌熹『竹取物語抄』が粉本に挙げる『仏説奈女耆婆経《ぶっせつなによぎばきょう》』は、この経の同本異訳。

（前略）仏世ニ在マセシ時、維耶梨国《ゐやりこく》ノ国王ノ苑中ニ自然ニ一㮈樹ヲ生ズ。枝葉繁茂シ、実又加大ナリ。既ニシテ光色有リ。香ノ美ナルコト凡ニ非ズ。王宝トシテ此ノ㮈ヲ愛ス。中宮尊貴ノ美人ニ非ザル自リハ、此ノ㮈ノ果ヲ啖《くら》フコトヲ得ズ。国中ニ梵志居士トイフモノ有リ。財富無数ニシテ一国無双ナリ。又聡明博達ニシテ才智群ニ超エタリ。王重ク之ヲ愛シテ用ヰテ大臣ト為ス。王梵志ヲ請ジテ飯食セシム。食シ畢《をは》ツテ一㮈実ヲ以テ之ニ与フ。梵志㮈ノ香実凡ニ非ザルヲ見テ、乃チ王ニ問ウテ曰ク、此㮈樹ノ下、寧ゾ小栽有ラン。得テ乞フベキヤ不《いな》ヤ。王ノ曰ク、大《はなは》ダ小栽多シ。吾其ノ大樹ヲ妨ゲンコトヲ恐レテ輒《すなは》チ之ヲ除去ス。卿若シ得ント欲セバ今当ニ相与フベシ。即チ一㮈栽ヲ以テ梵志ニ与フ。梵志得テ帰リ之ヲ種ヱテ朝夕漑灌ス。日日長大シテ枝條茂好ス。三年ニシテ実ヲ生ズ。光彩大小王家ノ㮈ノ如シ。梵志大ニ喜ビ、自ラ念ヘラク我家ノ資財無数ニシテ王ニ減ラズ。唯此ノ㮈無クシテ如カズト以為《おも》ヘリ。今已ニ之ヲ得タリ。王ニ減ルコト無シト為ス。即チ取リテ之ヲ食フ。而ルニ大苦渋ニシテ了ニ食フベカラズ。梵志更ニ大ニ愁悩シ、乃チ退イテ思惟スラク、当ニ是ノ土ニ肥潤無キガ故トスベキ耳《のみ》ト。乃チ百牛ノ乳ヲ捉リ取リテ以テ一牛ニ飲マシメ、復《また》此ノ一牛ノ乳ヲ取リテ、之ヲ煎ジテ醍醐《だいご》ト為シテ、以テ㮈根ニ灌グ。日日之ヲ灌ギテ明年ニ到至ル。実ノ甘美ナルコト王家ノ㮈ノ如シ。而ルニ㮈樹ノ辺忽チ復一瘤節《りうせつ》ヲ生ズ。大サ手拳ノ如シ。日日増長ス。梵志心ニ念ヘラク、忽チ此ノ瘤節有リ。恐ラクハ其ノ実ヲ妨ゲント。適《たまたま》斫リ去ラント欲シ、復樹ヲ傷ケンコトヲ恐ル。連日思惟シ、遅徊シテ未ダ決セズ。而ルニ節中忽チ一枝ヲ生ズ。正ニ上ヲ指シテ向カフ。洪直調好ニシテ高ク樹嶺ニ出ヅ。地ヲ去ルコト七丈、其ノ杪《こずゑ》乃チ分レテ諸枝ヲ作ス。周囲旁出シ、形偃蓋《えんがい》ノ如シ。花葉茂好本樹ニ勝レリ。梵志之ヲ怪ミテ、枝上当ニ何ノ有ルベキ所ヲ知ラズ。乃チ楼閣ヲ作リ登リテ之ヲ視ル。枝上偃蓋ノ中ヲ見ルニ、乃チ池水有リ。既ニ清クシテ且ツ香シ。又衆ノ華有リ。彩色鮮明ナリ。華ノ下ヲ披《ひら》キ視ルニ、一女児有リテ池水ノ中ニ在リ。梵志抱キ取リテ帰リテ之ヲ養長ス。名ヅケテ㮈女ト曰フ。

年十五ニ至リ、顔色端正タルコト天下無双ナリ。宜ク遠国ニ聞ユ。七国王有リテ同時ニ倶ニ来タリテ、梵志ノ所ニ詣リテ㮈女ヲ娉《めと》リテ以テ夫人ト為サンコトヲ求ム。梵志大ニ恐怖シテ当ニ以テ誰ニ与フベキヤヲ知ラズ。乃チ園中ニ於イテ一高楼ヲ架シテ、㮈女ヲ以テ上ニ著ケ、出デテ諸王ニ謂ツテ曰ク、此ノ女ハ我ノ生ム所ニ非ズ。自ラ㮈樹ノ上ニ出ヅ。亦是レ天龍鬼神ノ女ナルカ鬼魅ノ物ナルカヲ知ラズ。今七王之ヲ求ム、我設《も》シ一王ニ与ヘナバ、六王当ニ怒ルベシ。敢ヘテ愛惜スルニ不《あら》ザル也。女今園中ノ楼上ニ在リ。諸王便チ自ラ平議シテ、得ルニ応ズル者有ラバ便チ自ラ取リ去レ。我ノ制スル所ニ非ザル也。是ニ於イテ七王口ヅカラ共ニ之ヲ争フ。紛紜《ふんうん》トシテ未ダ決セズ。其ノ夜ニ至リテ瓶沙王伏瀆ノ中従リ入リテ、楼ニ登リテ之ニ就テ共ニ宿ス。明晨去ラントスルニ当タリ、㮈女白シテ曰ク、大王幸ニ威尊ヲ枉《ま》ゲテ我ニ接逮ス。今復相捨テテ去ル。若シ其レ子有ラバ則チ是レ王種ナリ。当ニ何ノ所ニカ付スベキ。王ノ曰ク、若シ是レ男児ナラバ当ニ以テ我ニ還スベシ。若シ是レ女児ナラバ便チ以テ汝ニ与ヘン。王則チ手ノ金鐶ノ印ヲ脱シテ以テ㮈女ニ付シテ、是ヲ以テ信ト為サシム。便チ出デテ群臣ニ語リテ言ハク、我已ニ㮈女ヲ得テ与ニ一宿ス。亦奇異ナルコト無シ。故ニ凡人ノ如シ。故ニ取ラザル耳ト。瓶沙ノ軍中皆萬歳ヲ称ス。曰ク我王已ニ㮈女ヲ得タマヘリト。六王之ヲ聞キテ便チ各還リ去ル。瓶沙王去リシ後、遂ニ便チ娠《はら》ムコト有リ。時ニ㮈女守門ノ人ニ勅シテ言ク、若シ我ヲ見ンコトヲ求ムル者有ラバ、当ニ語リテ言フベシ我病メリト。後日月満チテ一男児ヲ生メリ。顔貌端正ナリ。児生マレテ則チ手ニ針ト薬嚢《やくなう》トヲ持テリ。梵志ノ曰ク、此ハ国王ノ子ニシテ医器ヲ執レリ。必ズ医王ナラント。（中略）名ヅケテ祇域ト曰フ。（以下略）。

【二】仏説月上女経《ぶっせつがつじょうにょきょう》　隋天竺三蔵法師闍那崛多《じゃなくった》訳

＊毘摩羅詰《びまらきつ》とその娘月上女の受記物語。『竹取』を思わせる記述が多く、特に月とのかかわりが注意される。幸田露伴『日本の古き物語の一に就きて』（明治四十四年）が典拠として紹介した。

（前略）爾《そ》ノ時世尊、毘耶離《びやり》大樹林中ノ草茅精舎ニ在マセリ。時ニ諸《もろもろ》ノ国王大臣百官、大富長者婆羅門等、居士人民遠来ノ商客、皆悉ク尊重シ恭敬シ捧侍シタテマツル。

爾ノ時彼城ノ離車トイフモノ有リ、毘摩羅詰ト名ヅク。其家巨富ニシテ資材無量ナリ、倉庫豊盈シテ称《あ》ゲテ数フ可カラズ。四足二足諸ノ畜生等悉ク皆充溢セリ、其人妻有、名ヅケテ無垢ト曰フ。可憙端正ニシテ形貌姝《しゅ》美《び》ナリ。女相具足セリ。然ルニ彼ノ婦人時ニ懐妊シ九月ヲ満足シテ、便チ一女ヲ生ム。姿容端正ナリ、身体円足ニシテ観ル者厭クコト無シ。其ノ女生ルル時大光明有リ、其ノ家内ヲ照シ、処処充満セリ。是ノ如ク生ルル時大地震動ス、其ノ家門外ノ所有《あらゆる》樹木、並ニ酥油《そゆ》ヲ出シ自然ニ流溢ス。毘耶離城一切ノ大鼓及ビ諸ノ小鼓、種種ノ音楽作ラズシテ自ラ鳴ル。上ハ虚空ニ徹シ天衆華ヲ雨ラス。其ノ宅ノ内四角ニ於テ各々伏蔵有リ、自ラ開ク。微密雑宝皆悉ク出現ス。其女生ルルニ当リ曾テ啼哭《ていこく》セズ、即便チ手ヲ挙ゲテ十指ノ掌ヲ合セテ、偈《げ》ヲ説イテ言ハク（中略）

爾ノ時彼ノ女、此ノ偈ヲ説キ已ツテ黙然トシテ住セリ。其ノ女往昔諸ノ善根ヲ造ルノ業因縁ノ故ニ、其ノ身自然ニ諸ノ天服妙宝衣裳ヲ著シ、其ノ身ノ上ニ於テ妙光明ヲ出スコト月照ニモ勝レリ。猶ホ金色ノ如ク其ノ家内ヲ耀ス。然ルニ其ノ父母彼ノ光ヲ見ルガ故ニ、即チ為ニ名ヲ立テテ称シテ月上ト為ス。

爾ノ時月上生レテ未ダ幾バクナラザル時、其身忽然トシテ八歳ノ大サノ如シ、彼ノ女行住坐立ノ所、其ノ地皆悉ク光明晃耀タリ。身ノ諸ノ毛孔ヨリ栴檀《せんだん》ノ香ヲ出ス。口気香シキコト優鉢羅華ノ如シ。毗耶離城ノ所有刹利王公ノ子弟、及ビ諸ノ大臣居士長者婆羅門等、及ビ余ノ大家豪姓種族ノ所有童子、遙ニ彼ノ女月上ノ名声端正可憙ニシテ世ニ双比無キヲ聞キ、是ノ事ヲ聞キ已ツテ、彼等悉ク皆欲火熾然トシテ、心ニ熱悩ヲ懐キ身体ニ偏満セリ。一一皆是ノ如キノ思惟ヲ作ス、願クハ彼ノ女月上ヲ得テ婦ト為ント。爾ノ時一切ノ諸ノ童子等是ノ念ヲ作シ已ツテ、皆悉ク往キテ毗摩羅詰離車ノ家ニ至リ、意趣ヲ通伝シテ進止参承ス。各各皆無量ノ珍宝、駝驢象馬諸ノ財物等ヲ許ス。或ハ彼ノ離車ト共ニ相見ルモノ有リ。口ニ愶嚇《けふかく》シテ云ク我当ニ抑奪スベシ、或ハ呵喝《かかつ》シテ是ノ如キノ言ヲ作スモノ有リ。汝今若シ我ニ女ヲ与ヘズバ、我必ズ汝ノ床褥臥具、財物ヲ劫《かす》メ、衣裳身ノ諸ノ瓔珞《やうらく》一切服飾悉ク皆将《も》チ去ラント。或ハ打タント言フ者アリ、或ハ縛セント言フ者アリ、是ノ如キ等恐怖ノ事ヲ将テ而シテ以テ之ニ告グ。

爾ノ時離車毗摩羅詰心ニ恐怖ヲ生ズ、挙ク身毛竪チテ憂愁シテ楽シマズ。是ノ如キノ念ヲ作ス。彼レ等或ハ其ノ勢力ヲ以テ将ニ我ガ女月上ヲ抑奪セント欲シテ去ラント将ル者有リ。或ハ来リテ我ガ命ヲ奪ハント欲スル者有リ。然ルニ彼ノ離車、其ノ本念ヲ失ヒテ煩冤懊悩ス。眉ヲ嚬《ひそ》メ額ニ皺シテ眼目瞬カズシテ其女ニ向ヒ、遂ニ即チ声ヲ挙ゲテ啼呼シ涕泣シ涙下ルコト雨ノ如シ。爾ノ時月上、父ノ是ノ如キ憂愁啼哭ヲ見テ之ニ問ヒテ言ク、父今ニ於テ何ガ故ゾ懊悩啼哭シタマフコト此ノ如キヤト。

爾ノ時離車毗摩羅詰其ノ女ニ告ゲテ言ク、汝今日ニ於テハ知ラザルベケンヤ、汝ガ身ノ為ノ故ニ城内一切ノ所有人民、悉ク皆我ト共ニ身悪結ヲ為ス。是ノ故ニ各各来リテ汝ヲ争ハント欲ス。我今将ニ其勢力ヲ被リテ汝ヲ劫メテ将チ去リ、我ガ身命ヲ損ヒ及ビ諸ノ財宝並ニ皆喪失センコトヲ恐ルト。爾ノ時月上即チ偈頌ヲ以テ其ノ父ニ報ヘテ言ク

（中略）

爾ノ時父母女ノ語ヲ聞キ已ツテ、即チ其ノ言ヲ取リ。家従リ出デテ女ノ所説ニ依レリ。即便チ鈴ヲ振リテ偏ク城内ノ一切ノ人民ニ告ゲテ是ノ如キノ言ヲ作セリ。我ガ女月上、今日従リ後七日ニ至リテ、当ニ家従リ出デテ自ラ婚嫁ヲ求メテ夫主ヲ選択スベシ、汝等応ニ各自ラ努力シテ衣服ヲ荘厳シ街巷ヲ掃治シ、香華ヲ布散シ、焼香末香悉ク各備弁シ、宝幢《はうたう》及ビ諸ノ幡蓋《はんがい》ヲ竪立シ、是ノ如キノ種種好自ラ厳飾スベシト。爾ノ時城内ノ一切ノ人民、此ノ語ヲ聞キ已ツテ心ニ踊躍ヲ生ジ、各各自ラ当家ノ門庭及ビ以テ街巷ニ於テ、厳飾壮麗スルコト上ニ陳ブル所ニ過ギタリ。爾ノ時城内ノ刹利大臣、及ビ婆羅門居士長者乃至工巧、所有童男皆悉ク髪ヲ沐シ身体を澡浴シテ妙香ヲ塗治シ、各各争競シテ衣服及諸モ瓔珞ヲ厳飾セリ。是ノ如ク作シ已ツテ方ニ始メテ復左右ノ眷属《けんぞく》ニ告ゲテ、是ノ如キノ言ヲ作セリ。汝等心意傾動スルコトヲ得ザレ。余念ヲ生ズルコト莫カレ、其ノ女月上、若シ来タリテ我ガ辺ニ向ハザラバ、汝等必ズ須ク強力シテ我ヲ助ケテ之ヲ奪取スベシト。

爾ノ時月上後六日ニ至ル。是ノ月十五円満ノ時八関斎ヲ受ク。其夜明静ナリ、楼上ニ在リテ往来シ経行ス。仏ノ神力ノ故ニ其ノ右手ニ、忽然トシテ一蓮華有リテ自ラ出ヅ。黄金ヲ茎ト為シ白銀ヲ葉ト為シ、瑠璃ヲ蘂《しべ》ト為シ瑪瑙《めなう》ヲ台ト為ス。其ノ華一百千葉有リテ合セリ。光明曄曄トシテ妙麗ナルコト精華ノゴトシ。華ノ内ニ一ノ如来ノ形像有シマセリ。結跏趺坐《けつかふざ》シテ身金色ノ如ク自然ニ顕現セリ。威光赫奕《かくやく》トシテ彼ノ楼ヲ明照ス。三十二丈夫ノ相ヲ具シ、八十種好其ノ身ヲ荘厳セリ。彼ノ如来ノ像ノ所出ノ光明、亦復遍ク月上ノ家ノ内ヲ照セリ。

爾ノ時月上自ノ右手ニ於テ忽チ華ヲ見ジ已ツテ、瞻仰《せんぎやう》シテ彼ノ如来ノ形像ヲ覩《み》タテマツリテ、歓喜踊躍、其ノ体ニ遍満シテ自ラ勝フル能ハズ、即便チ偈ヲ以テ彼ノ所化ノ如来ノ形像ニ問ヒタテマツリテ、是ノ如キノ言ヲ作ス。（中略）

爾ノ時月上所期ノ日、六日已ニ過ギテ第七日ニ至ル。時ニ無量千数大衆有リ、集会シ倶ニ来リテ彼ノ月上ヲ看ル、時ニ衆内或ハ諸人欲悩心ヲ以テ来会スル者有リ。或ハ毘耶離城ヲ観ル。其ノ城上ノ所有荘厳、却敵楼櫓、雀堕寮窓、勾欄、藻梲、諸雕飾ノ事ヲ看ルニ因リテ、来会スル者有リ。時ニ無量ノ男夫婦女有リ、彼ノ城ニ渉ルニ因ツテ月上ヲ看ル、爾ノ時月上仍テ彼ノ華ヲ執ル。其ノ女父母及ビ其ノ眷属、諸ノ華鬘塗香末香種種焼香、上妙衣服、宝幢幡蓋、種種音声ヲ齎《もたら》シテ、左右ニ侍従シ周匝《しふさふ》シ囲繞《ゐねう》セリ。家従リ出デテ街巷ニ在リ。

爾ノ時月上諸ノ眷属等出デテ街巷ニ至ル。是ノ如ク行ク時無量無辺千数人衆、彼ノ月上ヲ見テ街巷ニ在ツテ進止シテ行ク時、即チ其ノ所ニ詣リテ口悉ク各是ノ如キノ言ヲ唱ス、此ハ是レ我ガ妻ナリ、此ハ是レ我ガ妻ナリト。爾ノ時毘耶離大城ノ内、或ハ諸人有リ。一時ニ走リ来リ。声ヲ出シテ大ニ叫ビテ月上女ニ向フ。是ノ時彼ノ女其ノ大衆速ニ疾ク来ルヲ見ルガ故ニ、遂ニ即チ飛騰シテ虚空ニ在リ。高サ一多羅ノゴトシ。仍テ彼ノ華ヲ執リテ空ニ在リテ住シ、偈ヲ以テ彼ノ諸ノ大衆ニ白シテ言ク、（中略）

爾ノ時月上此ノ偈句ヲ説キ諸人ニ語リ已ルニ、是ノ時大地皆悉ク震動ス。虚空ノ内ニ於テ無量諸天子等有リ、声ヲ揚ゲテ大ニ叫ビ身衣ヲ舞弄シ、詠歌嘯調スルコト無量無数ナリ。諸ノ天華ヲ雨《あめふ》ラスコト百数千数ナリ。諸ノ音楽ヲ作スコト具《つぶさ》ニ宣ブベカラズ。爾ノ時大衆是ヲ見聞シ已ツテ、遂ニ諸欲等厭離スルノ想ヲ生ジ、希有想未曾有想ヲ生ゼリ。爾ノ時ニ当テ、挙ク身毛竪チテ更ニ欲悩無シ。瞋無ク恚無ク貪無ク癡無ク、忿無ク妬無ク嫉無ク諍《いさかひ》無ク復煩悩無ク諸使有ルコト無シ。皆歓悦ヲ以テ其ノ身ヲ潤沢シ、各各互ニ父母兄弟姉妹諸親尊長等想ヲ生ズ。既ニ一切諸煩悩ヲ捨テ訖《をは》ツテ、各各頭面ニ月上女ヲ礼ス。爾ノ時大衆執レル所ノ香華末香塗香、華鬘衣服諸ノ瓔珞等、悉ク月上ニ向ツテ散擲セントス。既ニ散擲シ已ルニ、仏ノ神力ノ故ニ、其ノ物彼ノ化如来ノ上ニ在リテ一ノ繖蓋《さんがい》ヲ成ズ。広サ半由旬ナリ。

爾ノ時月上還ツテ空従リ下リ地ヲ去ルコト四指ナリ。足虚空ヲ歩ンデ経行来往ス、須臾ニシテ即チ毘耶離城ヲ出デテ、釈迦如来ノ所ニ向ハント欲ス。爾ノ時月上安足ノ処地皆震動ス。彼ノ大衆其ノ数八万四千人ト倶ナリキ。月上ニ

随従シテ次第ニ去レリ。（以下略）

【三】万葉集　巻十六

＊『万葉集』巻十六は、「由縁《ゆえん》有る雑歌」を収録している。若き日の伊達男ぶりを自慢する翁に、最初は嘲弄していた娘たちがなびく、という神仙譚的要素の濃厚な作である。これを踏まえて、翁がかぐや姫の本来的な求婚者だったとする説もある。しかし、竹に関する言及も乏しく、『竹取物語』との直接的な関連は見いだしにくい。「竹取」の訓みもタケトリ・タカトリの両説があり、また「茸取」の可能性もあり、難解である。

昔老翁《おきな》ありけり。号《な》を竹取の翁となむ曰ひける。此の翁、季春の月に丘に登りて遠く望むに、忽に羹《あつもの》を煮る九箇《ここのたり》の少女《をとめ》に値《あ》へり。百嬌《ひやくけう》儔《たぐひ》無く、花容匹《たぐひ》なし。時に、娘子等、老翁を呼びて嗤《わら》ひて曰はく、「叔父来たれ。此の燭火を吹け」となむいひける。ここに翁「唯唯《をを》」と曰ひ、漸くに趁《おもむ》き徐ろに行きて座の上に著《つ》き接《まじ》はる。良《やや》久《ひさ》にして娘子等、皆共に咲《ゑみ》を含みて相推譲《ゆづ》りて曰はく、「阿誰《たれ》か此の翁を呼べる」といふ。爾乃《すなは》ち竹取の翁謝《こた》へて曰はく、「慮《おも》はざるの外に、偶《たまさか》に神仙《ひじり》に逢ひ、迷惑《まと》へる心敢へて禁《とど》むる所なし。近く狎《な》れし罪は、希《ねが》はくは贖ふに歌をもちてせむ」といへり。すなはち作れる歌一首　并せて短歌

緑子の　若子《わくご》が身には　たらちし　母に抱《むだ》かえ　褨襁《ひむつき》の　這ふ子が身には　木綿肩衣　純裏《ひつら》に縫ひ着　頸着《うなつき》の　童子《わらは》
が身には　結ひ機の　袖付け衣　着し我を　にほひ寄る　子らがよちには　蜷《みな》の腸《わた》　か黒し髪を　ま櫛もち　ここに
かき垂れ　取り束《つか》ね　上げても巻きみ　解き乱り　童子に成しみ　さ丹つかふ　色懐しき　紫の　大綾の衣　住吉の
遠里小野の　真榛《まはり》もち　にほほし衣に　高麗錦　紐に縫ひ付け　ささふ重なふ　並み重ね着て　打ち麻《そ》やし　麻績《をみ》の
子ら　あり衣の　財の子らが　打つ栲《たへ》は　経て織る布　日晒しの　麻手作りを　信巾裳《しきも》なす　脛巾《はばき》に取らし　支屋所

経　稲置《いなき》娘子が　妻問ふと　我に遣《おこ》せし　をちかたの　二綾下沓　飛ぶ鳥の　飛鳥壮士《をとこ》が　長雨忌み　縫ひし黒沓
さし履きて　庭に佇み　退《そ》けな立ち　障《さ》ふる少女が　ほの聞きて　われに遣せし　水縹《みはなだ》の　絹の帯を　引き帯なす
韓帯に取らし　海神《わたつみ》の　殿の甍《いらか》に　飛び翔る　蜾蠃《すがる》のごとき　腰細に　取り装ほひ　真澄《まそ》鏡　取り並《な》め懸けて　己が
顔　還らひ見つつ　春さりて　野辺を廻れば　おもしろみ　我を思へか　さ野つ鳥　来鳴き翔らふ　秋さりて　山辺
を行けば　懐しと　我を思へか　天雲も　行き棚引く　還り立ち　路を来れば　うち日さす　宮女　さす竹の　舎人
壮士も　忍ぶらひ　還らひ見つつ　誰が子そとや　思はえてある　かくのごと　せらえし故し　古《いにしへ》　ささきし我や
愛《は》しきやし　今日やも子らに　いさにとや　思はえてある　かくのごと　せらえし故し　古の　賢しき人も　後の世
の　鑑にせむと　老い人を　送りし車　持ち還りけり　持ち還りけり

反歌二首

死なばこそ相見ずあらめ生きてあらば白髪子らに生ひずあらめやも

白髪し子らも生ひなばかくのごと若けむ子らに罵《の》らえかねめや

娘子らの和《こた》へたる歌九首

愛しきやし翁の歌に鬱悒《おほほ》しき九の子らや感《かま》けて居らむ

辱《はぢ》を忍び辱を黙《もだ》してことも無くもの言はぬ先に我は依りなむ

否《いな》も諾《を》も欲しきまにまに許すべき顔見ゆるかも我も依りなむ

死にも生きも同じ心と結びてし友や違はむ我も依りなむ

何せむと違ひは居らむ否も諾も友の並み並み我も依りなむ

あにもあらぬ己が身のから人の子の言も尽くさじ我も依りなむ

はだ薄穂にはな出でそ思ひたる心は知らゆ我も依りなむ
住吉の岸野の榛に染《にほ》ふれど染はぬ我や染ひて居らむ
春の野の下草靡き我も依り染ひ依りなむ友のまにまに
（三七九一～三八〇二）

【四】奈具《なぐ》の社（丹後国風土記逸文）

＊『風土記』は、元明天皇の和銅六年（七一三）の詔により、諸国が編纂した地誌。現存するのはわずか五国であるが、多くの逸文が伝わる。この記事は、『古事記裏書』『元元集』などに見える。白鳥処女説話（天人女房譚・羽衣型）の伝承として、『竹取物語』と同じ構造をもつ。また「竹野の郡」という地名も、何らかの関連がありそうである。

丹後の国。丹波の郡。郡家《こほりのみやけ》の西北の隅の方に比治の里あり。この里の比治の山の頂に井あり。その名を麻奈井《まなゐ》と云ふ。今は既に沼と成れり。

この井に天つ女八人《をとめやたり》降り来て浴水《かはあ》む。時に老夫婦《おきなおみな》あり。その名を和奈佐《わなさ》老夫・和奈佐老婦と曰ふ。この老らこの井に至り、窃かに天つ女の一人の衣と裳を取蔵《かく》しつ。即ち衣と裳あるは皆天に飛び上がり、ただ衣も裳もなき女娘《をとめ》一人留まりぬ。身を水に隠して、独り懐愧《は》ぢ居り。

ここに老夫、天つ女に謂《かた》りて曰はく、「吾に児なし。請《ねが》はくは天つ女娘、汝《いまし》、児とならむや」といふ。天つ女、答へて曰はく、「妾《われ》独り人間《ひとのよ》に留まりぬ。何か従はずあらむ。請はくは衣と裳を許したまへ」といふ。老夫、曰はく、「天つ女娘、何《いか》にそ欺く心を存《も》てる」といふ。天つ女、云はく「それ、天つ人の志は信《まこと》を以ちてもととせり。何そ疑ひの心多くして衣と裳を許さざる」といふ。老夫、答へて曰はく「疑多く信なきは率土《このよ》の常なり。故、この心を以ちて許さずあり」といひ遂に許せり。即ち相副《たぐ》ひて宅に往き、即ち相住むこと十余歳になりき。

ここに天つ女、善く酒を醸《かも》せり。一坏飲めば吉《よ》く万の病除かる。その一坏の直《あたひ》の財、車に積みて送れり。時にその家豊かにして土形《ひぢかた》も富みき。故、土形の里と云ふ。これ中間《なかつよ》より今時に至るまで便ち比治の里と云へり。

後に老夫婦ら、天つ女に謂りて云はく、「汝は吾が児に非ず。暫く借りて住めり。宜早く出《いで》で去《ゆ》きね」といふ。ここに天つ女、天を仰ぎて哭慟《な》き、地に俯して哀吟《な》き、即ち老夫らに謂りて曰はく「妾は私意《わがこころ》を以ちて来れるには非《あ》らじ。こは老夫らが願へるなり。何にぞ厭悪《いとひ》の心を発し忽に出去之痛《すてはなたるる》あらむ」といふ。老夫、増発《いよよい》瞋《か》りて去《いでゆ》くことを願ふ。

天つ女涙を流し微門《やや》の外に退きぬ。郷人に謂りて曰はく、「久しく人間に沈みしに天にえ還らず。また親もなき故、由る所知らず。吾や何哉《いかにせむ》、何哉」といふ。涙を拭ひて嗟《なげ》歎き、天を仰ぎて歌ひて曰ふ、

　天の原振り放け見れば霞立ち家路惑ひて行方知らずも

遂に退《まか》り去きて荒塩《あらしほ》の村に至りぬ。即ち村人らに謂りて云はく「老夫老婦の意を思ふに、我が心は荒塩に異なることなし」といふ。仍ち比治の里なる荒塩の村と云ふ。また丹波の里なる哭木《なきき》の村に至り、槻の木に拠りて哭きき。故、哭木の村と云ふ。

また竹野の郡船木の里なる奈具の村に至りぬ。即ち村人らに謂りて云はく「此処に我が心なぐしく成りぬ。古事に平けく善きことを奈具志と曰ふ」といふ。乃ちこの村に留まりつ。こは謂ゆる竹野の郡の奈具の社に坐す豊宇加能売《とようかのめ》の命ぞ。

【五】伊香小江《いかごのおうみ》（帝王編年紀・元正天皇養老七年）

＊――鎌倉時代成立の歴史書『帝王編年紀』に収める「伊香小江」は、『近江国風土記』の逸文かともいわれるが、

――定かではない。前掲「奈具社」と同様に、羽衣型の典型といえる。

古老の伝へて曰へらく、近江の国伊香の郡、与胡の郷。伊香の小江、郷の南に在り。天の八女《やをとめ》、倶に白鳥と為りて、天より降りて、江の南の津に浴《かはあ》みき。時に、伊香刀美《いかとみ》、西の山に在りて遙かに白鳥を見るに、その形奇異《あや》し。因りて若し是れ神人《かみ》かと疑ひて、往きて見るに、実に是れ神人なりき。是に、伊香刀美、即《やが》て感愛《めづるこころ》を生《おこ》してえ還り去らず。竊《ひそ》かに白き犬を遣りて、天の羽衣を盗み取らしむるに、弟《いろと》の衣を得て隠しき。天女、乃ち知《さと》りて、その兄七人《いろねななたり》は天《あ》上《め》に飛び昇るに、その弟一人はえ飛び去らず。天路《あまぢ》永く塞《とざ》して、即ち地民《くにつひと》と為りき。天女の浴みし浦を、今、神の浦と謂ふ、是なり。伊香刀美、天女の弟女《いろと》と共に室家《をひとめ》と為りて、此処に居《す》み、遂に男女《をとこをみな》を生みき。男二、女二なり。兄の名は意美志留《をみしる》、弟の名は那志登美《なしとみ》、女は伊是理比咩《いぜりひめ》、次の名は奈是理日売《なぜりひめ》。此は伊香連等が先祖《とほつおや》、是なり。母《いろは》、即ち天の羽衣を捜し取り、着て天に昇りき。伊香刀美、独り空しき床を守りて、唫詠《ながめ》すること断《や》まざりき。

【六】日本霊異記（上巻・女人、風声の行を好み、仙草を食ひて、現身に天に飛びし縁、第十三）

＊薬師寺僧景戒撰の仏教説話集。弘仁年間（八一〇～二四）の成立か。心清らかな女が仙草を食しているうちに昇天した、という神仙譚。舞台となる宇陀は神仙境として知られていた。女の夫の漆部氏は、漆器作りに携わる伴造と見られ、同じく非農業民である竹取翁との接点が考えられる。

大倭の国宇太の郡漆部《ぬりべ》の里に、風流《みさを》ある女《をみな》有りき。是れ即ち彼の部内の漆部の造麿が妾《をむなめ》なりき。天年風声《ひととなりみさを》なることを行《わざ》とし、自性塩醤《ひととなりまさ》なることを心に存す。七《ななたり》の子を生む。極めて窮しくして食無《な》く、子を養《ひだ》さむに便り無し。衣無くして藤を綴る。日々に沐浴《かはあ》みて身を潔め、綴れを着る。毎に野に臨みては、草を採むを事とす。常に家に住《とどま》りては、家を浄むるを心とす。菜を摘み調へ盛りて子を唱《いざな》ひ、端座《みをなほく》して咲《ゑみ》を含《ふふ》み馴《むつ》れ言ひ、敬ひを到して食ふ。常に是の行を以て心身の業とす。彼の気調恰《みさを》も天上の客《まらひと》の如し。是に、難破の長柄の豊前の宮の時の甲寅の年に、其の風流なる事、神仙に感応し、春の野に菜を摘み、仙草を食ひて天に飛びき。誠に知る、仏法を修せずとも、風流を好めば、仙薬の感応することを。精進女問経に云へるが如し。「俗家に居住し、心を端《なほ》くして庭を掃へば、五功徳を得む」とのたまへるは、其れ斯れを謂ふなり。

【七】富士山記　都良香《みやこのよしか》（本朝文粋　巻十二）

＊都良香（八三四〜八七九）は大内記・文章博士を歴任した碩学で、神仙に傾倒したことでも知られる。『文徳実録』の編纂に携わる一方で、伝承巷説にも関心を寄せ、『道場法師伝』や、この『富士山記』を記した。霊峰富士に天女が舞い、また竹が生じているとする点、『竹取』との親近性が認められる。

富士山は、駿河の国に在り。峯削り成せるが如く、直に聳えて天に属《つづ》く。其の高さ測るべからず。史籍の記せる所を歴《あまね》く覧《み》るに、未だ此の山より高きは有らざるなり。其の聳ゆる峰欝《さかり》に起り、見るに天際に在りて、海中を臨み瞰《み》る。其の霊基の盤連する所を観るに、数千里の間に亙る。行旅の人、数日を経歴して、乃ち其の下《ふもと》を過ぐ。之《ここ》を去りて顧み望めば、猶し山の下に在り。蓋《けだ》し神仙の遊萃する所ならむ。承和年中に、山の峯より落ち来る珠玉あり、玉に小さき孔《あな》有りきと。蓋し是れ仙簾の貫ける珠ならむ。又貞観十七年十一月五日に、吏民旧きに仍りて祭を致す。日午《ひる》に加へて天甚だ美《よ》く晴る。仰ぎて山の峯を観るに、白衣の美女二人有り、山の巓《いただき》の上に双び舞ふ。巓を去ること一尺《ひとさか》余、土人《くにひと》共に見きと、古老伝へて云ふ。

山を富士と名づくるは、郡の名に取れるなり。山に神有り、浅間大神と名づく。此の山の高きこと、雲表を極めて、幾丈といふことを知らず。頂上に平地有り、広さ一許里《いちりばかり》。其の頂の中央は窪み下りて、体《かたち》炊甑《すゐそう》の如し。甑《こしき》の底に神《あや》しき池有り、池の中に大きなる石有り。石の体驚奇なり、宛も蹲虎の如し。亦其の甑の中に、常に気有りて蒸し出づ。其の色純《もは》らに青し。其の甑の底を窺へば、湯の沸き騰るが如し。其の遠きに在りて望めば、常に煙火を見る。亦其の頂上に、池を匝《めぐ》りて竹生ふ、青紺柔愞《じうぜん》なり。宿雪春夏消えず。山の腰より以下《しもつかた》、小松生ふ。腹より以上《かみつかた》、復生ふる木無し。白沙山を成せり。其の攀ぢ登る者、腹の下に止まりて、上に達《いた》ることを得ず、白沙の流れ下るを以ちてなり。相伝ふ、昔役《え》の居士といふもの有りて、其の頂に登ることを得たりと。後に攀ぢ登る者、皆額を腹の下に点《つ》く。大きなる泉有り、腹の下より出づ。遂に大河を成せり。其の流れ寒暑水旱にも、盈縮有ること無し。山の東の脚の下に、小山有り。土俗《くにひと》これを新山と謂ふ。本は平地なりき。延暦廿一年三月に、雲霧晦冥、十日にして後に山を成せりと。蓋し神の造れるならむ。

【八】今昔物語集　巻第三十一　竹取翁、見付女児養話　第三十三

＊『今昔物語集』は編者未詳、十二世紀初めの成立。天竺・震旦・本朝の説話の集大成。この説話では、難題が五つでなく三つとなっている点、またその一つに「優曇華《うどんげ》」があるのが注意される。『竹取』より成立時期は下るが、より古い伝承を伝えているかもしれない。あるいは、『竹取』をダイジェストしたものと考えるべきか。

今昔、□□天皇ノ御代ニ、一人ノ翁有ケリ。竹ヲ取テ、籠ヲ造テ、要スル人ニ与ヘテ、其ノ功ヲ取テ世ヲ渡ケルニ、翁、籠ヲ造ラムガ為ニ、篁ニ行キ竹ヲ切ケルニ、篁《たかむら》ノ中ニ一ノ光リ、其ノ竹ノ節ノ中ニ三寸許ナル人有。

翁、此レヲ見テ思ハク、我レ、年来《としごろ》竹取ツルニ、今此《かか》ル物ヲ見付タル事ヲ喜テ、片手ニハ其ノ小人《ちいさひと》ヲ取リ、今片《かたへ》ニ竹ヲ荷《になひ》テ家ニ返テ、妻《め》ノ嫗ニ、「篁ノ中ニシテ、此ル女児《をむなご》ヲコソ見付タレ」ト云ケレバ、嫗モ喜テ、初ハ籠ニ入レ

テ養ケルニ、三月許養ルル、例ノ人ニ成ヌ。其ノ児、漸ク長大スルママニ、世ニ並無ク端正ニシテ、此ノ世ノ人トモ不思《おぼ》エザリケレバ、翁・嫗、弥《いよい》ヨ此レヲ悲ビ愛シテ傅《かしづき》ケル間ニ、此ノ事、世ニ聞エ高ク成ニケリ。

而ル間、翁、亦竹ヲ取ラムガ為ニ篁ニ行ヌ。竹ヲ取ルニ、其ノ度ハ竹ノ中ニ金《こがね》ヲ見付タリ。翁、此レヲ取テ家ニ返ヌ。然レバ、翁忽ニ豊ニ成ヌ。居所ニ宮殿楼閣ヲ造テ、其レニ住ミ、種々ノ財庫倉ニ充チ満テリ。眷属衆多《あまた》ニ成ヌ。亦、此ノ児ヲ儲テヨリ後ハ、事ニ触レテ思フ様也。然レバ、弥ヨ愛シ傅ク事無限シ。

而ル間、其ノ時ノ諸《もろもろ》ノ上達部・殿上人、消息ヲ遣テ仮借《けさう》シケルニ、女、更ニ不聞《きか》ザリケレバ、皆心ヲ尽シテ云《いは》セケルニ、女、初ニハ、「空ニ鳴ル雷ヲ捕ヘテ将来《ゐてきた》レ。其ノ時ニ会ハム」ト云ケリ。次ニハ、「優曇華ト云フ花有ケリ。其レヲ取テ持来レ。然《さ》ラム時ニ会ハム」ト云ケリ。後ニハ、「不打《うた》ヌニ鳴ル鼓ト云フ物有リ。其レヲ取テ得《えさ》セタラム折ニ、自ラ聞エム」ナド云テ不会《あは》ザリケレバ、仮借スル人々、女ノ形ノ世ニ不似ズ微妙《めでた》カリケルニ耽《ふけり》テ、只此ク云フニ随テ、難堪《たへがた》キ事ナレドモ、旧《ふる》ク物知リタル人ニ此等ヲ可求《もとむべ》キ事ヲ問ヒ聞テ、或ハ家ヲ出テ海辺ニ行キ、或ハ世ヲ棄テ山ノ中ニ入リ、此様ニシテ求ケル程ニ、或ハ命ヲ亡シ、或ハ不返来《かへりこ》ヌ輩《ともがら》モ有ケリ。

而ル間、天皇、此ノ女ノ有様ヲ聞シ食シテ、「此ノ女、世ニ並無ク微妙シト聞ク。我レ、行テ見テ、実ニ端正ノ姿ナラバ、速ニ后トセム」ト思シテ、忽ニ大臣百官ヲ引将《ひきゐ》テ彼ノ翁ノ家ニ行幸有ケリ。既ニ御《おはし》マシ着タルニ、家ノ有様微妙ナル事、王ノ宮ニ不異《ことなら》ズ。

女ヲ召出ルニ、即チ参レリ。天皇、此レヲ見給ニ、実ニ世ニ可譬《たとふべ》キ者無ク微妙カリケレバ、「此レハ、我ガ后ト成ラムトテ、人ニハ不近付ザリケルナメリ」ト、喜《うれし》ク思シ食テ、「ヤガテ具シテ宮ニ返テ、后ニ立テム」ト宣フニ、女ノ申サク、「我レ后ト成ラムニ無限《かぎりな》キ喜ビ也ト云ヘドモ、実ニハ、己レ人ニハ非ヌ身ニテ候フ也」ト。天皇ノ宣ク、「汝ヂ、然ハ何者ゾ。鬼カ、神カ」ト。女ノ云ク、「己レ鬼ニモ非ズ、神ニモ非ズ。但シ、己ヲバ只今空ヨリ人来テ可迎《むかふべ》キ也。天皇、速ニ返ラセ給ヒネ」ト。天皇、此レヲ聞給テ、「此ハ何《いか》ニ云フ事ニカ有ラム。只今空ヨリ人来テ可迎キニ非ズ。此レハ、只我ガ云フ事ヲ辞ビムトテ云ナメリ」ト思給ケル程ニ、暫許有テ空ヨリ多ノ人来テ、輿ヲ持来テ、此ノ女ヲ乗セテ空ニ昇ニケリ。其迎ニ来レル人ノ姿、此ノ世ノ人ニ不似《に》ザリケリ。

其ノ時ニ、天皇、「実ニ、此ノ女ハ只人ニハ無キ者ゾ有ケレ」ト思シテ、宮ニ返リ給ニケリ。其ノ後ハ、天皇、彼ノ女ヲ見給ケルニ、実ニ世ニ不似ズ、形チ、有様微妙カリケレバ、常ニ思シ出テ、破無《わりな》ク思シケレドモ、更ニ甲斐無クテ止ニケリ。

其ノ女、遂ニ何者ト知ル事無シ。亦、翁ノ子ニ成ル事モ何ナル事ニカ有ケム。惣《す》ベテ不心得《こころえ》ヌ事也トナム、世ノ人思ケル。此ル希有ノ事ナレバ、此ク語リ伝ヘタルトヤ。

【九】海道記

＊『海道記』は、貞応二年（一二二三）四月、京を出発し鎌倉に至る旅の記。作者未詳。富士山を過ぎる折、この地にまつわる伝承として書き留められた竹取説話。鶯の卵から姫が誕生する点が特徴的だが、同様の話は、中世の『古今集』注釈書（古今和歌集序聞書三流抄・古今和歌集大江広貞注など）にも見られる。

昔採竹翁《たけとりのおきな》ト云者アリケリ。女ヲ赫奕姫《かぐやひめ》ト云。翁ガ宅ノ竹林ニ、鶯ノ卵《かひこ》、女形ニカヘリテ巣ノ中ニアリ。翁養テ子トセリ。長テ好《ひととなりかほよき》事比《たぐひ》ナシ。光アリテ傍ヲ照ス。嬋娟《せんけん》タル両鬢《りやうびん》ハ秋ノ蟬ノ翼《はね》、宛転タル双蛾ハ遠山ノ色、一タビ咲《ゑ》メバ百ノ媚ナル。見聞ノ人ハ皆腸《はらわた》ヲ断ツ。此姫ハ先生《せんじやう》ニ人トシテ翁ニ養ハレタリケルガ、天上ニ生テ後、宿世ノ恩ヲ報ゼムトテ、暫ク此翁ガ竹ニ化生セル也。憐ベシ父子ノ契ノ他生ニモ変ゼザル事ヲ。是ヨリシテ青竹ノヨノ中ニ黄金出来シテ、貧翁忽《たちまち》ニ富人ト成ニケリ。其間ノ英華ノ家、好色ノ道、月卿光ヲ争ヒ、雲客色ヲ重テ、艶言ヲツクシ、懇懐ヲ抽《ぬきい》ヅ。常ニ赫奕姫ガ室屋ニ来会シテ、絃ヲ調ベ歌ヲ詠ジテ遊アヒタリケリ。サレドモ翁姫難詞ヲ結テ、ヨリ解ル心ナシ。時ノ帝此由ヲ聞食テ召ケレドモ参ラザリケレバ、帝御狩ノ遊ノ由ニテ、鶯姫ガ竹亭ニ幸《みゆき》シ給テ、鴛《をし》ノ契ヲ結ビ松ノ齢ヲヒキ給フ。翁姫思トコロ有テ後日ヲ契申ケレバ、帝空ク帰リ給ヌ。諸《かたへ》ノ天此ヲ知テ、玉ノ枕金ノ釵、イマダ手ナレザルサキニ、飛車ヲ下シテ迎ヘテ天ニ上ヌ。関城ノカタメモ雲路ニ益ナク、猛士ガ力モ飛行ニハ由ナシ。時ニ秋ノ半、月ノ光蔭《くも》リナキ比《ころほひ》、夜半ノ気色風ノ音信《おとづれ》、物ヲ思ハヌ人モ物ヲ思ベシ。君ノ思臣ノ懐《おもひ》、涙同ク袖ヲウルホス。彼雲ヲ繋ニ繋レズ、雲ノ色惨々トシテ暮《ゆふべ》ノ思フカシ。風ヲ追トモ追レズ。風ノ声札々トシテ夜ノ恨長シ。華氏ハ奈木《なぼく》ノ孫枝也、薬ノ君子トシテ万人ノ病ヲ癒ス。鶯姫ハ竹林ノ子葉也、毒ノ化女トシテ一人《いつじん》ノ心ヲ悩ス。方士ガ大真院ヲ尋シ、貴妃ノ私語《ささめごと》再ビ唐帝ノ思ニ還ル。使臣ガ富士ノ峰ニ昇ル、仙女ノ別書《わかれのふみ》永ク和君《わがきみ》ノ情ヲ燋《こが》セリ。

翁姫天ニ上ケル時、帝ノ御契有繋《さすが》ニ覚テ、不死薬ニ歌ヲ書テ具シテ留メオキタリ。其歌ニ曰、

今ハトテ天ノ羽衣キル時ゾ君ヲアハレト思イデヌル

帝是ヲ御覧ジテ、忘形見ハ見モ恨メシトテ、怨恋ニ堪ズ青鳥ヲ飛シテ、雁札《がんさつ》ヲ書ソヘテ薬ヲ返シ給ヘリ。其返歌ニ云、

逢事ノ涙ニウカブ我身ニハシナヌ薬モナニニカハセン

使節知計ヲ廻シテ、天ニ近キ所ハ此山ニ如《しか》ジトテ、富士ノ山ニ昇テ焼上ケレバ、薬モ書モ煙ニムスボホレテ空ニアガリケリ。是ヨリ此嶺ニ恋煙ヲ立タリ。仍此山ヲバ不死峰ト云ヘリ。然而《しかれども》郡ノ名ニ付テ富士ト書ニヤ。彼モ仙女也此モ又仙女也、共ニ恋シキ袖ニ玉散ル。彼ハ死シテ去ル此ハ生テ去ル、同ク別テ夜ノ衣ヲカヘス。都《すべ》テ昔モ今モ、好《かほよき》女ハ国ヲ傾ケ人ヲ悩マス。ツツシミテ色ニ耽ルベカラズ。

天津姫コヒシ思ノ煙トテ立ヤハカナキ大空ノ雲

【一〇】大和物語　第七十七段

＊『大和物語』は、一〇世紀後半成立の歌物語集。桂の皇女は宇多皇女孚子《ふし》内親王、源嘉種《よしたね》は清和天皇皇子長猷《ながかず》の子。二人の恋は七十六、百十七段でも語られている。父院のもとに参上する皇女を月に帰るかぐや姫に、引き留めようとする自分を翁になぞらえる。「閏八月十五日。夜太上法皇文人ヲ亭子院ニ召シテ『月影、秋池ニ浮ブ』ノ詩ヲ賦セシム」（日本紀略）の記事によれば、延喜九年（九〇九）の出来事となり、これ以前に『竹取』が成立、流布していたことになる。

これも同じみこ（桂の皇女）に、同じ男（源嘉種）、長き夜をあかしの浦に焼く塩のけぶりは空に立ちやのぼらぬかくてしのびつつ会ひ給ひけるほどに、（亭子）院に八月十五夜せられけるに、「参り給へ」とありければ、参り給ふに、院にては会ふまじければ、「せめて今宵はな参り給ひそ」ととどめけり。されど、召しなりければ、えとどまらで、急ぎ参り給ひければ、嘉種、
竹取《たかとり》がよよに泣きつつとどめけむ君は君にと今宵しもゆく

【一一】うつほ物語　内侍督《ないしのかみ》（初秋）

＊『うつほ物語』は、十世紀後半に成立した日本最初の長篇物語。二十巻。清原俊蔭を祖とする一族が、奇瑞をもたらす秘琴の伝授を通じて繁栄していく物語を、藤原仲忠（俊蔭の孫）と源正頼の娘あて宮の結ばれない恋をからめながら描く。左は、参内した俊蔭女と、長年の「心ざし」を訴えて琴の演奏を所望する朱雀帝のやりとりの一節。結ばれないながらも深く共感しあう二人の姿は、『竹取』のかぐや姫と帝そのものである。絶世の美女、あて宮への数多くの男たちの求婚譚、物語の大団円を八月十五夜に設定するなど、『うつほ』へ

――の『竹取』の影響は大きい。

「昔よりかやうならましかば、今は、国母と聞こえてましかし。わいても、仲忠の朝臣ばかりの親王なからましかし。よし、行く末までも、私の后に思はむかし。（中略）心ざし、昔より、さらに譬ふるものなく多かれば、なほ、さて思ひてあれど、今、はた、なほ、さてのみは、えあるまじきを。（中略）十五夜に、必ず御迎へをせむ。この調べを、かかる言の違はぬほどに、必ず十五夜にと思ほしたれ。」内侍督、「それは、かぐや姫こそ候ふべかなれ。」上、「ここには、玉の枝贈りて候はむかし。」内侍督、「子安貝は、近く候はむかし。」

【三】源氏物語　蓬生

＊

滑稽なまでに古風な生活を守る末摘花の愛読する物語の一つが『竹取物語』であった。この巻の末摘花は、光源氏を信頼して困窮にも耐え、宮家の格式と伝統を守る姫君として好意的に描かれている。時流からは取り残されてはいるものの、不朽の価値を持つ物語として『竹取』の名が見えるのは、この巻の主題にかかわって重要である。『唐守《からもり》』『藐姑射《はこや》の刀自《とじ》』はともに散逸して伝わらない。前者は、唐守長者が大切にかしづく姫君をめぐる難題求婚譚、後者は藐姑射の刀自に育てられた照満《てりみち》姫と太玉《ふとだま》帝の登場する神仙譚的な物語と推定され、『竹取』との共通性をうかがわせる。

はかなき古歌、物語などやうのすさびごとにてこそ、つれづれをも紛らはし、かかる住まひをも思ひ慰むるわざなめれ、さやうのことにも心おそくものし給ふ。わざと好ましからねど、おのづから、また急ぐことなきほどは、同じ心なる文通はしなどうちしてこそ、若き人は木草につけても心を慰め給ふべけれど、親のもてかしづき給ひし御心おきてのままに、世の中をつつましきものに思して、まれにも言通ひ給ふべき御あたりをもさらに馴れ給はず、古りにたる御厨子あけて、唐守《からもり》、藐姑射《はこや》の刀自《とじ》、かぐや姫の物語の絵に描きたるをぞ時々のまさぐりものにし給ふ。

【三】源氏物語　絵合

＊藤壺の御前で行われた物語絵合の一場面。梅壺女御方（左）が出品した『竹取』の物語絵について批評が行われる。いかにも『竹取』の批評にふさわしく、掛詞を多用したものとなっている。古風な『竹取』に対し、弘徽殿女御方（右）は流行の先端をゆく『うつほ』を提出した。これに続いて、左は『伊勢』、右は『正三位』を出品、ついに光源氏の須磨の絵日記で左が勝利した。『竹取』『伊勢』を左方の出品としたところに、両物語を父母と仰ぐ『源氏』の物語史観がうかがえる。流行遅れの物語として埋もれていた『竹取』の真価を見出したのが『源氏』であり、その影響は物語の随所に認められる。

まづ、物語の出で来はじめの親なる竹取の翁にうつほの俊蔭を合はせて争ふ。「なよ竹の世々に古りにけること、をかしきふしもなけれど、かぐや姫のこの世の濁りにも穢れず、はるかに思ひのぼれる契りたかく、神世のことなめれば、あさはかなる女、目及ばぬならむかし」と言ふ。右は、かぐや姫ののぼりけむ雲居はげに及ばぬことなれば、誰も知りがたし。この世の契りは竹の中に結びければ、下れる人のこととこそは見ゆめれ。ひとつ家の内は照らしけめど、ももしきのかしこき御光には並ばずなりにけり。阿倍のおほしが千々の金を棄てて、火鼠の思ひ片時に消えたるもいとあへなし。車持の親王の、まことの蓬萊の深き心も知りながら、いつはりて玉の枝に瑕をつけたるをあやまちとなす。絵は巨勢相覧《こせのあふみ》、手は紀貫之書けり。紙屋紙《かむやがみ》に唐の綺を陪《はい》して、赤紫の表紙、紫檀《したん》の軸、世の常のよそひなり。

【一四】源氏物語　手習

＊宇治の院の森で、倒れていた若い女を発見した横川僧都《よかわのそうず》は、妹尼とともに手厚く介抱する。この女こそ、薫と匂宮の板挟みに苦しみ、自ら命を絶とうとした浮舟であった。『竹取』冒頭を踏まえた場面であり、孤独な浮舟を温かく迎え入れる僧都・妹尼には翁・媼の面影がある。そして男たちの求愛に苦しみ、傷つく浮舟像の原点にかぐや姫がある。この後、浮舟は出家を遂げてしまうが、月に帰還したかぐや姫とは異なり、この世の憂悶からは自由になれそうにもない。

夢のやうなる人を見奉るかなと尼君はよろこびて、せめて起こし据ゑつつ、御髪手づから梳《けづ》り給ふ。（中略）目もあやに、いみじき天人の天降れるを見たらむやうに思ふも、あやふき心地すれど、「などか、いと心憂く、かばかりいみじく思ひ聞こゆるに、御心を立てては見え給ふ。いづくに誰と聞こえし人の、さる所にはいかでおはせしぞ」と、せめて問ふをいと恥づかしと思ひて、「あやしかりしほどにみな忘れたるにやあらむ、ありけむさまなどもさらにおぼえ侍らず。ただ、ほのかに思ひ出づることとては、ただ、いかでこの世にあらじと思ひつつ、夕暮ごとに端近くてながめしほどに、前近く大きなる木のありし下より人の出で来て、率て行く心地なむせし。それより他のことは、我ながら、誰ともえ思ひ出でられ侍らず」と、いとらうたげに言ひなして（中略）かぐや姫を見つけたりけむ竹取の翁よりもめづらしき心地するに、いかなるもののひまに消え失せむとすらむと、静心なくぞ思しける。

【一五】大鏡　実頼伝

＊『大鏡』は平安時代後期の歴史物語。作者未詳。文徳天皇の嘉祥三年（八五〇）から後一条天皇の万寿二年（一〇二五）まで、すなわち摂関政治の始まりから隆盛までを語る。藤原実資《さねすけ》は斉敏《ただとし》の子で、祖父実頼の猶子《ゆうし》

となり、右大臣に至る。その日記『小右記』は、当時の貴族社会の動向を生き生きと伝える。右は、老年になってようやく得た娘を「かぐや姫」と名付けた実資が、竹取の翁のごとく愛育したという記事。

このおとどの、御子なき嘆きをし給ひて、わが御甥の資平の宰相を養ひ給ふめり。（中略）候ひける女房を召しつかひ給ひけるほどに、おのづから生まれ給へりける女君、かぐや姫とぞ申しける。（中略）この女君を、小野宮の寝殿の東面に帳立てて、いみじうかしづき据ゑ奉り給ふめり。いかなる人か御婿となり給はむとすらむ。

【一六】風葉和歌集

＊『風葉和歌集』は、鎌倉時代、文永八年（一二七一）成立の物語秀歌撰。二十巻。約二百篇の物語から選んだ約千五百首の和歌を四季・恋・雑に分類したもので、散逸物語研究の重要な資料でもある。『竹取』から選ばれた三首は、いずれも物語の「あはれ」の主題にかかわる重要な歌であり、編者（藤原為家か）の見識がうかがわれる。

天の迎へありて昇り侍りけるに、帝に不死の薬奉るとて　竹取のかぐや姫

今はとて天の羽衣きる折ぞ君をあはれと思ひ出でける

御返

逢ふことの涙に浮かぶ我が身には死なぬ薬も何にかはせむ

とて、不死の薬もこの御歌に具して、空近きを選び、富士の山にて焼かせさせ給へりけるとなむ。（巻八・離別）

石上の中納言、燕の子安貝取り侍らで、限りになりぬと聞きて、とぶらひに遣はすとて　かぐや姫

年を経て浪立ち寄らぬ住の江のまつかひなしと聞くはまことか

（巻十八・雑三）

自立語索引

凡例

一、この索引は、『竹取物語』の読解に資するため、本文中のすべての自立語を検索できるようにしたものである。
二、見出し語は、歴史的仮名遣いによる仮名表記とし、五十音順に配列した。
三、活用語に関しては、終止形をもって見出し語とし、活用形ごとに区別して示した。
四、語の所在は、章段・行数の形式で示した。たとえば、「一・1」とあれば、「一　かぐや姫の生い立ち」の1行目にその語があることを意味する。また、同じ章段・行に、複数回見出し語がある場合は、（　）でその数を示した。
五、複合語や連語については、基本的に、個々の語彙に分解せず、一語として立項した。
六、「御」「ども」などの接辞のついた語は、接辞のつかない語の項目中に小見出しとして掲げた。ただし、「みぐし（御髪）」などの固定化・慣用化した語はその限りでない。
七、「衣（きぬ・ころも）」のように、底本が漢字表記で訓みの確定しにくいものは、その旨を注記した。

あ

あかさ（明さ） 九・99（2）
あかし（明石） 六・70
あかしくら・す（明かし暮らす）
—し［連用］六・32
あか・す（明かす）
—し［連用］二・3、八・88
→あかしくらす
あがほとけ（吾が仏） 九・16
あが・る（上がる）
—ら［未然］一〇・4
—り［連用］九・101
→おきあがる
あきた（秋田） 一・22
→いむべのあきた、みむろどのいむべのあきた
あきなひ（商ひ） 五・11
あ・く（空く・開く）［四段］
—き［連用］九・78、九・125（2）、九・126
—け［已然］九・67
あ・く（開く）［下二段］
—け［連用］四・13
あ・く（飽く）
—か［未然］八・79
あ・ぐ（上ぐ）
—ぐ［終止］七・32
→うちあげあそぶ、かみあげ、つりあぐ、ひきあぐ、ゆひあぐ
あぐら 七・10
あけくれ（明け暮れ） 九・62
あげす・う（上げ据う）
—ゑ［未然］七・14
あさ（朝）
—あさごと（朝ごと） 一・6
あさま・し
—しく［連用］四・41
—しき［連体］四・108
あさましが・る
—り［連用］七・54
あし（足） 六・21
→あしとり
あ・し（悪し）
—しから［未然］九・143
—しく［連用］七・22、七・46
—しき［連体］六・67
→ここちあし
あしとり（足取り） 二・29 →てとりあしとりす
あす（明日）
→けふあす
あそび（遊び） 一・23
御あそび（御遊び） 一〇・8
あそ・ぶ（遊ぶ）
—び［連用］九・44
—ぶ［終止］一・24
→うちあげあそぶ
あだごころ（徒心） 二・38
あたひ（値） 五・24
あた・ふ（能ふ）
—は［未然］九・117
あたり（辺り） 一・27、二・3、三・24、四・73、五・12、六・88、九・98
あづ・く（預く）
—け［連用］一・8
あつま・る（集まる）
—り［連用］三・1、七・52
あつ・む（集む）
—め［連用］六・1
あて・なり（貴なり）
—なる［連体］一・25
あてやか・なり（貴やかなり）
—に［連用］九・48

あな（穴）
—あなごと（穴ごと）七・8
→けのあな
あな［感動詞］五・36、五・63、六・96、
六・97、七・62
あながち・なり
—に［連用］二・22
あななひ（麻柱）七・14、七・23、七・25、
七・29
あの（彼）九・77、一〇・1
あは・す（婚はす）
—せ［未然］二・21、五・51
あは・す（合はす・併はす）
—せ［連用］七・20、七・49、九・65、
九・67、九・99
→おぼしあはす
あはれ・なり
［語幹］四・29、七・80、九・159
—に［連用］九・13
あはれが・る
—ら［未然］一〇・7
—り［連用］九・8
あひがた・し（婚ひ難し）
—し［終止］二・40
あひだ（間）七・27、九・41
あひたたか・ふ（相戦ふ）
—は［未然］九・79、九・103
あ・ふ（婚ふ）
—は［未然］二・42、五・49、六・31、
八・3
—ひ［連用］二・36、四・33、五・71
—ふ［連体］二・30（2）
あ・ふ（逢ふ・会ふ）
—は［未然］六・96
—ひ［連用］四・23
—ふ［終止］四・50
—ふ［連体］一〇・12
—へ［已然］三・42、八・6
→いであふ
あふ（合ふ）
→そしりあふ、まうしあふ、まどひあふ、
まもりあふ
あふぎ（扇）三・3
あふ・ぐ（仰ぐ）
→さしあふぐ
あへな・し（敢へなし）
—し［終止］五・72
あべのおとど（阿部の大臣）五・68
あべのみむらじ（阿部のみむらじ）二・
8、五・1
あまた（数多）四・5、七・5、七・16、
八・47、九・42、九・152、一〇・18
あまのはごろも（天の羽衣）九・141、九・
159、九・162
あま・る（余る）
—り［連用］二・29
あやおりもの（綾織物）六・30
あや・し（怪し）
—しく［連用］四・44、九・120
—しき［連体］六・38
あやしが・る（怪しがる）
—り［連用］一・4、三・34
あやふ・し（危ふし）
—き［連体］八・51
あやべのうちまろ（漢部のうちまろ）
四・92
あやま・つ（過つ）
—た［未然］四・31
あゆみ（歩み）五・17
あらこ（荒籠）七・26、七・44
あ・り（有り・在り）
—ら［未然］二・13、二・20、二・34、
二・37、二・41、三・20、四・49、
四・77、四・97、四・124、四・125、
五・59、六・9、六・30、六・40、

六・51、六・64、六・67、六・71、
六・74、六・82、六・94、七・3、
七・65、七・66、八・11、八・15、
八・24、八・34、八・55、八・70、
八・72、八・88、八・90、八・91、
九・20、九・31、九・74、九・80、
九・129
―り［連用］一・1、一・4、四・8、
四・108、四・113、五・35、五・67、
六・66、六・84、七・77、八・20、
八・22、九・2、九・31、九・43、
九・148
―り［終止］三・12、三・15、三・17、
三・35、四・61、五・23、八・45、
八・64、九・41、九・78、九・141
―る［連体］一・11、二・1、二・13、
二・16、二・38、三・9、三・14、
三・20、三・26、三・27、三・28、
三・31、三・38、四・1、四・51、
四・52、四・53、四・54、四・55、
四・56、四・120、五・10、五・69、
六・2、六・16、六・52、六・59、
六・71、七・12、七・13、七・75、
八・46、八・47、九・3、九・9、
九・15、九・19、九・23、九・45、
九・89、九・100、九・145、一〇・9、
一〇・10
―れ［已然］八・15、八・48
あなり　六・2
あなる　一〇・15
あなれ　三・19、五・28
あめれ　二・43
ありつる　四・111
ありとある　六・1
→かひあり
ありがた・し（有り難し）
―く［連用］三・4
ありき（歩き）二・4
ありきまか・る（歩き罷る）
―り［連用］四・51
あり・く（歩く）
―き［連用］三・24、四・49、六・42、
六・89
―く［終止］四・48
→ありきまかる、くみありく、こぎただよひありく、たたずみありく、ふきもてありく、まかりありく、みありく、みえありく、もてありく
ありさま（有様）九・60
あ・る（荒る）
―れ［連用］四・51、九・106
あ・る（離る）
―れ［連用］七・24
あるいは（或いは）三・1、三・2
あるじ（主）六・52
あるじ（饗）八・78
あるは（或は）三・2（2）、六・23（2）、
九・142
あわ・つ（慌つ）
―て［未然］九・151
あをへど（青反吐）六・56
あん・ず（案ず）
―ずる［連体］四・102

い

い（寝）一・28
いう・なり（優なり）
―に［連用］八・7
いかが（如何）四・49、六・6、六・11、
六・14、六・44、七・18、七・57、
九・63
いかで（如何）一・25、九・19
いかでか（如何）二・31、二・45、三・29、

四・38、六・79、七・6、八・11、
八・13、八・20、九・124
いか・なり（如何なり）
―なら［未然］六・48
―に［連用］三・20、六・10、九・131
―なる［連体］四・43、七・31
いかばかり（如何ばかり）二・43、八・
3
いかめ・し（厳めし）
―しう［連用ウ音便］八・78
いかやう・なり（如何様なり）
―なる［連体］二・41
いき（息）
いきのした（息の下）七・58
いきい・づ（生き出づ）
―で［連用］七・56
いきつ・く（息つく）
―き［連用］六・71
い・く（生く）
―き［連用］四・47、四・49
いころ・す（射殺す）
―し［連用］六・41、九・72、九・74
いざ 九・123
いささか（聊か）二・44、九・88、九・144
いささか・なり（聊かなり）
―なる［連体］九・112
いし（石）
↓いしのはち、ほとけのみいしのはち
いしつくりのみこ（石作の皇子）二・7、
三・12、三・27
いしのはち（石の鉢）三・30、三・36
↓ほとけのみいしのはち
いそのかみのちうなごん（石上の中納言）
三・18
いそのかみのまろたか（石上のまろたか）
二・9、七・1
いだか・ふ（抱かふ）
―へ［連用］九・69
いだ・く（抱く）
―き［連用］九・126
いた・し（甚し）
―く［連用］四・16、五・37、五・47、
七・39、七・49、九・25
いたし（痛し）
↓こころいたし
いだした・つ（出だし立つ）
―て［未然］八・54
―て［連用］六・15
いだ・す（出だす）
―さ［未然］一・15
―し［連用］五・20
―す［終止］七・6
↓いだしたつ、かへしいだす
いただき（頂）六・58、一〇・16
いたづら・なり（徒なり）
―に［連用］四・27、八・3
いた・る（至る）
―り［連用］九・15
↓もていたる
いつ（何時）四・18
い・づ（出づ）
―で［連用］三・3、三・22、四・6、
四・46、八・62、九・2、九・127、
九・137
―づれ［已然］九・20
↓いであふ、いでおはします、いでく、
いでゐる、うちいづ、おもひいづ、か
きいづ、かへりいづ、こぎいづ、すべ
りいづ、つくりいづ、とりいづ、なが
れいづ、もていづ、よびいづ
いつきかしづきやしな・ふ（斎き傅き養
ふ）
―ふ［終止］一・15
いつく（斎く）
↓いつきかしづきやしなふ

いつしやう（一生） 四・124
いつたり（五人）→ごにん
いづち（何処） 六・21（2）
いづれ（何） 三・7、六・45、一〇・9
いであ・ふ（出で会ふ）
—ひ［連用］九・52
いでおはしま・す（出でおはします）
—す［終止］九・122
いで・く（出で来）
—き［連用］四・53、四・64、五・42
—く［終止］四・90
いで・ゐる（出で居る）
—ゐ［連用］九・6、九・20、九・25、
九・89
いと（糸） 六・29、六・92
いと 一・5、一・9、一・20、一・24、
四・5、四・14、四・16、四・61、
四・74、四・110、四・119、五・11、
五・37、六・4、六・34、六・42、
六・75、六・76、七・39、七・68、
七・75、八・16、八・60、八・68、
九・25、九・40、九・56、九・84、一
〇・7
いとど 八・86
いとほ・し
—し［終止］九・163
いとほしさ 四・41
いとま（暇） 四・2、九・90
いな（否） 五・51、六・94
いな・ぶ（否ぶ）
—び［連用］四・38、四・40
い・ぬ（去ぬ・往ぬ）
—な［未然］六・21
—ぬ［終止］六・24
→くひもていぬ
いのち（命） 三・5、四・24、四・48、四・
57、六・7、七・77、一〇・2
—御いのち（御命） 八・51
いのり（祈り） 二・20
いの・る（祈る）
—り［連用］六・60
いはけ・たり
—たる［連体］七・67
いはむかたな・し（言はむ方無し）
—く［連用］四・55
いはむや（況むや） 六・5
いひ（飯） 七・8
いひお・く（言ひ置く）
—き［終止］九・148
いひかかづら・ふ（言ひ拘らふ）
—ひ［連用］三・45
いひか・く（言ひ掛く）
—くれ［已然］二・2
いひつた・ふ（言ひ伝ふ）
—へ［連用］一〇・20
いひはじ・む（言ひ始む）
—め［連用］四・130、六・97
いひ・ゐる（言ひ居る）
—ゐ［連用］四・39
い・ふ（言ふ）
—は［未然］二・2、二・6、二・44、
四・3、四・34、五・56、六・7、
八・22
—ひ［連用］一・3、一・30、二・6、
二・19、三・25、三・46、三・47、
四・69、四・95、四・114、四・119、
四・120、五・47、五・57、六・93、
六・95、六・96、七・64、七・81、
八・9、八・14、八・16、八・23、
九・36、九・39、九・46、九・71、
九・95、九・124、九・147、九・148
—ふ［終止］二・29、二・33、二・40、
二・47、三・10、三・11、三・13、
三・16、三・19、三・21、四・36、
四・49、五・4、五・56、五・57、

五・62、六・30、六・40、六・60、八・25、八・46、九・12、九・14、九・75、九・118、九・148
―ふ［連体］一・1、三・12、三・14、四・34、四・36、四・66、四・59、四・105、五・2、五・6、五・17、五・19、五・43、五・51、五・54、五・70、八・41、九・7、九・10、九・27、九・41、九・56、九・65、九・72、九・110、九・128、九・142、一〇・15
―へ［已然］二・26、二・33、二・36、三・9、三・10、三・21、三・23、四・23、四・25、四・108、五・15、五・28、五・41、五・60、六・68、八・9、八・10、八・12、八・13、八・40、九・17、九・18、九・19、九・130
いはく（言はく）二・37、二・40、二・43、三・3、四・30、五・45、六・37、六・65、九・70、九・83、九・112
いふやう（言ふやう）一・6、二・23、四・39、四・107、九・10、九・80
↓いはむかたなし、いはむや、いひおく、いひかかづらふ、いひかく、いひつたふ、いひはじむ、いひゐる
いへ（家）一・8、一・27、二・2、二・12、二・19、三・33、四・3、四・11、五・1、五・42、六・1、六・18、六・23、六・79、六・88、六・89、七・1、八・6、八・39、八・58、八・63、九・51、九・66（2）、九・67、九・98、九・110
御いへ（御家）四・32
いま（今）一・1、三・16、四・36、五・20、五・26、五・28、六・62、六・88、七・51、九・26、九・29、九・32、九・159
いま・す（在す）
―し［連用］二・35、五・38、六・95、七・37
―す［連体］五・69
―せ（命令）二・34
↓かへりいます、もています
いますが・り（在すがり）
―り［連用］九・85
いまだ（未だ）四・94、五・10、一〇・20
いみ・じ
―じから［未然］九・44
―じく［連用］四・34、四・119、九・5、九・9、九・36、九・94、九・150
―じう［連用形ウ音便］九・46
い・む（忌む）
―む［連体］九・4
いもひ（潔斎）六・17
いや・し（卑し・賤し）
―しき［連体］一・25、四・100、九・116
いら・ふ（答ふ）
―ふる［連体］八・44
い・る（入る）［四段］
―ら［未然］六・50
―り［連用］三・11、四・26、四・51、四・69、四・126、六・79、八・9、八・63
―る［連体］八・64
―れ［已然］九・141、九・142
↓たえいる、はしりいる、まきいる
い・る（入る）［下二段］
―れ［未然］七・66
―れ［連用］一・9、三・33、三・44、四・11、四・18、五・31、五・36、五・64
↓うちいる、ききいる、さしいる、しやうじいる、すくひいる、とりいる、まかりいる

いる（射る）
—い［未然］九・77、九・106
いろ（色）五・32、五・62
↓いろふ、るりいろ
いろいろ（色々）四・58、四・73、六・29
いろごのみ（色好み）二・6
いろ・ふ（色ふ）
—へ［連用］五・32

う

う（得）
—え［未然］四・125
—え［連用］一・26、四・121
↓こころう、しう、とりう、もとめたづねう
うかが・ふ（窺ふ）
—は［未然］七・10
—ひ［連用］七・48
うか・ぶ（浮かぶ）
—ぶ［連体］一〇・12
う・く（承く）
—け［連用］二・48
う・く（浮く）
—け［連用］七・44
うけきら・ふ（承け嫌ふ）
—は［未然］一・23
うけたまは・る（承る）
—ら［未然］二・27、九・156
—り［連用］四・104、六・4、六・19、七・2、八・4、八・22、一〇・18
うごか・す（動かす）
—し［連用］六・62
うご・く（動く）
—か［未然］七・58
う・す（失す）
—せ［連用］七・7、九・163
—する［連体］三・42
↓きえうす、にげうす
うそ（嘯）三・2
うた（歌）三・2、三・41、四・111、五・38、五・39、五・64、七・72
御うた（御歌）八・95
↓わびうた
うたがひ（疑ひ）五・59
うたがひな・し（疑ひ無し）
—く［連用］五・55
うたて　六・52、八・12
うた・ふ（歌ふ）
—ひ［連用］三・2
うち（内）一・15、一・17、四・42、四・50、四・60、六・16、九・68、九・69
うちうち（内々）六・29
うちあげあそ・ぶ（打ち上げ遊ぶ）
—ぶ［終止］一・22
うちあぐ（打ち上ぐ）
↓うちあげあそぶ
うちい・づ（うち出づ）
—で［連用］九・30
うちい・る（うち入る）
—れ［連用］一・8
うちか・く（打ち懸く）
—け［連用］六・46
うちき・す（うち着す）
—せ［連用］九・162
うちく・ぶ（うち焼ぶ）
—べ［連用］五・60
うちす・ぐ（うち過ぐ）
—ぎ［連用］九・98
うちと（内外）九・102
うちな・く（うち泣く）
—き［連用］九・133
うちなげ・く（うち嘆く）
—き［連用］四・81、九・22

うつく・し
—しう［連用ウ音便］一・5
—しかり［連用］九・48
—しき［連体］一・8
うつぶし（俯し）九・111
うてな（台）
→たまのうてな
うどんげ（優曇華）
—うどんげのはな（優曇華の花）四・19
うなづきを・り（頷き居り）
—り［終止］四・110
うなづく（頷く）
→うなづきをり
うへ（上）四・61、六・29、六・91、七・53、九・66（2）、九・72、九・84、九・123
うべ（宜）五・35
うま（馬）五・17、五・18
うま・し
—しき［連体］九・12
うま・る（生まる）
—れ［連用］八・68、九・135
うみ（海）四・46、四・50、四・51、四・54、四・57、四・59、四・60（2）、六・43、六・50
—うみごと（海ごと）六・42
→うみなか、うみやま、なんかい、ひむがしのうみ
うみおと・す（産み落とす）
—す［終止］七・34
うみなか（海中）六・45
うみやま（海山）三・36、六・9
う・む（憂む）
—み［連用］三・36
う・む（産む）
—ま［未然］七・10、七・27、七・33、八・55
—む［連体］七・6、七・32
—め［已然］八・15
→うみおとす
うらみ（恨み）三・9
うるし（漆）六・28
うるは・し（麗し）
—しく［連用］四・44
—し［終止］四・62
—しき［連体］五・31、五・33、五・43、六・28、九・96
うれ・し（嬉し）
—しく［連用］二・28、五・29、七・59
—し［終止］五・63
—しき［連体］四・67、四・118、七・80
うれしさ（嬉しさ）七・40
うれへ（愁へ）四・118
うん・ず（倦んず）
—じ［連用］三・25

え

え（枝）
→たまのえ
え（副詞）四・128、五・52、六・5、六・39、六・72、六・80、六・81、七・12、七・23、七・69、八・17、九・77、九・122、九・127、一〇・5
えう・ず（要ず）
—じ［連用］四・103
えだ（枝）三・33、四・77
→たまのえだ、もののえだ
えら・ぶ（選ぶ）
—び［連用］五・5
えん（縁）四・37

お

おい（老い）九・55、九・93
おいおとろ・ふ（老い衰ふ）
—へ［連用］九・94
おいらか・なり
—に［連用］三・24
おうな（嫗）一・8、五・49、八・6、九・69、九・126、一〇・1
おき（熾）五・65
おきあが・る（起き上がる）
—り［連用］六・73、六・75
おきな（翁）一・6、一・12、一・17、一・20、二・23、二・25、二・28、二・29、二・34、二・40、三・3、三・5、三・11、三・19、三・21、四・25、四・37、四・42、四・43、四・81、四・106、四・109、五・50、五・52、五・56、七・19、七・51、八・32、八・36、八・37、八・39、八・43、八・50、九・18、九・36、九・54、九・56、九・60、九・70（2）、九・75、九・80、九・95、九・112、九・117、九・118、九・163、一〇・1
→たけとりのおきな
おき・ゐる（起き居る）
—ゐ［連用］六・83
お・く（置く）
—き［連用］五・65
—く［連体］三・39
→いひおく、かきおく、ぬぎおく、まりおく
お・く（起く）
—き［連用］一〇・4
→おきあがる、おきゐる
おくり（送り）
御おくり 四・4、四・6
おく・る（送る）
—り［連用］四・7
—る［終止］二・19
→たびおくる、みおくる
おこ・す（遣す）
—せ［連用］五・29
—せよ［命令］五・4
おそ・し（遅し）
—く［連用］六・41
—し［終止］九・149
おそ・ふ（襲ふ）
—は［未然］九・103
おそろ・し（恐ろし・怖ろし）
—しく［連用］四・62
おちかか・る（落ち懸かる）
—り［連用］六・51
—る［連体］六・47、六・58
おち・ゐる（落ちゐる）
—ゐ［連用］四・86
お・つ（落つ）
—ち［連用］七・53、九・138
お・づ（怖づ）
—ぢ［連用］七・16
おと（音）一・26、五・9、六・33
おとす（落とす）
→うみおとす、かなぐりおとす
おとど（大臣）
→あべのおとど
おとりまさり（劣り勝り）二・45、三・7
おどろおどろ・し
—しく［連用］七・24
おとろふ（衰ふ）
→おいおとろふ
おな・じ（同じ）
—じ［連体］四・12、四・100、九・49
おに（鬼）四・53

おのおの（各々） 六・18、六・23
おのが（己が） 二・18、六・7、六・23、六・24、八・67、九・30、九・45
おのれ（己） 九・116
おはしましがたし（御座しまし難し）
→ゐておはしましがたし
おはしま・す（御座します）
—さ［未然］三・7
—し［連用］四・7、四・32、六・35
—す［終止］四・103、九・121
→いでおはします、おぼしおはします、もておはします、ゐておはします
おは・す（御座す）
—せ［未然］二・32、九・37、九・124、九・131
—し［連用］四・22、四・23、五・1、六・52、六・94、七・43、九・116
—す［終止］二・47、四・39、八・7
—する［連体］一・6、九・121
おひかぜ（追風） 四・78
おほきさ（大きさ） 二・24、九・37
おほき・なり（大きなり）
—に［連用］一・13、一・21、四・61
—なる［連体］八・51
おほ・し（多し）
—く［連用］四・17、四・119、八・2、八・27
—かり［連用］二・4、九・67
—かる［連体］二・10
おぼ・し（思し・覚し）
—しき［連体］九・109
おぼしあは・す（思し合はす）
—すれ［已然］八・91
おほした・つ（生ほし立つ）
—て［連用］八・36
おぼしおはしま・す（思し御座します）
—し［連用］八・28
おぼしなげ・く（思し嘆く）
—か［未然］九・34
—く［連体］九・9
おぼしめしとど・む（思し召し留む）
—め［未然］九・156
おぼしめ・す（思し召す）
—さ［未然］七・19、八・75、九・155
→おぼしめしとどむ
おぼしわづら・ふ（思し煩ふ）
—ふ［連体］七・18
おほ・す（仰す）
—せ［未然］八・32、八・74
—せ［連用］四・9、四・102、六・25、六・78、八・29、八・34、八・35、八・40、八・58、九・57、九・64、一〇・16、一〇・18
—す［終止］五・28
おぼ・す（思す）
—さ［未然］八・86、八・87
—し［連用］五・38、六・40、七・80、八・29、八・64、八・71、八・72、八・80、八・90、九・163
—す［終止］九・16
—す［連体］二・42
→おぼしあはす、おぼしおはします、おぼしなげく、おぼしわづらふ
おほせ（仰せ） 六・19
おほせごと（仰せ言） 六・8、六・12、六・14、八・7、八・20、八・21、八・24、九・55
おほせのこと（仰せの言） 六・4（2）、八・53
おほぞら（大空） 九・101
おほとものだいなごん（大伴の大納言） 三・17、六・36、六・93
おほとものみゆき（大伴の御行） 二・9
おほとものみゆきのだいなごん（大伴の御行の大納言） 六・1

おほぬすびと（大盗人） 六・87
おほひづかさ（大炊寮） 七・8
おほ・ふ（覆ふ）
—ひ［連用］四・18
おほやけ（朝廷・公） 四・1、五・23、
九・150
おほやけびと（公人） 九・82
おぼ・ゆ（思ゆ・覚ゆ）
—え［未然］四・58、七・47、八・66、
九・43
—え［連用］四・47、四・63、四・115、
七・71、九・136
—ゆる［連体］七・59、九・18
—ゆれ［已然］七・58
おも・し（重し）
—き［連体］六・75、九・122
おもしろ・し（面白し）
—く［連用］八・95
—う［連用ウ音便］九・2
—し［終止］四・76
おもて（面） 八・65
おもな・し（面なし）
—き［連体］三・46
おもひ（思ひ） 二・40、五・40、五・65、
九・85
→ものおもひ、ものおもひなし
おもひい・づ（思ひ出づ）
—で［連用］九・159
おもひおこ・す（思ひ起こす）
—し［連用］九・104
おもひさだ・む（思ひ定む）
—め［連用］二・36、三・6
おもひなげ・く（思ひ嘆く）
—き［連用］九・35、九・91
おもひはか・る（思ひ量る）
—れ［已然］五・51
おもひめぐら・す（思ひ巡らす）
—し［連用］三・27
おもひや・む（思ひ止む）
—む［終止］二・20
—む［連体］二・6
おもひわ・ぶ（思ひわぶ）
—び［連用］四・85、四・106
おもひを・り（思ひ居り）
—り［終止］五・49
おも・ふ（思ふ）
—は［未然］四・125、五・55、八・14
—ひ［連用］二・12、二・20、二・21、
二・28、三・29、四・34、四・42、
四・48、四・62、四・107、四・120、
五・46、六・10、六・62、六・71、
六・74、七・70、九・11、九・16、
九・28、九・29、九・74、九・87、
九・111
—ふ［終止］四・37、六・8、九・63
—ふ［連体］二・38、二・40、四・47、
七・63、八・42、九・17、九・93
—へ［已然］二・15
→おもひいづ、おもひおこす、おもひさだむ、おもひなげく、おもひはかる、おもひめぐらす、おもひやむ、おもひわぶ、おもひをり、なげきおもふ、ものおもふ
おもほ・ゆ（思ほゆ）
—え［連用］八・82
おもむ・く（赴く）
—き［連用］六・67
おもや（母屋） 九・68
おや（親） 二・27、四・40、六・24、九・
23
—おやたち（親達） 九・88
—おやども（親ども） 九・27
おり・く（降り来・下り来）
—き［連用］九・101
おりのぼ・る（降り昇る・下り上る）

―る［連体］六・9
おりもの（織物）
↓あやおりもの
お・る（降る・下る）
―り［連用］四・65
おろか・なり（疎かなり）
―なら［未然］二・25、二・42、八・48
―に［連用］八・13
―なる［連体］二・4
降ろ・す
―さ［未然］七・52
―し［連用］六・74、七・51
↓さげおろす
おろそか・なり（疎かなり）
―なる［連体］八・16

か

か（日）
↓なぬか、ふつかみか、みか、みかよか
がい・す（害す）
―せ［未然］六・85、六・86
かいまみまどひあ・ふ（垣間見惑ひあふ）
―へ［已然］一・29
かいまみる（垣間見る）
↓かいまみまどひあふ
かう（斯う）二・35
かうし（格子）
かうしども（格子ども）九・125
かうて（斯うて）二・34
かうぶり（冠）八・37、八・43、八・44
かかづらふ（拘ふ）
↓いひかかづらふ
かか・ふ（抱ふ）
―へ［連用］七・54
かがま・る（屈まる）
―り［連用］九・53
かかやく（輝く）
↓てりかかやく
かか・り（斯かり）
―る［連体］四・22、四・90、六・21、六・48、六・50、七・17、九・98
―れ［已然］二・19、八・56
↓とありともかかりとも
かか・る（懸かる・掛かる）
―り［連用］八・92
↓おちかかる、くひかかる、なえかかる、ひらめきかかる
かき（垣）一・27
かきい・づ（掻き出づ）
―で［連用］九・82
かきお・く（書き置く）
―き［連用］九・132、一〇・2
―く［終止］九・140
かきは・つ（書き果つ）
―つる［連体］七・79
かぎり（限り）二・34、四・6、四・12、四・49、六・16、九・116
かぎりな・し（限り無し）
―く［連用］四・76
―し［終止］一・9、四・68、五・34、九・52
か・く（書く・描く）
―き［連体］五・40
―き［連用］二・13、二・14、五・3、六・30、七・76、八・93
―く［連体］五・8、九・134
―く［終止］九・149
か・く（懸く・掛く）
―け［連用］二・22
↓いひかく、うちかく
かく（斯く）三・5、三・20、三・22、四・41、四・49、四・68、四・108、五・49、五・57、六・25、六・40、六・55、

七・39、七・77、八・9、八・31、八・39、八・77、九・11、九・42、九・44、九・78、九・91、九・116、九・117、九・129、九・152、九・154
かく・す（隠す）
ーし［連用］四・129
かくて（斯くて）一・12、四・124
かくもあれ
→ともあれかくもあれ
かぐやひめ（かぐや姫）一・25、二・11、二・23、二・26、二・32、二・36、二・43、三・12、三・21、三・30、三・33、三・34、三・38、三・44、四・2、四・14、四・20、四・25、四・39、四・97、四・103、四・105、四・110、四・118、五・35、五・43（2）、五・50、五・52、五・63、五・69、五・71、六・27、六・31、六・87、七・72、七・79、八・1、八・3、八・7、八・10、八・11、八・13、八・24、八・29、八・39、八・41、八・62、八・67、八・71、八・74、八・79、八・81、八・82、八・89、八・91、八・93、九・2、九・7、九・10、九・12、九・15、九・25、九・27、九・41、九・58、九・62、九・69、九・76、九・83、九・115、九・118、九・120、九・121、九・124、九・126、九・128、九・146、九・149、一〇・5
→なよたけのかぐやひめ
かくる
→かくれゐる
かくれ・ゐる（隠れ居る）
ーゐ［連用］四・100
かげ（影）八・71
かけ・る（翔る）
ーら［未然］九・72
かさな・る（重なる）
ーり［連用］一・11
かざ・る（飾る）
ーれ［已然］四・112
かし・く（炊く）
ーく［連体］七・8
かしこさ（畏さ）八・53
かしこ・し（畏し・賢し）
［語幹］五・36
ーく［連用］一・24、四・14
ーし［終止］八・14
ーき［連体］二・39、四・101、五・22
かしこま・る（畏まる）
ーり［連用］八・6、八・32
ーる［終止］三・4
かしづく（傅く）
→いつきかしづきやしなふ
かしら（頭）七・75
かず（数）四・87
かぜ（風）四・48、四・52、六・44、六・57、六・65、六・66（2）、六・67
→おひかぜ
かぜ（風邪）六・75
かた（方）四・46、五・29、六・21、六・43、六・45、六・66、六・67（2）
→いはむかたなし、きしかた
かたがた（方々）
御かたがた（御方々）八・92
かた・し（難し）
ーから［未然］三・21
ーき［連体］三・19、三・20、五・11、六・10、六・11
→あひがたし、せきとめがたし、たへがたし、とりがたし、ゐておはしましがたし
かたじけな・し（忝なし）
ーく［連用］三・3

かたち（容貌）一・16、二・10、二・37、八・1、八・7、八・11、八・75
御かたち（御容貌）八・73
↓かほかたち
かたとき（片時）九・41、九・54、九・113、九・119
かたはら（傍ら）八・89
かたはらいた・し（傍ら痛し）
―く［連用］六・91
かたぶきを・り（傾き居り）
―り［終止］四・96
かたみ（形見）九・137、九・145
かたら・ふ（語らふ）
―ひ［連用］四・115
―ふ［連体］八・39
かぢ（鍛冶）四・10
かぢとり（舵取り）六・49、六・53、六・54、六・56、六・60、六・65
かづ・く（被く）
―け［連用］七・41
かて（糧）四・55、六・15
かど（門）二・31、三・41、四・22、五・42
かなぐりおと・す（かなぐり落とす）
―さ［未然］九・81
かな・し（悲し・愛し）
―しく［連用］九・45、九・87、九・92
―し［終止］九・163
―しき［連体］九・35、九・130、九・153
かな・ふ（叶ふ）
―へ［未然］六・3、六・8
―ふる［連体］七・40
かなへ（鼎）七・56
↓やしまのかなへ
かなまり（鋺・金椀）四・65
かならず（必ず）五・49、六・31、八・19、九・28
かね（金）五・7、五・13、五・24、五・26、五・27、五・28
かねて（予ねて）四・9
かの（彼の）二・12、三・45、四・24、四・118、五・6、五・16、五・64、七・18、七・43、八・10、八・53、九・33、九・42、九・43、九・64、九・78、九・79、九・92、一〇・14
かは（皮）五・21、五・44（2）、五・58、五・61、五・70
↓かはぎぬ、かはごろも、ひねずみのかは、ひねずみのかはぎぬ、ひねずみのかはごろも
かばかり 二・42、九・71、九・73
かはぎぬ（皮衣）五・31、五・32、五・43（かはごろもカ）、五・46、五・53（かはごろもカ）
↓ひねずみのかはぎぬ
かは・く（乾く）
―き［連用］五・40
―けれ［已然］四・87
かはごろも（皮衣）五・40、五・43（かはぎぬカ）、五・53（かはぎぬカ）、五・65
↓ひねずみのかはごろも
かはす（交はす）
↓きこえかはす
かはほり（蝙蝠）九・73
かひ（貝）四・57、七・60、七・62、七・65、七・68、七・73、七・77
かひ（甲斐）四・122
↓こやすがひ、こやすのかひ
かひあ・り（甲斐有り）
↓かひあり、かひなし
―り［終止］七・81
かひと・る（買ひ取る）
―る［連体］二・13
―り［連用］五・24

かひな・し（甲斐無し）
［語幹］七・62
―く［連用］八・31
―し［終止］二・15、七・63、七・73、
一〇・1
か・ふ（買ふ）
―ひ［連用］五・4、五・25
か・ふ（変ふ・換ふ・替ふ）
―へ［連用］九・114
→ぬぎかふ
かへし（返し）三・41、三・44、四・86、
四・111、五・64、七・17
かへしいだ・す（返し出だす）
―す［終止］三・41
かへ・す（返す）
―さ［未然］四・109
―し［連用］四・108、四・114、五・14、
五・27、九・118
―す［終止］五・64
かべ・す（壁す）
―し［連用］六・29
かへすがへす（返す返す）九・136
かへり（返り）
御かへり（御返り）八・94
かへりい・づ（帰り出づ）
―で［連用］八・18
かへりいま・す（帰り在す）
―し［連用］五・67
かへり・く（帰り来）
―き［連用］四・16
―く［終止］六・18、六・20
かへりごと（返事）二・14、五・7、九・
123
御かへりごと（御返事）八・32、八・84
かへりまうで・く（帰りまうで来）
―き［連用］七・29
かへりまゐ・る（帰り参る）
―ら［未然］八・21
かへりみ（顧み）九・88
―り［連用］八・26、九・60、一〇・5
かへ・る（帰る）
―ら［未然］四・27、五・26、八・80、
八・88
―り［連用］二・19、三・25、三・45、
四・7、八・39、八・74、八・79、
八・86
―る［終止］四・120、九・32
―る［連体］六・17
→かへりいます、かへりく、かへりまう
でく、かへりまゐる、こぎかへる、た
ちかへる
かへるさ（帰るさ）八・82
かほ（顔）五・62、七・60、九・4
かほかたち（顔容貌）八・30
かまど（竈）四・11
かま・ふ（構ふ）
―へ［連用］七・26
かみ（上）四・13
かみ（雷）六・46、六・50、六・58、六・
64
→なるかみ
かみ（神）六・51、六・57、六・60
御かみ（御神）六・61
かみ（紙）七・76
かみ（髪）九・81
かみあげ（髪上げ）一・14
かみあ・ぐ（髪上ぐ）
―げ［未然］一・15
かやう・なり（斯様なり）
―に［連用］九・1
かよ・ふ（通ふ）
―は［未然］八・93
からうして（辛うして）五・20、五・24、
五・58、六・75、七・55、七・57、
七・76、九・103

からす（烏） 六・92
からびつ（唐櫃） 七・65
かり（狩）
—御かり（御狩） 八・59、八・62
かれ（彼） 八・91
かんだう（勘当） 六・82
かんだちめ（上達部） 三・23、一〇・8

き

き（木） 三・15、四・43
きども 四・73
→たまのき、はなのきども、ほうらいのき
きえう・す（消え失す）
—せ［連用］八・42
きえ・ゐる（消え居る）
—ゐ［連用］四・97
ききい・る（聞き入る）
—れ［未然］三・45
—れ［連用］六・68
ききおよ・ぶ（聞き及ぶ）
—び［連用］五・23
ききわら・ふ（聞き笑ふ）
—は［未然］七・69
き・く（聞く）
—か［未然］三・31、七・67、七・75、一〇・2、一〇・11
—き［連用］一・26、二・11、二・25、三・24、四・18、四・20、四・81、四・85、四・97、四・105、四・109、四・112、五・17、五・72、六・54、六・79、六・91、七・17、七・79、八・23、九・10、九・75、九・76
—く［終止］八・24
—く［連体］四・67、六・37、七・73、九・84
—け［已然］五・9
きくさ（木草） 八・95
きこえかは・す（聞こえ交はす）
—し［連用］八・94
きこしめ・す（聞こし召す）
—さ［未然］一〇・7
—し［連用］八・2、八・26、八・30、八・35、九・51、九・61、九・143
—せ［命令］六・61
きこ・ゆ（聞こゆ）
—ゆる［連体］三・23
きこ・ゆ（聞こゆ）［補助動詞］
—え［未然］九・39
—え［連用］九・37、九・44
きさらぎ（二月・如月） 四・45
き・す（着す）
—せ［未然］九・146
—せ［連用］九・147
—す［終止］一・15
→うちきす
きたなげ・なり（穢げなり）
—なる［連体］三・4
きたな・し（穢し）
—き［連体］九・124、九・143
きた・る（来たる）
—り［連用］二・7、五・2
→く、まうできたる、もてきたる
きと 八・71
きぬ（絹） 六・16
きぬ（衣） 四・80（ころもカ）、五・27（ころもカ）、九・137（ころもカ）九・147、九・164
→かはぎぬ、ひねずみのかはぎぬ
きのふ（昨日） 四・79
→きのふけふ
きのふけふ（昨日今日） 八・48
きみ（君） 六・7、六・8、六・13（2）、

六・24
きみたち（君達） 二・3、三・6
→みこのきみ
きも（肝） 四・97
きゆ（消ゆ）
→きえうす、きえゐる
きよう（興） 七・13
きよら・なり（清らなり）
―なる［連体］九・108
→けうらなり
きらふ（嫌ふ）
→うけきらふ
き・る（着る）
―き［未然］五・40
―き［連用］九・164
―きる［連体］九・159

く

く（来）
こ［未然］二・5、九・78、九・80
き［連用］一・8、二・16、四・56、五・
16、九・79
くる［連体］六・41
こ［命令］七・60
→いでく、おりく、かへりく、かへりまうでく、きたる、たちまうでく、のぼりく、まうでく、もてく、もてまうでく、よりく、よりまうでく
くき（茎） 三・15
くさ（草）
くさのね（草の根） 四・55
くさのは（草の葉） 五・62
→きぐさ
くさ（種）
→くさぐさ、ちぐさ
くさぐさ（種々） 五・31
くし（髪）
→御ぐし（御髪）
ぐ・す（具す）
―し［連用］九・109、九・131、九・165、一〇・14、一〇・18
→ひきぐす
くすり（薬） 九・161、一〇・4、一〇・6
御くすり（御薬） 九・142
→しなぬくすり、ふしのくすり
くそ（糞）
→ふるくそ
くだ・す（下す）
―し［連用］九・113
くだ・る（下る）
―り［連用］四・3
くちを・し（口惜し）
―しく［連用］八・18、八・79、九・153
―しう［連用ウ音便］九・86
―し［終止］八・71
くど（竈） 四・13
くどく（功徳） 九・112
くに（国） 三・20、四・37、四・50、四・52、五・9、五・10、五・22、六・8、六・72、六・78、八・68、九・30、九・33、九・42（2）、九・43、九・77、九・78、九・79、九・135
→くにのつかさ、するがのくに、つくしのくに、やまとのくに
くにのつかさ（国の司） 六・72、六・77
くは・ふ（加ふ）
―へ［連用］五・25
→よみくはふ
くび（首）
→くびのたま、たつのくび、たつのくびのたま
くひかか・る（食ひかかる）
―ら［未然］四・56

くひもつ（食ひ持つ）
↓くひもていぬ
くひもてい・ぬ（食ひ持て去ぬ）
―に［連用］六・92
くひもの（食ひ物）四・55、六・15
く・ふ（食ふ）
―は［未然］二・12、一〇・4
く・ふ（構ふ）
―ひ［連用］七・8
↓すくふ
く・ぶ（焼ぶ）
―べ［連用］五・70
↓うちくぶ
くみあり・く（汲み歩く）
―く［終止］四・六五
くむ（汲む）
↓くみありく
くも（雲）九・101、一〇・20
くや・し（悔し）
―しき［連体］二・38
くら・がる（暗がる）
―がり［連用］六・44
くら・し（暗し）
―き［連体］一・17
くら・す（暮らす）
―す［連体］二・4
↓あかしくらす
くらつまろ 七・18、七・22、七・31、七・33、七・39、七・44
くらもちのみこ（車持の皇子）二・8、三・13、四・1、四・19、四・22、四・121
く・る（暮る）
―れ［連用］四・117、七・43
―るる［連体］三・1、四・106
くる・し（苦し）
―しき［連体］一・18（2）、七・76
↓くるしがる、こころぐるし
くるしが・る（苦しがる）
―り［連用］四・16
くるま（車）九・164
↓とぶくるま
くれたけ（呉竹）四・83
ぐわん（願）二・20
↓だいぐわんりき
くわんにん（官人）七・18

け

け（毛）五・三二、六・六二
けのあな（毛の穴）九・100
け（故）六・64
けうら・なり
―に［連用］八・63、九・92
―なり［終止］八・90
―なる［連体］一・16、五・34
けこ（家子）四・95
けさう（化粧）五・37
けしき（気色）四・97、九・6、九・15、九・19、九・21
げに 八・72
けふ（今日）二・29、三・30、四・86、四・87、五・40
↓きのふけふ、けふあす
けふあす（今日明日）三・5
けぶり（煙）一〇・20

こ

こ（子） 一・7、一・10、一・18、一・20、二・18、七・6、七・10、七・27、七・32、七・33、八・15、八・44、八・55、九・38
→ちご
こ（籠） 一・9、七・48
→あらこ
こ（此） 九・36
こがね（黄金） 一・11、三・14、四・71、五・33、九・114
こぎい・づ（漕ぎ出づ）
—で［連用］六・43
こぎかへ・る（漕ぎ帰る）
—り［連用］四・8
こぎただよひあり・く（漕ぎ漂ひ歩く）
—き［連用］四・50
こぎただよふ（漕ぎ漂ふ）
→こぎただよひありく
こぐ（漕ぐ）
→こぎいづ、こぎかへる、こぎただよひありく
こくし（国司） 五・24
→くにのつかさ
こくわう（国王） 八・21、八・24
ここ（此処） 五・69、七・40、九・44、九・121、九・129
→ここかしこ
ここかしこ（此処彼処） 一・29
ごこく（五穀） 四・93
ここち（心地） 一・17、三・26、四・106、七・76、八・80、九・45、九・106
御ここち（御心地） 七・57、七・65、九・143
→ここちす
ここち・す（心地す）
—し［連用］九・111
—する［連体］九・139
—すれ［已然］九・11
ここら 四・85、六・49、九・82
こころ（心） 二・18、二・37、三・28、三・36、四・86、五・49、七・75、八・16、八・27、八・36、八・60、九・49、九・80、九・103、九・129、九・147、九・157
御こころ（御心） 八・87、八・92、九・1、九・62、九・91
こころども 九・102
→こころう、こころぐるし、こころさかし、こころざし、こころたしかなり、こころたばかり、こころづよし、こころならず、こころばせ、こころはづかしげなり、こころばへ、こころぼそし、こころまどはす、こころまどふ、こころみる、こころもとながる、こころもとなし、こころゆきはつ、こころをさなし
こころ・う（心得）
—え［未然］九・155
こころぐる・し（心苦し）
—しく［連用］九・56
こころさか・し（心賢し）
—しき［連体］九・105
こころざし（心ざし・志） 二・22、二・25、二・39、二・41、二・42、二・44、八・48
御こころざし（御心ざし） 二・46、三・7
こころざしども（心ざしども） 九・85
こころたしか・なり（心確かなり）
—なる［連体］五・5
こころたばかり（心謀） 四・1

こころづよ・し（心強し）
—く［連用］九・155
こころならず（心ならず）九・45
こころばせ（心ばせ）八・56
こころはづかしげ・なり（心恥づかしげなり）
—に［連用］八・16
こころばへ（心ばへ）九・48
こころぼそ・し（心細し）
—く［連用］九・13、九・17
こころまどは・す（心惑はす）
—し［連用］九・28
こころまど・ふ（心惑ふ）
—ひ［連用］九・128
御こころまどひ（御心惑ひ）［連用］九・132
こころ・みる（試みる）
—み［未然］五・56
こころもとなが・る（心許ながる）
—り［連用］六・34、九・149
こころもと・なし（心許なし）
—なく［連用］四・78
こころゆきは・つ（心行き果つ）
—て［連用］四・110
こころをさな・し（心幼し）
—く［連用］六・61
こし（腰）七・58、九・53
御こし（御腰）七・66
こし（輿）
御こし（御輿）八・70、八・81
↓たごし
こしかたゆくすゑ（来し方行く末）四・54
ごしき（五色）三・17、六・2
ごじふ（五十）九・54
↓ごじふりやう
ごじふりやう（五十両）五・26
ごしやく（五尺）九・101
こた・ふ（答ふ）
—へ［連用］四・45、四・66、五・45、五・57、六・37、六・49、六・56、七・3、七・5、八・41、八・50、八・67、九・118
—ふ［終止］四・67、四・109
—ふる［連体］六・39、八・13
こと（事・言）一・2、一・9、一・11、一・16、一・18、一・19、一・20、二・3、二・25、二・26、二・30（2）、二・31、二・32、二・35、二・38、二・44、二・48、三・4、三・8、三・9、三・10、三・19、三・20、三・46、四・9、四・40（2）、四・42、四・47、四・68、四・93（2）、四・96、四・110、四・125、四・126、五・17、五・28、五・33、五・34（2）、五・51、五・54、六・3、六・22、六・25（2）、六・35、六・38、六・39、六・55、六・60、六・63、六・81、六・86、六・97、七・12、七・13、七・29、七・40、七・63、七・67、七・69、七・80、八・1、八・14、八・22、八・49、八・50、八・52、八・60、八・75、八・79、九・4、九・9、九・16、九・17、九・23、九・35、九・36、九・40、九・43、九・47、九・48、九・49、九・51、九・52、九・53、九・86、九・91、九・93、九・95、九・108、九・117、九・119、九・136、九・148、九・150、九・154、九・156、九・163、一〇・12
ことども 九・61
↓おほせごと、おほせのこと、かへりごと、ことゆく、すきごと、そらごと、ただごと、なにごと、ひとこと
ごと（毎）

→あさごと、うみごと、ゆふごと、よごと
ことし（今年） 九・54、九・89
ことどころ（異所） 九・120
こと・なり（異なり）
―に［連用］ 九・147
ことのは（言の葉） 四・112
ことば（言葉・詞） 八・23、九・134
ことひと（異人） 八・90
こともの（異物） 五・61
ことゆ・く（事行く）
―か［未然］ 六・25
ことわり・なり（理なり）
―に［連用］ 四・37
―なり［終止］ 三・7、五・52
こなたかなた（此方彼方） 六・76
ごにん（五人） 二・6、二・45、三・10
この（此の） 一・10、一・12、一・16、一・18、一・20、一・22、一・25、二・10、二・16、二・19、二・30、二・34、三・20、三・26、三・41、四・20、四・26、四・30、四・33、四・36、四・37、四・38、四・43、四・66、四・68、四・74、四・75、四・77、四・95、四・98、四・104、四・124、五・9、五・10、五・21、五・22、五・31、五・49、五・50、五・53、五・58、六・5、六・8、六・9、六・15、六・17、六・18、六・66、七・22、七・25、七・42、七・60、八・18、八・26（2）、八・28、八・33、八・36、八・68、八・71、九・30、九・32、九・33、九・35、九・42、九・51、九・52、九・57、九・59、九・68、九・135、九・164、一〇・10
このころ（此の頃） 四・102、九・8
このみ（好み）
→いろごのみ
このもしが・る（好もしがる）
―り［連用］ 五・35
こは・し（強し）
―く［連用］ 八・19
こはだか・なり（声高なり）
―に［連用］ 九・84
こひ・し（恋し）
―しから［未然］ 九・49、九・95、九・133
ごひやくにち（五百日） 四・59
こぼ・す（毀す）
―し［連用］ 七・29
こぼ・つ（毀つ）
―ち［連用］ 七・25
こほり（郡）
→とをちのこほり
こほる（凍る）
→ふりこほる
こまごまと（細々と） 一〇・6
こむ（籠む）
→さしこむ、しこむ、たてこむ
こもり・ゐる（籠もり居る）
―ゐ［連用］ 六・23
こも・る（籠もる）
―り［連用］ 四・12
→こもりゐる
こやすがひ（子安貝） 七・4、七・19、七・27、七・35、七・59
→こやすのかひ、つばくらめのこやすがひ
こやすのかひ（子安の貝） 三・18、七・15
こ・ゆ（越ゆ）
―ゆる［連体］ 六・33
ごらん・ず（御覧ず）
―ぜ［未然］ 八・61

—じ［連用］八・65、八・86、一〇・7
これ（此・是）二・23、二・24、三・9、四・20、四・29、四・62、四・65、四・67（2）、四・85、四・94、四・97、四・102、四・124、四・129、五・46、五・56、五・62、五・72、六・54、六・65、六・68、六・77、六・91、七・72、七・79、八・23、八・35、八・64、八・86、九・16、九・18、九・22、九・26、九・75（2）、一〇・11
ころ（頃）四・45
→このころ、としごろ、ひごろ
ころ・す（殺す）
—さ［未然］四・53、六・58、六・61、六・88
—し［連用］六・36、七・5、八・25、八・27
→いころす
ころも（衣）四・80（きぬカ）、五・27（きぬカ）、九・137（きぬカ）、九・145
→あまのはごろも、かはごろも、ひねずみのかはごろも
こんじやう（金青・紺青）五・32

さ

さ（然）四・83、五・56、五・59、六・94、八・45、八・69
→さて、さのみやは、さばかり、さやう
さ［代名詞］九・81、九・82
さいはひ・なり（幸ひなり）
—に［連用］六・51
さう・す（左右す）
—し［連用］一・14
さうぞく（装束）九・108
さかし（賢し）
→こころさかし
さか・ゆ（栄ゆ）
—え［連用］一・20
→わらひさかゆ
さきざき（前々・先々）九・28
さぐ・る（探る）
—ら［未然］七・48
—り［連用］七・50
—る［連体］七・45
—れ［已然］七・46
さげおろ・す（下げ降ろす）
—し［連用］七・56
ささ・ぐ（捧ぐ）
—げ［連用］四・95、七・33、七・49、七・50
ささや・く
—き［連用］五・33
—け［已然］九・23
さしあふ・ぐ（さし仰ぐ）
—ぎ［連用］九・127
さしい・る（さし入る）
—れ［未然］七・45
さしこ・む（さし籠む）
—め［連用］九・76、九・78
さしめぐら・す（さし廻らす）
—し［連用］四・63
さ・す（任す・指す）
—し［連用］九・65
さ・す（鎖す）
—し［連用］九・70
さ・す（差す）
—し［連用］九・109
さすが・なり
—に［連用］四・62、四・115、八・94
さだいじん（左大臣）二・8、五・1
さだか・なり（定かなり）

—に［連用］四・109
さだ・む（定む）
—め［連用］八・62
—む［終止］三・8
→おもひさだむ
さて　七・11、七・23、七・34、八・1、
八・77
さぬきのみやつこ（讃岐の造）一・2
→みやつこまろ
さのみやは（然のみやは）九・29
さばかり（然ばかり）四・115
さはり（障り）八・51
さは・る（障る・触る）
—ら［未然］二・16、九・96
—る［連体］七・50
さぶら・ふ（候ふ）
—ひ［連用］四・43
—ふ［連体］四・127
—へ［已然］六・59、八・65
さま（様）四・17、四・61、五・46、九・
3、九・11、九・94、九・151
→ありさま、のけざま、ひとざま、ほか
さま
さやう（然様）八・41
さら・す（曝す）
—さ［未然］九・74
さらに（更に）四・27、四・70、四・77、
四・80、七・41、八・15、八・87、
九・90
さらば（然らば）六・11、八・9、八・72
さ・り（然り）
—る［連体］一・29、二・31、二・32、
六・38、九・93
さりとて（然りとて）八・87
さりとも（然りとも）二・21、八・34
さ・る（去る・避る）
—ら［未然］九・34
—り［連用］九・91
されど（然れど）七・59、九・45
されば（然れば）五・61、五・67
さをとし（一昨昨年）四・45
さんすん（三寸）一・5
さんねん（三年）三・31、九・1

し

し・う（し得）
—え［連用］七・51
しかるに（然るに）四・94
しかれども（然れども）五・11
しき（色）
→ごしき
し・く（敷く）
—き［連用］六・73
しこ・む（し籠む）
—め［連用］四・11
しそく（紙燭）七・60
したが・ふ（従ふ・随ふ）（四段）
—ひ［連用］六・12
したが・ふ（従ふ・随ふ）（下二段）
—へ［未然］二・18
した（下）八・85
→いきのした
したく（支度）三・28
したくみ（下組み）九・76
しち（質）五・27
しちじふ（七十）二・29
しちぐわつじふごにち（七月十五日）
九・6
しづか・なり（静かなり）
—に［連用］九・150
しつらひ　四・42、六・30
しなぬくすり（死なぬ薬）一〇・12
しに（死に）六・53

御しに（御死に）四・127
し・ぬ（死ぬ）
―な［未然］四・48、八・47、九・40
―に［連用］八・46
―ぬ［終止］八・43、八・54
―ぬる［連体］七・77
→やみしぬ
しの・ぶ（忍ぶ）
―び［連用］四・5、六・34
しばし 九・116、九・147
しはす（師走）二・15
しひやくよにち（四百余日）四・78
し・ふ（強ふ）
―ひ［未然］五・52
―ひ［連用］八・42
じふごにち（十五日）九・33、九・57、九・59、九・64
→しちがつじふごにち、はちがつじふごにち
じふろく（十六）四・12
しほ（潮）四・80
しもつき（霜月）二・15
しやうが（唱歌）三・2
しやうじい・る（請じ入る）
―れ［連用］五・45、八・6
しやく（尺）
→ごしやく
しらめ（白眼・白目）七・54
しらやま（白山）三・42
しり（尻）九・82
しりぞ・く（退く）
―き［連用］七・26
し・る（知る）
―ら［未然］二・27、二・29、二・37、二・39、二・45、三・5、四・12、四・46、四・52、四・54、五・44、六・39、六・45、七・12、七・36、九・24、九・85、九・150
―り［連用］一・7、五・65、六・82、七・32
し・る（痴る）
―れ［連用］九・107（2）
しるし（験）二・1
しろかね（白銀）三・14、四・65、四・72
しろ・し（白し）
―く［連用］九・53
―き［連体］三・15
しわざ（仕業）六・66

す

す（巣）六・92、七・8、七・16、七・44、七・45
→すくふ
す（為）
せ［未然］二・1、二・3、二・14、三・44、四・47、四・49、四・118、六・11、六・33、七・25、七・78、八・13、八・45、九・45、九・93、一〇・2、一〇・13
し［連用］一・23、二・20、二・33、三・2、三・26、四・4、四・53、四・54、四・55、四・56、四・58、四・128、五・37、六・22、六・28、六・32、六・44、六・85、七・67（2）、八・22、八・44、八・45、九・77、九・96（2）、九・122、九・130
す［終止］二・30、二・31、三・41、四・42、六・53、七・18、八・66、九・22、九・79（2）、一〇・16
する［連体］二・11、三・3、六・38、六・39、六・48、六・88、九・46

すれ［已然］九・104、九・106
せよ［命令］九・131
→うんず、えうず、がいす、からうして、ぐす、ここちす、ごらんず、さうす、せいす、そうす、たいす、たいめんす、てうず、てとりあしとりす、ともすれば、ねんず、ひきぐす、ものす
す・う（据う）
―ゑ［未然］六・27
→あげすう、のせすう、よびすう
すがた（姿）九・96
御すがた（御姿）四・23、四・32
すきごと（好き事）六・22
すぎわか・る（過ぎ別る）
―れ［連用］九・136
す・ぐ（過ぐ）
―ぎ［連用］九・99
―ぐる［連体］四・124
→うちすぐ、すぎわかる
すぐ・す（過ぐす）
―し［連用］八・92、九・29
→ひきすぐす
すくすくと 一・13
すくな・し（少なし）
―から［未然］四・93
―し［終止］五・24
すくひい・る（掬ひ入る）
―れ［連用］七・55
すく・ふ（巣くふ）
―ひ［連用］七・2、七・77
すく・ふ（救ふ）
―ひ［連用］七・77
すこし（少し）二・10、五・28、六・64、六・89、七・58、七・80（2）、九・144
すずろ・なり（漫なり）
―なる［連体］六・53
すぢ（筋）
→ひとすぢ
す・つ（捨つ）
―て［連用］三・41、三・42、三・46、四・24、六・7、九・131
―つ［終止］三・46
→とりすつ、みすつ
すなはち 七・53、九・125
すべりい・づ（滑り出づ）
―で［連用］四・117
すみ（墨）三・32
すみのえ（住江・住吉）七・73
す・む（住む）
―み［連用］五・69、八・21
すもも（李）六・76、六・95
す・る（擦る）
―り［連用］二・18
するがのくに（駿河の国）一〇・10、一〇・15
すゑ（末）五・32
→ゆくすゑ
すん（寸）
→さんすん

せ

せい・す（制す）
―し［連用］九・4
せかい（世界）一・25、六・44、六・93、九・32
せきとめがた・し（堰き止め難し）
―し［終止］八・75
せきとむ（堰き止む）
→せきとめがたし
せけん（世間）九・13
せち・なり（切なり）
―に［連用］五・51、九・6

ぜに（銭）六・16
せ・む（責む）
—め［未然］八・17
せめて　四・60
せんにち（千日）四・100
せんにん（千人）九・66、九・67
せんよにち（千余日）四・93

そ

そ（衣）
御ぞ（御衣）七・41、九・146
そ（其）四・13、六・36
そう・す（奏す）
—せ［未然］八・56
—し［連用］九・61
—す［終止］八・26、八・35、八・67、八・69、一〇・6、一〇・10、一〇・11
—すれ［已然］八・61
そこ（底）四・51、六・50
→ふなぞこ
そこら　六・85、七・10、九・114（2）
そしりあ・ふ（誹り合ふ）
—ひ［連用］六・26
—へ［已然］六・22
そしる（誹る）
→そしりあふ
そで（袖）八・64
その（其の）一・3、一・27、二・6、二・7、二・31、二・47、四・9、四・61、四・70（2）、四・73、四・74、五・2、五・39、六・74、七・35、九・109、九・123、九・146、一〇・1、一〇・18、一〇・19、一〇・20
そばひら　四・71
そ・ふ（添ふ）
—へ［連用］五・13、六・95、七・70、九・161、一〇・6
そ・む（染む）
—め［連用］六・29
そむ・く（背く）
—か［未然］八・24
—き［連用］八・82
—く［終止］六・14
そもそも（抑も）二・41
そら（空）四・57、八・86、九・72、九・138
→おほぞら
そらごと（空言・虚言）四・108、八・46
それ（其れ）一・5、三・8、三・13、三・14、三・15、三・18、四・72、五・55、五・56、六・2、六・84、七・9、七・62、七・68、七・80、八・73、九・31

た

た（誰）一〇・3
だいぐわんりき（大願力）四・79
だいじん（大臣）五・57（2）、五・62、一〇・8
→さだいじん
たい・す（帯す）
—し［連用］九・68
たいだい・し
—しく［連用］八・31
だいなごん（大納言）二・8、六・1、六・6、六・13、六・26、六・47、六・53、六・70、六・83
→おほとものだいなごん、おほとものみゆきのだいなごん
たいめん・す（対面す）

—し［連用］八・10
—す［終止］八・19
たえい・る（絶え入る）
—り［連用］七・79
たえて 八・33
たか・し（高し）
—く［連用］四・61
—き［連体］六・55
たかののおほくに（高野のおほくに）
九・64
たがひに（互ひに） 九・1
たが・ふ（違ふ）
—は［未然］四・14、四・75
—ひ［連用］七・65
—ふ［連体］七・63
たから（宝・財） 四・9、五・1、五・33
たぐひな・し（類無し）
—く［連用］八・66
たくみ（匠） 四・10、四・92、四・118
たくみら（匠ら） 四・11、四・96、四・100、四・119
たくみのつかさ（内匠寮） 四・91
たけ（竹） 一・1、一・3（2）、一・6、一・10（2）、一・11、一・20、九・37
→くれたけ、なよたけのかぐやひめ
たけ（丈） 九・38
たけ・し（猛し）
—く［連用］九・110
—き［連体］九・79
たけとり（竹取） 二・17、四・83、五・42、五・45、八・6、九・51、九・52、九・57、九・65、九・128
→たけとりのおきな
たけとりのおきな（竹取の翁） 一・1、一・10、四・29、四・95、四・115、九・7
たごし（手輿） 六・78
たしかなり（確かなり）
→こころたしかなり
たす・く（助く）
—け［連用］四・57
たすけ（助け） 六・51、九・113
ただ 四・48、四・126、五・18、六・34、八・92、九・107、九・125、九・127
→ただに
たたかひと・む（戦ひ留む）
—め［未然］一〇・5
たたか・ふ（戦ふ）
—は［未然］九・77、九・106
→あひたたかふ、たたかひとむ、まもりたたかふ
たた・く（叩く）
—き［連用］四・22
ただごと（徒事） 九・8
ただし（但し） 六・5、七・6
たたずみあり・く（佇み歩く）
—き［連用］二・13
ただに 七・70
ただびと（直人） 八・72
ただよ・ふ（漂ふ）
—ひ［連用］四・59
—へ［已然］四・61
→こざただよひありく
ただ・る（爛る）
—れ［連用］九・53
たち（達）
→おやたち、きみたち、こたち
たちかへ・る（立ち帰る）
—る［終止］八・87
たちつら・ぬ（立ち連ぬ）
—ね［連用］九・102
たちなら・ぶ（立ち並ぶ）
—ぶ［連体］九・38
たちのぼ・る（立ち上る）

―る［終止］一〇・20
たちまうで・く（立ちまうで来）
―き［連用］四・81
たちよ・る（立ち寄る）
―ら［未然］七・73
たちわか・る（立ち別る）
―れ［連用］九・47
たち・ゐる（立ち居る）
―ゐ［連用］六・63
たつ（龍）六・9、六・36、六・40、六・58、六・59、六・61、六・66、六・84、六・85
→たつのくび、たつのくびのたま、たつのこく、たつのたま
た・つ（立つ）（四段）
―つ［連体］四・116
―て［已然］三・15、四・71、四・73、五・42、九・108
→たちかへる、たちつらぬ、たちならぶ、たちのぼる、たちまうでく、たちよる、たちわかる、たちゐる
た・つ（立つ）（下二段）
―て［連用］二・20
た・つ（絶つ）
―ち［連用］四・93
たづぬ（尋ぬ）
→もとめたづねう
たつのくび（龍の首）三・17、六・2
たつのくびのたま（竜の首の玉）六・6、六・14、六・20、六・80
たつのこく（辰の刻）四・59
たつのたま（龍の玉）六・90
たてこ・む（立て籠む）
―め［連用］九・125
たてまつ・る（奉る）［尊敬語］
―り［連用］八・81
―れ［命令］九・142
たてまつ・る（奉る）［謙譲語］
―ら［未然］九・161
―り［連用］六・3、八・37、九・151
―る［終止］五・20、五・二四
―る［連体］四・98、一〇・一四
―れ［命令］八・30
たてまつ・る（奉る）［補助動詞］
―ら［未然］四・128、五・14、五・46、五・47、六・62、八・44、九・10、九・94、九・130、九・135
―り［連用］二・36、四・7、四・25、六・77、九・38、九・138、九・163
―る［終止］四・23、六・74、七・55、七・五七、九・119
―る［連体］二・24
―れ［已然］二・28、四・127、五・48、七・54、九・44
―れ［命令］九・118
たと・ふ（譬ふ）
―ふ［終止］四・76
たのみ（頼み）二・21
たの・む（頼む）
―ま［未然］三・42
―め［已然］六・55
たのもしがりを・り（頼もしがり居り）
―り［終止］九・75
たのもしげな・し（頼もしげ無し）
―く［連用］六・55
たばかり（謀り）八・28
→こころたばかり
たばか・る（謀る）
―り［連用］四・15、七・19、七・22
たば・す（給ばす・賜ばす）
―せ［未然］八・37
たはやす・し（容易し）
―く［連用］一・27、四・10、六・5
たび（旅）四・23、四・32、四・57
たび（度）四・38、五・49

→ちたび、ななたび
たびおく・る（給び送る・賜び送る）
—れ［命令］五・26
た・ぶ（賜ぶ・給ぶ）
—び［連用］六・90、八・30
—べ［命令］二・17
→たばす、たびおくる
た・ぶ（賜ぶ・給ぶ）［補助動詞］
—べ［命令］五・27
たふと・し（尊し）
—く［連用］九・58
—し［終止］六・5
たへがたげ・なり（堪へ難げなり）
—なり［終止］九・40
たへがた・し（堪へ難し）
［語幹］六・97
—く［連用］九・49、九・92
たべがた・し（食べ難し）
［語幹］六・96
たま（玉・珠）三・15、三・17、四・73、六・2、六・5、六・18、六・81、六・84
→くびのたま、たつのくびのたま、たつのたま、たまのえだ、たまのき、たまのうてな
たまさか・なり
—に［連用］五・12
—なる［連体］四・130
たましひ（魂）八・80
たまのえ（玉の枝）四・27
→たまのえだ
たまのえだ（玉の枝）四・3、四・13、四・17、四・24、四・26、四・30、四・38、四・101、四・112、四・114
→たまのえ、ほうらいのたまのえだ
たまのき（玉の木）四・92
たまのうてな（玉の台）八・85
たまは・す（給はす・賜はす）
—せ［未然］四・95
—せ［連用］六・22、七・15
—す［終止］一〇・14
たまは・る（給はる・賜はる）
—ら［未然］三・16、四・94、四・102、四・104
—り［連用］九・59
—る［終止］四・105、五・26
たま・ふ（給ふ・賜ふ）
—は［未然］五・27
—ひ［連用］四・94、九・114、九・152
—へ［命令］三・13、三・17、三・18、三・19
たま・ふ（給ふ・賜ふ）［補助動詞］
—は［未然］四・32、四・129（2）、五・71、六・68、六・73、七・11、七・23、七・36、八・21、八・22、八・34、八・40、八・42、八・45、八・59、八・68、八・79、八・86、八・93、九・26、九・28、九・62
—ひ［連用］二・25、四・6、四・8（2）、四・11、四・12（2）、四・13、四・30、四・37、四・101（2）、四・102、四・117、四・122、四・126、四・128、五・36、五・47、五・62、五・64、六・28、六・29、六・35、六・43、六・59、六・78（2）、六・79、六・91、七・17、七・28、七・36、七・62、七・65、七・68（2）、七・70、七・79、八・22、八・25、八・44、八・66、八・73、八・80、八・88、八・94、九・61、九・144、九・149、一〇・7、一〇・11
—う［連用ウ音便］五・47、七・41、八・62、八・63、九・18、九・96
—ふ［終止］一・7、四・13、四・57、四・103、四・119、四・121、五・30、

六・15、六・32、六・92、七・16、七・25、七・38、七・66、八・46、八・77、八・88、八・92、八・94、九・5、九・26(2)、九・52、九・57、九・58、九・151、一〇・16、一〇・17、一〇・18
—ふ［連体］三・4、四・3、五・18、五・35、五・61、五・69、六・22、六・25、六・33、六・35、六・42、六・63、六・64、七・23、七・43、七・50、七・71、七・76、八・29、八・35、八・63、八・70、八・89、九・1、九・12、九・16、九・131、一〇・9
—へ［已然］二・34、二・46、四・17、四・19、四・97、四・116、五・63、六・71、六・73、六・75、六・82、七・21、七・49、七・53、七・55、七・56、七・61(2)、八・40、八・65、九・8、九・18、九・94、九・115、九・122、九・152
—へ［命令］二・36、二・47、三・23、四・25、四・33、四・108、五・60、六・60、七・35、八・10、八・47、九・10、九・73、九・130、九・133、九・137、九・138
たまはく（給はく）八・58
ため（為）一〇・3
たもと（袂）四・87、五・40
たやす・し（容易し）
—く［連用］五・21
た・ゆ（絶ゆ）
—ゆる［連体］七・53
たれ（誰）四・68、七・47
たを・る（手折る）
—ら［未然］四・27

ち

ち（血）四・121
→ちのなみだ
ちか・し（近し）
—く［連用］八・58、九・6、一〇・10(2)
—う［連用・ウ音便］四・6
—き［連体］一〇・9
ちから（力）四・93、六・40、九・104
ちぎり（契り）九・31、九・86
ちくさ（千種）四・87
ちご（児）一・12、一・16
ちたび（千度）六・63
ちちはは（父母）九・41、九・43
ちのなみだ（血の涙）三・36、一〇・1
ちやう（帳）一・15
ちやうじや（長者）五・12
ちやう・ず（打ず）
—ぜ［未然］四・121
ちゆうじやう（中将）九・64、九・161、九・162、一〇・5
→とうのちゆうじやう
ちゆうなごん（中納言）二・9、七・1、七・11、七・20、七・28、七・31、七・36、七・46、七・66
→いそのかみのちゆうなごん
ちよくし（勅使）九・64、一〇・14

つ

ついぢ（築地）九・66
つかうまつ・る（仕うまつる）
—ら［未然］二・46、三・8、六・57、八・41、八・42、八・47、九・88、九・154

—り［連用］四・33、四・92、六・52、八・40、八・43
—る［終止］四・4、八・33、八・78
—る［連体］四・6、五・5、八・77、八・89
—れ［已然］八・53
—れ［命令］三・6
つかさ（官・司）四・101
御つかさ（御官）八・43
つかさ（寮・府）七・37、七・42、七・43
つかさつかさ（寮々）九・64
↓おほひつかさ、くにのつかさ、たくみのつかさ、みやつかさ、りくゑのつかさ
つかは・す（遣はす・使はす）
—さ［未然］九・51
—し［連用］六・33、六・79、七・14、七・42
—す［終止］五・6、六・16、八・95、九・66
つかひ（使ひ・遣ひ）五・13、五・25、六・7、六・13、七・15、九・96
御つかひ（御使ひ）四・103、八・10、八・12、八・30、九・51、九・52、九・55、九・60、一〇・14
つか・ふ（使ふ・遣ふ）
—は［未然］二・14、七・1、七・40、九・7、九・47
—ひ［連用］一・2、八・68
—ふ［連体］九・80
↓つかふもの
つかふもの（使ふ者）
つかふものども（使ふ者ども）九・22
つかみつぶ・す（摑み潰す）
—さ［未然］九・81
つき（月）九・2、九・3、九・5、九・6、九・8、九・11、九・18、九・19、九・20、九・21、九・25、九・33、九・137
↓つきのみやこ、つきひ、もちづき
つきな・し
—き［連体］六・25
つきのいはかさ（調のいはかさ）一〇・15
つきのみやこ（月の都）九・31、九・41、九・57、九・59
つきひ（月日）二・19
つく（柱）七・8
つ・く（突く）
—き［連用］四・34
つ・く（吐く）
—き［連用］六・56
↓いきつく
つ・く（付く）［四段］
—か［未然］八・49
—き［連用］二・38、三・32
つ・く（付く）［下二段］
—け［未然］一・21
—け［連用］一・22、三・33、四・26、四・52、五・6、五・37、六・76、八・95、一〇・17
↓なづく、みつく、もてつく
つ・く（尽く）
—き［連用］四・55
つ・ぐ（告ぐ）
—げ［連用］六・72、九・7
—ぐ［終止］四・23
—げよ［命令］七・2
↓つげやる
つ・ぐ（継ぐ）
—ぐ［終止］四・57
つくし（筑紫）三・36、五・18、六・43
つくしのくに（筑紫の国）四・1
つくしは・つ（尽くし果つ）
—て［連用］三・36

つく・す（尽くす）
―し［連用］四・93
つくりい・づ（作り出づ）
―で［連用］四・14
つくりばな（造り花）三・33
つく・る（作る・造る）
―ら［未然］四・101、四・109、六・78
―り［連用］四・11、四・13、四・92、六・28、六・92、九・112、九・115
―れ［已然］五・32、七・44
つげや・る（告げ遣る）
―り［連用］四・16
つた・ふ（伝ふ）
―ふ［終止］九・162
↓いひつたふ
つち（土）九・101
つつ（筒）一・4
つつ・む（慎む）
―み［連用］九・26
つつ・む（包む）
―ま［未然］九・145（2）
つどふ（集ふ）
↓よびつどふ
つな（綱）七・26、七・27、七・52、七・53
つね（常）九・3
つねに（常に）八・89
つばくらめ（燕）三・18、七・2、七・3、七・5、七・8、七・10、七・16、七・31、七・33、七・43、七・45、七・49、七・61
つばくらめのこやすがひ（燕の子安貝）七・22
つはもの（兵・士）一〇・18
つひに（遂に）二・21
つぶす（潰す）
↓つかみつぶす
つぶる（潰る）
↓むねつぶる
つぼ（壺）九・142、九・161、一〇・6、一〇・14、一〇・17
つみ（罪）九・115、九・116
つめ（爪）九・81
つゆ（露）三・39
つゆも 九・72
つよし（強し）
↓こころづよし
つらづゑ（頬杖）四・34
つら・ぬ（連ぬ）
―ね［連用］四・90
↓たちつらぬ
つりあ・ぐ（吊り上ぐ）
―げ［未然］七・27
つ・る（吊る）
―ら［未然］七・48
↓つりあぐ

て

て（手）一・7、二・17、四・127、七・45、七・50（2）、八・55、九・104
御て（御手）七・61
↓てとりあしとりす
てとりあしとり・す（手取り足取りす）
―し［連用］七・56
てふ 六・87
てら（寺）
↓やまでら
てりかかや・く（照り輝く）
―く［連体］四・73
てりはたた・く（照り霹靂く）
―く［連体］二・16
てる（照る）
↓てりかかやく、てりはたたく

てん（天） 一〇・9、一〇・10
↓てんのひと
てんか（天下） 四・125、八・50
てんぢく（天竺） 三・26、三・28、三・30、五・12、五・22、六・9
てんにん（天人） 四・64、九・141、九・142、九・145、九・149、九・162、九・165
てんのひと（天の人） 九・71

と

と（戸・門） 一・27、九・70、九・125
と（外） 九・74、九・127
とありともかかりとも 八・50
とうのちゆうじやう（頭中将） 九・161
とかく 四・31
とき（時） 一・18、一・29、二・7、二・16、四・9、四・51、四・52、四・53、四・54、四・55、四・56、五・18、六・74、七・6、七・31、七・50、九・146
ときどき（時々） 九・22
↓かたとき
とぐち（戸口） 九・70
とげな・し（利気無し）
—き［連体］ 五・72
ところ（所） 一・17、二・1、三・4、四・12、四・31、四・43、四・58、四・100、六・24、九・15、九・71、九・73、九・93、九・124、九・125、九・128、九・143
↓ことどころ、ひとところ
と・し（疾し）
—く［連用］ 七・52
—う［連用ウ音便］ 五・17
とし（年） 二・29、五・2、六・33、七・73、八・85、九・43
↓としごろ、としつき
としごろ（年頃） 四・129、九・47、九・114
としつき（年月） 二・35、三・4
とど・む（留む）
—め［未然］ 九・152
—め［連用］ 八・79、八・80
—む［終止］ 九・127
↓おぼしめしとどむ
とねり（舎人） 六・34
との（殿） 四・16、六・16、六・81、七・15
とび（鳶） 六・92
とひさわ・ぐ（問ひ騒ぐ）
—ぐ［終止］ 九・27
と・ふ（問ふ）
—は［未然］ 六・37、九・58、一〇・9
—ひ［連用］ 六・35
—ふ［終止］ 四・66、四・68、五・69
—へ［已然］ 七・58
とぶ（飛ぶ）
↓とぶくるま
とぶくるま（飛ぶ車） 九・109、九・123
とぶらひ（訪らひ） 七・72
とぶらふ（訪らふ）
↓とぶらひもとむ、まうでとぶらふ
とぶらひもと・む（訪らひ求む）
—め［未然］ 五・13
とほ・し（遠し）
—く［連用］ 六・43
とほ・る（通る）
—ら［未然］ 六・88
とま・る（止まる・泊まる・留まる）
—り［連用］ 五・37、九・157
—る［終止・連体］ 八・82
とも（伴）
御とも（御伴） 四・128、八・73
ども

→おや、かうし、こころざし、こと、ひと、め、もの、をのこ、をんな
ともあれかくもあれ　三・22、五・45
ともすれば　九・4
とら・ふ（捕らふ）
—へ［未然］六・87、九・59
—へ［連用］六・85、八・64
とり（鳥）七・27
とりいだ・す（取り出だす）
—し［連用］六・16、九・146
とりい・づ（取り出づ）
—で［連用］九・133
とりい・る（取り入る）
—れ［連用］五・42
とり・う（取り得）
—え［未然］六・18、六・20
とりがた・し（取り難し）
—かり［連用］六・81
—き［連体］四・41
とりす・つ（取り捨つ）
—て［未然］四・122
とりた・つ（取り立つ）
—て［未然］九・104
とり・ゐる（取り率る）
—ゐ［連用］九・153
と・る（取る・採る）
—ら［未然］四・119、五・7、六・5、六・6、六・80、六・84、六・90、七・4、七・11、七・19、七・23（2）、七・28、七・35、七・38、七・69
—り［連用］一・2、三・13、三・18、三・19、三・30、三・32、四・3、四・57、四・74、六・2、六・15、六・41、七・15、九・81、九・162（2）
—る［終止］三・29、六・23
—る［連体］一・10（2）、一・20
—れ［已然］六・37
→てとりあしとりす、とりいだす、とりいづ、とりいる、とりう、とりがたし、とりすつ、とりたつ、とりゐる
とを（十）九・99
とをか（十日）四・45
とをちのこほり（十市の郡）三・31

な

な（名）一・2、一・21、二・7、四・66、四・69、六・13
→なづく
ないし（内侍）八・2、八・6、八・18、八・19、八・26
なえかか・る（萎え掛かる）
—り［連用］九・105
なか（中）一・3、一・4、一・6、二・6、二・45（2）、三・35、四・46、四・60、四・64、四・69、四・74、五・5、五・60、七・37、九・37、九・105、九・109、九・141、一〇・20
なが・し（長し）
—き［連体］九・81、九・86
なが・す（流す）
—し［連用］六・13、一〇・1
なかとみのふさこ（中臣のふさこ）八・2
ながびつ（長櫃）四・18
なが・る（流る）
—るる［連体］四・121
—れ［連用］三・36
→ながれいづ
ながれい・づ（流れ出づ）
—で［連用］四・72
なきなげ・く（泣き嘆く）
—く［連体］九・117
なきのし・る（泣き罵る）

—る［連体］九・40
なきふ・す（泣き臥す）
—せ［已然］九・128
なきを・り（泣き居り）
—り［終止］九・127
な・く（泣く）
—か［未然］三・36
—き［連用］九・5、九・22、九・26（2）、九・132
—い［連用イ音便］三・36
—く［連体］九・36、九・52
—く［終止］六・53、九・46
なくなく（泣く泣く）六・63、九・27、九・57
→うちなく、なきなげく、なきののしる、なきふす、なきをり
なぐさ・む（慰む）（四段）
—み［連用］一・19
なぐさ・む（慰む）（下二段）
—め［連用］九・1
なげか・し（嘆かし）
—しけれ［已然］五・50
なげかしが・る（嘆かしがる）
—り［連用］九・50
なげかしげ・なり（嘆かしげなり）
—に［連用］四・34
なげきおも・ふ（嘆き思ふ）
—へ［已然］九・20
なげ・く（嘆く）
—か［未然］九・135
—き［連用］九・13
—く［連体］九・53
→うちなげく、おぼしなげく、おもひなげく、なきなげく、なげきおもふ
なごりな・し（名残無し）
—く［連用］五・65
な・し（無し）
—く［連用］一・17（2）、一・19、二・7、二・32、四・122、六・86、八・61、八・86、九・67、九・93、九・105、九・126、九・164
—かり［連用］五・58、九・86、九・103、一〇・8
—し［終止］三・38、四・70、六・38、七・46、九・17、一〇・3
—き［連体］三・28、四・57、四・71、五・9、五・13、五・21、五・54、六・8、七・5、七・40、七・46
なみ　一〇・12
→あへなし、うたがひなし、おもなし、かぎりなし、かひなし、こころもとなし、たぐひなし、たのもしげなし、つきなし、とげなし、なごりなし、はかなし、ひまなし、ほいなし、ほどなし、まさなし、ものおもひなし、ようなし、よしなし、をぢなし
な・す（為す・成す・生す）
—さ［未然］二・18
—し［連用］四・27、七・38、八・3、八・48
なたね（菜種）九・37
なづ・く（名付く）
—け［連用］一〇・19
なでふ（何でふ）九・13、九・36
なんでふ　二・32、九・11
など　六・55
などか　八・35、八・37、八・45、八・69
ななそぢ（七十）二・29
ななたび（七度）七・34（2）
なに（何）二・1、三・21、三・39、四・31、四・36、四・47、四・66、五・28、五・59、七・3、八・45、八・60、八・85、九・130、一〇・2、一〇・12
なにごと（何事）二・26、四・96、九・16、九・17、九・23、九・27、一〇・3

なには（難波）四・4、四・15、四・46、四・79、六・35
なにびと（何人）九・39
なにわざ（何わざ）六・57
なぬか（七日）五・18
なほ（猶）二・6、三・26、五・55、六・65、八・28、八・40、八・46、八・51、八・70、八・75、九・15、九・20、九・21、九・22
なみ（浪・波）四・51、六・46、六・57、七・73
なみだ（涙）一〇・12
↓ちのなみだ
な・む（嘗む）
—め［連用］九・144
なむぢ（汝）九・112、九・113
—なむぢら（汝ら）六・10、六・13、六・83、八・29
なめげ・なり
—なる［連体］九・156
なよたけのかぐやひめ（なよ竹のかぐや姫）一・22
なら・す（鳴らす）
—し［連用］三・3
ならは・す（慣らはす・馴らはす）
—す［終止］八・31
なら・ふ（慣らふ・馴らふ）
—ひ［連用］九・44、九・47
なら・ぶ（並ぶ）（四段）
—ぶ［終止］五・33
↓たちならぶ
なら・ぶ（並ぶ）（下二段）
—べ［連用］一〇・17
なりまさ・る（成り増さる）
—る［終止］一・13
なりや・む（鳴り止む）
—み［連用］六・64
なりゆ・く（成り行く）
—く［終止］一・12
な・る（成る）
—ら［未然］四・47
—り［連用］一・7、一・14、一・20、一・21、二・5、二・31、三・44、四・125、四・128、七・68、七・69、八・71、八・73、八・75、九・8、九・21、九・33、九・55、九・105、九・115、九・120、九・154、九・156、九・164、一〇・6
—る［終止］九・147
—る［連体］一・13
なる（慣る・馴る）
↓ならふ、ならはす、みなる
なるかみ（鳴る雷）六・84
なんかい（南海）六・51、六・70、六・74

に

にぎりもた・り（握り持たり）
—れ［已然］七・59
にぎ・る（握る）
—り［連用］七・51、七・61
↓にぎりもたり
に・ぐ（逃ぐ）
—げ［連用］八・64
にく・し（憎し）
—から［未然］八・94
↓みにくし
にげう・す（逃げ失す）
—せ［連用］四・122
にし（西）五・23
にしき（錦）三・33
にじふにん（二十人）七・14、七・24
にじふよねん（二十余年）九・119
にせんにん（二千人）九・65

にち（日）
→ごひやくにち、じふごにち、しひやくよにち、せんにち、せんよにち
にな・ふ（担ふ）
―は［未然］六・78
には（庭）四・90
にはか・なり（俄なり）
―に［連用］八・62
によふによふ（呻吟ふ呻吟ふ）六・78
にる（似る）
に［未然］八・1、八・56、九・108
にん（人）
→くわんにん、ごにん、せんにん、にじふにん、にせんにん、ひやくにん、ろくにん

ぬ

ぬ（寝）
ね［未然］一・28
ぬぎお・く（脱ぎ置く）
―く［連体］九・137、九・145
ぬぎか・ふ（脱ぎ替ふ）
―へ［連用］四・80
ぬ・ぐ（脱ぐ）
―ぎ［連用］七・41
→ぬぎおく、ぬぎかふ
ぬすびと（盗人）
→おほぬすびと
ぬりごめ（塗籠）九・69、九・70
ぬ・る（塗る）
―り［連用］六・28
ぬ・る（濡る）
―れ［連用］四・80

ね

ね（根）三・14
→くさのね
ねがひ（願ひ）七・40
ねが・ふ（願ふ）
―は［未然］六・3
ねた・し（妬し）
―く［連用］四・42
ねたみを・り（妬み居り）
―り［終止］九・96
ねのこく（子の刻）九・98
ねぶりを・り（眠り居り）
―り［終止］四・115
ねや（閨）四・42
ねん・ず（念ず）
―じ［連用］九・105
ねん（年）
→さんねん、にじふよねん

の

のけざま（仰け様）七・53
のこ・る（残る）
―り［連用］六・89
のせす・う（乗せ据う）
―ゑ［連用］七・26
のぞ・く（覗く）
―き［連用］一・29
のたまは・す（宣はす）
―せ［連用］四・5、六・18、八・8
―す［終止］八・59
のたま・ふ（宣ふ）
―は［未然］二・26、三・25、八・14、八・49
―ひ［連用］四・75、四・86、四・126、五・36、六・14、六・27、六・42、

七・13、七・41、七・48、七・51、
七・63、八・27、九・84、九・150
ーう［連用ウ音便］七・42
ーふ［終止］四・89、五・55、六・3、
六・48、六・56、七・4、七・32、
八・4
ーふ［連体］二・28、二・35、二・41、
三・6、四・40、四・68、六・7、
七・2、七・39、八・2、八・7、
八・12、九・36、九・61、九・119
ーへ［已然］二・18、四・81、六・20
のたまはく（宣はく）四・24、四・45、
六・2、六・54、六・83、七・31
のたまふやう（宣ふやう）四・14、七・
3、七・28
↓のたまはす
のち（後）一・10、二・31、二・38、六・
62、八・81、一〇・1
ののし・る（罵る）
ーり［連用］四・19
↓なきののしる
のぼ・す（上す）
ーせ［連用］七・45
のぼり・く（上り来）
ーこ［未然］七・17
のぼり・ゐる（上り居る）
ーゐ［連用］七・16
のぼ・る（上る・登る・昇る）
ーら［未然］九・129
ーり［連用］四・19、七・24、七・47、
七・48、九・131、九・165、一〇・19
ーる［終止］四・70
↓おりのぼる、たちのぼる、のぼりく、
のぼりゐる、はひのぼる、まうのぼる
の・む（飲む）
ーま［未然］九・49
のやま（野山）一・1、四・83
の・る（乗る）
ーり［連用］四・15、四・46、四・78、
五・18、六・36、六・42、六・49、
六・54、七・48、九・101、九・164

は

は（葉）
↓くさのは、ことのは
はうかんるり 四・69
はかな・し（果敢なし）
ーく［連用］八・71
はかる（量る・計る）
↓おもひはかる
はげ・し（激し）
ーしけれ［已然］六・57
はこ（箱）五・31、五・36、五・64、九・
141
はさ・む（挟む）
ーみ［連用］四・91
はし（橋）四・73
はした・なり（端なり）
［語幹］四・116（2）
はじ・む（始む）
ーめ［連用］九・23
↓いひはじむ
はじめ（始め・初め）八・65、九・2
はしりい・る（走り入る）
ーり［連用］四・29
はし・る（走る）
ーら［未然］五・17
↓はしりいる
はたたく（霹靂く）
↓てりはたたく
はち（鉢）三・28、三・32、三・35、三・
41、三・42、三・45
↓いしのはち、ほとけのみいしのはち

はぢ（恥）　三・42、三・46、四・124、九・83
はちぐわつじふごや（八月十五日）　九・25
は・つ（果つ）
―て［連用］九・117
↓かきはつ、つくしはつ、ゆきはつ、わびはつ
はづか・し（恥づかし）
―しく［連用］七・71、八・23
―しき［連体］四・126
はづかしげなり（恥づかしげなり）
↓こころはづかしげなり
はつか・なり（僅かなり）
―に［連用］四・60
はな（花・華）　四・75
―はなのきども（花の木ども）　四・七一
↓うどんぐゑのはな、つくりばな
はな・つ（放つ）
―ち［連用］六・63
はな・る（離る）
―れ［未然］二・3
―れ［連用］四・50、六・91
はは（母）
↓ちちはは
はひのぼ・る（這ひ上る）
―り［連用］四・37
は・ふ（這ふ・延ふ）
―ふ［連体］八・85
はべ・り（侍り）
―ら［未然］二・33、八・9、八・61、八・68、八・69、九・9、九・94、九・136
―り［連用］二・27、四・85、五・22、九・29、九・30、九・86、九・120、九・157
―り［終止］八・34
―る［連体］二・31、七・9、八・19、八・29、八・34、八・56、九・13（2）、九・35、九・88、九・91、九・92、九・93、一〇・11
―れ［已然］七・24、九・137、九・155
はま（浜）　六・69、六・70（2）
はや（早）　四・33、四・108、五・60、六・60、八・10、八・24、九・118
はや・し（早し・速し）
―く［連用］六・65
―き［連体］六・44
はやて（疾風）　六・59
はら（腹）　六・76、七・5
はら（原）
↓まつばら
ばら（―輩）
↓やつばら
はらだた・し（腹立たし）
―しき［連体］一・19
はらだちを・り（腹立ち居り）
―る［連体］九・83
はらだ・つ（腹立つ）
―ち［連用］七・47
↓はらだちをり
はりま（播磨）　六・69
はる（春）　九・2、九・35
は・る（張る）
―り［連用］六・31
ばん（番）　九・69

ひ

ひ（日）　二・4、三・1、四・117、七・43、七・69、八・62
ひごろ（日頃）　四・85、九・89
↓つきひ

ひ（火）五・34、五・40、五・53、五・60、五・65、五・70、一〇・17
ひかり（光り）三・38（2）、三・39、三・42、五・33、六・2
ひかりみ・つ（光り満つ）
―ち［連用］一・17、八・63
ひか・る（光る）
―る［連体］一・3、三・17
―り［連用］一・4、六・65、九・99
ひきあ・ぐ（引き上ぐ）
―げ［連用］七・35
ひきぐ・す（引き具す）
―し［連用］一〇・5
ひきすぐ・す（引き過ぐす）
―し［連用］七・52
ひく（引く）
→ひきあぐ、ひきぐす、ひきすぐす
ひげ（髭）九・53
ひさ・し（久し）
―しく［連用］一・20、九・44、九・124
ひじり（聖）五・22
ひたぐろ・なり（直黒なり）
―に［連用］三・32
ひたひ（額）七・20
ひたぶる・なり
―に［連用］四・40
ひつ（櫃）
→からびつ、ながびつ
ひと（人）一・5、一・7、一・14、一・27、二・1、二・4（2）、二・6、二・10、二・30、二・39、二・42、二・44、三・9、三・28、四・1、四・5、四・7、四・10、四・17、四・39、四・57、四・125、五・1、五・2、五・5、五・6、五・20、五・47、五・51、五・54、五・70、六・1、六・3、六・33、六・36、六・75、六・87、六・93、七・7（2）、七・16、七・25、七・26、七・29、七・32、七・36、七・40、七・44、七・67、七・69、七・75、八・2、八・22、八・27、八・47、八・56、八・64、八・89、八・90、八・91、九・3、九・30、九・31、九・41、九・47、九・59、九・65（2）、九・77、九・78、九・79、九・80、九・81、九・92、九・100、九・101、九・102、九・110、九・112、九・121、九・126、九・147、九・152、九・164、一〇・9、一〇・15
ひとたち（人達）二・11
ひとども（人ども）二・2、四・119、九・84、九・108
ひとびと（人々）二・10、二・16、二・19、二・35、二・42、二・47、三・1、三・10、四・4、四・7、四・127、五・68、六・15、六・85、七・54、七・55、八・78、九・7、九・34、九・59、九・67、九・68、九・72、九・73、一〇・5
ひとびとども（人々ども）六・17
→おほやけびと、ことひと、ただびと、なにびと、てんのひと、ふなびと、へんげのひと
ひとえだ（一枝）三・15
ひとぎき（人聞き）七・70、八・49
ひとこと（一言）九・148
ひとざま（人様）四・38
ひと・し（等し）
―しかん［連体・撥音便］二・44
ひとすぢ（一筋）一・3、六・62
ひとつ（一つ）四・9、四・30、九・74、九・109
ひとところ（一所）四・126
ひとま（人間）九・4

ひとめ（人目）九・26
ひとめ（一目）九・61
ひとり（一人・独り）二・7、二・8（2）、二・9（2）、三・16、四・90、六・32、八・92、九・142
ひとりひとり（一人一人）二・36、七・26
ひねずみのかは（火鼠の皮）五・4
ひねずみのかはぎぬ（火鼠の皮衣）三・16、五・20（ひねずみのかはごろもカ）、五・68（ひねずみのかはごろもカ）
ひねずみのかはごろも（火鼠の皮衣）五・9、五・20（ひねずみのかはぎぬカ）、五・68（ひねずみのかはぎぬカ）
ひま（隙）九・67
ひまな・し（隙無し）
—く［連用］七・15
ひむがし（東）
→ひむがしのうみ
ひむがしのうみ（東の海）三・13
ひめ（姫）
→かぐやひめ、なよたけのかぐやひめ
ひやくくわん（百官）八・78
ひやくせんまんり（百千万里）三・29
ひやくにん（百人）九・165
ひら・む（平む）
—め［已然］七・50
ひらめく（閃く）
→ひらめきかかる
ひらめきかか・る（閃き懸かる）
—る［連体］六・47
ひる（昼）七・37、九・99
ひろ・ぐ（広ぐ・拡ぐ）
—げ［連用］三・35、五・7、七・61、一〇・7
ひろ・し（広し）
—く［連用］二・31
—き［連体］五・1
びんづる（賓頭盧）三・32

ふ

ふ（経）
—へ［連用］二・35、三・4、七・73、八・85、九・43
ふえ（笛）三・1
ふか・し（深し）
—き［連体］二・37、二・39、二・43、四・126
ふきかへしよ・す（吹き返し寄す）
—せ［連用］六・69
ふきまは・す（吹き廻す）
—し［連用］六・46
ふきもてあり・く（吹きもて歩く）
—く［終止］六・44
ふきよ・す（吹き寄す）
—せ［未然］四・52、六・70
ふ・く（吹く）
—か［未然］六・51、六・59
—き［連用］三・1、三・2、四・78、六・44、六・57、六・69
—く［終止］六・65
—く［連体］六・66、六・67
→ふきかへしよす、ふきまはす、ふきもてありく、ふきよす
ふ・く（葺く）
—か［未然］六・29、六・92
ふく・る（膨る）
—れ［連用］六・76
ふくろ（袋）三・33
ふさこ 八・4
→なかとみのふさこ
ふし（節）一・11、四・83
ふしのくすり（不死の薬）九・142、一〇・

14、一〇・17
ふじのやま（富士の山） 一〇・19
ふしをが・む（伏し拝む）
―み［連用］二・17、五・30
ふ・す（臥す）
―し［連用］六・71、六・73、七・55
―せ［已然］九・112、九・132
→なきふす、ふしをがむ、やみふす
ふた（蓋） 七・66
ふた・ぐ（塞ぐ）
―ぎ［連用］八・65
ふたつ（二つ） 三・28、六・76、六・95
ふたり（二人） 六・34
ふつかみか（二三日） 四・63
ふと 四・69、六・41、七・27、七・59、八・61、九・72、九・162
ふなぞこ（船底） 六・73
ふなびと（舟人） 六・37、六・39
ふね（船） 四・15、四・46、四・58、四・60、四・65、四・78、六・36、六・38、六・42、六・44、六・45、六・46、六・49、六・54、六・71
御ふね（御船） 六・50
→もろこしぶね
ふばさみ（文挟み） 四・91
ふみ（文） 二・13、三・35、四・91、四・98（2）、五・3、五・7、五・19、九・132、九・148、一〇・2、一〇・14
御ふみ（御文） 八・93、九・151、一〇・6、一〇・17
ふりこほ・る（降り凍る）
―り［連用］二・15
ふる（降る）
→ふりこほる
ふるくそ（古糞） 七・61

へ

へ（辺） 六・35
へだ・つ（隔つ）
―て［連用］一・11
へど（反吐）
→あをへど
へんげ（変化）
へんげのひと（変化の人） 二・24、二・33
へんげのもの（変化の物） 二・27

ほ

ほいな・し（本意なし）
―く［連用］九・136
ほうらい（蓬萊） 三・14、四・49
ほうらいのき（蓬萊の木） 四・107
ほうらいのたまのえだ（蓬萊の玉の枝） 四・30
ほうらいのやま（蓬萊の山） 四・67
ほか（外・他） 五・65
ほかざま（外様） 九・106
ほそし（細し）
→こころぼそし
ほたる（螢） 三・38
ほど（程） 一・13、一・14（2）、一・16、一・22、二・24、三・8、三・29、四・90、九・1、九・21、九・100、九・102、九・113、九・135
ほとけ（仏） 二・24
→あがほとけ、ほとけのみいしのはち
ほとけのみいしのはち（仏の御石の鉢） 三・12
ほどな・し（程無し）

—く［連用］九・87
ほほゑ・む（微笑む）
—み［連用］六・77

ま

ま（間）
まごと（間ごと） 六・31
→ひとま
まうけ（設け） 六・32
まうしあ・ふ（申し合ふ）
—へ［已然］六・6
まう・す（申す）
—さ［未然］二・25、三・20、三・22、四・38、四・40、七・20、八・52、九・28
—し［連用］二・24、二・47、四・2、四・30、四・98、四・105、五・23、五・25、六・64、七・13、七・17、八・9、九・60、九・90
—す［終止］三・5、四・31、四・44、五・59、六・10、六・24、六・82、七・3、七・7（2）、七・11、七・28、七・35、八・19、八・54、九・60
—す［連体］三・6、四・66、四・91、四・96、五・57、六・12、六・49、六・54、六・55、六・56、七・5、七・39、七・46、九・57、九・118、九・121
—せ［已然］九・122
まうさく（申さく） 四・92、六・4
まうすやう（申すやう） 四・43、六・11、六・80、七・7、七・19、七・22、七・33、七・44、八・32、八・52、八・60
→まうしあふ
まうづ（参づ・詣づ）
→まうできたる、まうで、まうでとぶらふ
まうできた・る（参で来たる・詣で来たる）
—り［連用］九・32
—る［連体］四・76
—る［終止］五・18
→もてまうできたる
まうで・く（参で来・詣で来）
—こ［未然］九・34、九・59
—き［連用］四・79（2）、五・16、九・42、九・153
—く［終止］九・58
—こ［命令］七・42、九・110
→かへりまうでく、たちまうでく、よりまうでく
まうでとぶら・ふ（参で訪らふ・詣で訪らふ）
—ふ［連体］六・72
まうのぼ・る（参う上る）
—る［連体］五・16
まか・す（任す）
—せ［未然］八・36
—せ［連用］四・48、四・59
まかりあり・く（罷り歩く）
—く［連体］六・49
まかりい・る（罷り入る）
—れ［連用］六・45
まか・る（罷る）
—ら［未然］四・2、六・12、九・88、九・93、九・133
—り［連用］六・19、七・9、八・4、八・34、九・34、九・46、九・66、九・86、九・87、九・153
—る［連体］三・30、四・3、九・129
—れ［已然］八・5
→ありきまかる、まかりありく、まかりいる

まきい・る（巻き入る）
―り［連用］六・46
まぎ・る（紛る）
―れ［未然］四・54
まきゑ（蒔絵）六・28
ま・く（負く）
―け［未然］五・54、八・29、九・71
―け［連用］四・20
まこと（誠）四・107、四・112、五・44、
五・55、七・43、七・73
まことなり（誠なり）
―なら［未然］五・53
―に［連用］九・56
まさな・し（正無し）
―し［終止］九・85
まさに（正に）八・21、九・39
まさり（勝り）
→おとりまさり
まさ・る（勝る）
―り［連用］二・46
→なりまさる
まして　六・85、八・23
まじ・る（交じる・混じる）
―り［連用］一・1、七・37
また（又）三・46、六・86、七・7、七・
56、九・120、九・141
まだ（未だ）六・47、六・50
まつ（松）七・73
ま・つ（待つ）
―た［未然］六・41
―ち［連用］六・33
―つ［連体］七・73
―て［命令］九・147
まづ（先づ）五・45、七・60、九・74
まつばら（松原）六・73
まどは・す（惑はす）
―し［連用］九・91
→こころまどはす
まどひあ・ふ（惑ひ合ふ）
―へ［已然］一・29
まどひあり・く（惑ひ歩く）
―け［已然］二・1
まど・ふ（惑ふ）
―ひ［連用］六・47
―ふ［終止］一・27
―へ［已然］一〇・1
→こころまどふ、まどはす、まどひあふ、
まどひありく
まなこ（眼・目）六・76（めカ）、九・81
御まなこ（御眼・御目）六・94
まはす（廻す）
→ふきまはす
まへ（前）三・32
御まへ（御前）七・20
まま（侭）四・36、四・106、八・17
まめ・なり（忠実なり）
―なら［未然］七・9、七・26
―なる［連体］七・13
まもりあ・ふ（目守り合ふ）
―へ［已然］九・107
まもりたたか・ふ（守り戦ふ）
―ふ［終止］九・76
まも・る（守る）
―ら［未然］九・67、九・69
―る［連体］九・68、九・71、九・73
（2）
まりお・く（まり置く）
―け［已然］七・61
まゐら・す（参らす）
―せ［未然］八・53
―す［終止］一〇・6
まゐ・る（参る）
―ら［未然］六・81
―り［連用］四・17、六・80、六・82、
七・20、八・8、八・52（2）

—る［終止］八・8
—れ［命令］八・4、八・20
↓かへりまゐる、まゐらす

み

み（身）二・27、二・33、四・27、八・3、八・68、八・85、九・30、九・114、九・155、一〇・12
御み（御身）二・23、五・37
み（実）三・15、四・27
みあり・く（見歩く）
—く［連体］四・64
みえあり・く（見え歩く）
—く［終止］二・22
みおく・る（見送る）
—り［連用］九・129、九・130
みおこ・す（見遣す）
—せ［連用］九・138
みか（三日）一・22、四・8
みかよか（三日四日）六・69
みかど（帝・御門）八・1、八・12、八・14、八・26、八・40、八・49、八・58、八・62、八・69、八・75、八・79、八・86、九・51
みぐし（御髪）七・60
みこ（皇子・親王）四・5、四・12、四・20、四・24、四・30、四・33、四・36、四・43、四・45、四・85、四・96、四・116、四・124、四・128
みこたち（皇子達）三・23
みこのきみ（皇子の君）四・100
↓いしつくりのみこ、くらもちのみこ
み・す（見す）
—せ［未然］九・83
—せ［連用］二・46、三・34、四・25、八・77、九・83
—す［終止］五・43
みす・つ（見捨つ）
—て［連用］九・138
みそか・なり（密なり）
—に［連用］四・15、七・36
みち（道）三・36、四・121、六・15、九・89
みつ（満つ）
↓ひかりみつ
みづ（水）四・65、四・72、七・55
↓ゆみづ
みつき（三月）一・13
みつ・く（見付く）
—け［連用］一・10、二・23、四・128、八・56、九・37
—くる［連体］一・11
みとせ（三年）
↓さんねん
みな（皆）三・25、四・4、四・9、四・122、四・127、六・92、七・26、七・29、九・78
みなづき（水無月）二・15
みなら・ふ（見慣らふ・見馴らふ）
—ひ［連用］九・48
みな・る（見慣る）
—れ［連用］九・62
みにく・し（見悪し・醜し）
—し［終止］六・27
みね（嶺）一〇・16
みへ（三重）四・11
みみ（耳）三・44
みむろどいむべのあきた（御室戸斎部の秋田）一・21
みや（宮）四・104
みやこ（都）四・79、九・92、一〇・10
↓つきのみやこ
みやづかさ（宮司）四・127

みやつこまろ（造まろ） 八・54、八・58、八・59、八・77、九・110、九・111
みやづかへ（宮仕へ） 八・33、八・41、八・45、八・54、九・154
み・ゆ（見ゆ）
―え［未然］二・2、四・37、五・46、八・31
―え［連用］四・7、四・129、五・33
―ゆ［終止］三・8、四・60、八・11、八・15、九・55
―ゆる［連体］九・100
みゆき（行幸） 八・82
みゆき・す（行幸す）
―し［連用］八・59、八・61
みる（見る）
み［未然］二・11、二・12、二・44、三・26、四・29、五・10、五・65、六・48、六・50、七・60、八・85、九・19
み［連用］一・26、四・7、四・65、四・83、四・112、五・7、五・28、五・60、五・62、六・77、七・43、七・62、七・65、八・4、八・8、八・19、八・20、八・44、八・47、八・59、八・63、八・74、八・89、九・3、九・5、九・10、九・12、九・16、九・18（2）、九・26、九・61、九・94、九・133、九・137
みる［終止］一・28
みる［連体］一・4、一・6、三・38、四・60、四・70、五・19、七・5、九・4
みれ［已然］一・5、一・18、三・34、三・35、四・98、五・31、五・32、六・69、六・75、七・7、九・12、九・15
みわら・ふ（見笑ふ）
―ひ［連用］六・13

む

むかし（昔） 一・1、五・21、五・22、八・55、九・31
むか・ふ（向かふ）
―は［未然］七・16
―ひ［連用］五・29、七・21
むか・ふ（迎ふ）
―へ［未然］五・17
―へ［連用］九・39
―ふる［連体］九・117
むかへ（迎へ） 四・17、九・34、九・58、九・153
御むかへ（御迎へ） 九・80
む・く（向く）
―き［連用］六・21
むくつけげ・なり
―なる［連体］四・56
むぐら（葎） 八・85
むしろ（筵）
御むしろ（御筵） 六・73
むすめ（娘・女） 二・17
むたり（六人）
→ろくにん
むな・し（空し）
―しく［連用］八・48
―しき［連体］四・48
むね（棟） 七・8
むね（胸）
→むねいたし、むねつぶる
むねいた・し（胸痛し）
―き［連体］九・95
むねつぶ・る（胸潰る）
―れ［連用］四・21

め

め（妻） 一・8
　めども（妻ども） 六・31
め（目） 六・48、六・50、六・76（まなこ
　カ）、九・53
　御め（御目・御眼） 七・54
　→しらめ、ひとめ
めぐらす（巡らす・廻らす）
　→おもひめぐらす、さしめぐらす
めぐり（巡り・廻り） 四・63
めぐ・る（巡る・廻る）
　―ら［未然］七・34
　―り［連用］七・34
　―る［終止］七・44
　―る［連体］七・49
　―れ［已然］四・71
めしつぎ（召し次ぎ・召し継ぎ） 六・34
めしと・る（召し取る）
　―り［連用］四・10
め・す（召す）
　―し［連用］八・14、一〇・8、一〇・
15
め・づ（愛づ）
　―で［連用］一・26
めでた・し（愛でたし）
　―く［連用］八・66、八・75
　―き［連体］四・44、八・1
めのわらは（女の童） 八・33
めらめらと 五・61、五・70

も

も（裳） 一・15
もし（若し） 五・12（2）、五・27、六・
　五一、八・37
もた・ぐ（擡ぐ）
　―げ［連用］七・60、七・75
もた・り（持たり）
　―る［連体］三・18、七・4
　→にぎりもたり
もちづき（望月） 九・99
もちて（以て） 四・31、五・17
も・つ（持つ）
　―た［未然］七・76、九・141
　―ち［連用］一・8、二・33、四・25、
四・65、五・38、八・29
もつとも（尤も） 七・12
もて
　→くひもていぬ、ふきもてありく、もて
　いたる、もていづ、もています、もて
　おはします、もてく、もてつく、もて
　のぼる、もてまうでく、もてまゐる、
　もてよる、もてわたる、もてわづらふ
もていた・る（持て到る）
　―り［連用］五・6、五・42
もてい・づ（持て出づ）
　―で［連用］四・15
もていま・す（持て在す）
　―し［連用］五・68
もておはしま・す（持て御座します）
　―せ［已然］四・31
もて・く（持て来）
　―こ［未然］三・27、六・83
　―き［連用］三・34、四・24、四・41
もてつ・く（持て着く）
　―く［終止］一〇・16
もてのぼ・る（持て上る）
　―り［連用］四・19
もてまうで・く（持て詣で来）
　―き［連用］四・74、五・11
もてまゐ・る（持て参る）

—る［終止］四・18
もてよ・る（持て寄る）
—り［連用］九・144
もてわた・る（持て渡る）
—り［連用］五・12、五・22
もてわづら・ふ（持て煩ふ）
—ひ［連用］八・34
もと（許・元）一・3、三・30、五・2、
六・31、六・91、七・1、八・18、
八・73、八・74、九・116
御もと（御許）六・52、八・93
↓やまもと
もと・む（求む）
—め［連用］三・39、四・127、五・20、
六・12、六・59
—むる［連体］四・62
↓とぶらひもとむ、もとめたづねう
もとめたづね・う（求め尋ね得）
—え［連用］五・59
もの（者）一・1、六・7、八・18、八・
19、八・36、九・105、九・156
ものども（者ども）六・90
↓つかふもの、つはもの
もの（物）二・1、二・2、二・12、二・
20、二・46、三・12、三・20、三・27、
四・18、四・34、四・41、四・44、
四・53、四・56、四・109、五・4、
五・9、五・10（2）、五・13、五・
21、五・25、五・27、五・34、五・38、
五・54、五・72、六・9、六・10、
六・12、六・22、六・25、七・5、
七・46、七・50、七・51、七・58、
七・77、八・37、九・11、九・13、
九・17、九・29、九・72、九・102、
九・108、九・111、九・143、九・148、
九・150、一〇・7
ものども（物ども）六・89
↓あやおりもの、おりもの、くひもの、
こともの、へんげのもの、もののえだ
ものう・し（物憂し）
—く［連用］八・82
ものおぼ・す（物思す）
—す［連体］九・19、九・23
ものおもひ（物思ひ）九・54
ものおもひな・し（物思ひ無し）
↓ものおもひなし
—く［連用］九・164
ものおも・ふ（物思ふ）
—は［未然］九・21
—ひ［連用］九・3
—ふ［終止］九・56
—へ［已然］九・6、九・15
もの・す（物す）
—し［連用］三・4
もののえだ（物の枝）五・37
もはら（専ら）八・41
もや・す（燃やす）
—す［終止］一〇・17
も・ゆ（燃ゆ）
—ゆ［終止］五・65
もろこし（唐土）三・16、五・6、五・29、
五・58、六・9
もろこしぶね（唐土船）五・2、五・16
もろともに（諸共に）四・100、九・46

や

や（屋）一・17、六・28、六・29、六・
92、七・8、九・66、九・71、九・84、
九・123
や（矢）
↓ゆみや
やう（様）四・70、四・99、八・13、八・
39、八・44、八・46、一〇・16

→いふやう、のたまふやう、やうなり
やう・なり
—に［連用］三・23、四・120、八・15、八・16、八・59、九・103
—なり［終止］六・77
—なる［連体］四・53、六・58、六・95
やうやう（漸う）一・12、六・64
やがて 五・37、一〇・4
や・く（焼く）［四段］
—か［未然］五・53、五・60
—き［連用］五・56、五・60、五・70
や・く（焼く）［下二段］
—け［未然］五・34、五・40、五・53
—け［連用］五・61、五・71
やさ・し
—し［終止］八・49
やしな・ふ（養ふ）
—は［未然］一・8
—ひ［連用］二・24、九・38、九・119
—ふ［終止］一・9
—ふ［連体］一・12
→いつきかしづきやしなふ
やしまのかなへ（八島の鼎）七・53
やす・し（安し・易し）
—く［連用］九・89
—し［終止］四・110
—き［連体］一・28
やつ（奴）六・87
やつばら（奴ばら）六・41
やつ・る（窶る）
—れ［連用］六・35
やど・す（宿す）
—さ［未然］三・39
やま（山）三・14、四・50、四・60、四・61（2）、四・62、四・63、四・64、四・66、四・69、四・70（2）、四・72、四・76、四・126、六・55、八・55、一〇・9、一〇・10、一〇・15、一〇・19（2）、
→うみやま、しらやま、のやま、ふじのやま、ほうらいのやま、やまでら、やまもと、をぐらのやま
やまでら（山寺）三・32、五・23
やまとのくに（大和の国）三・31
やまひ（病）四・58、七・68、九・122
やまもと（山もと）八・58
やみ（闇）一・28
→ゆふやみ
やみし・ぬ（病み死ぬ）
—ぬる［連体］七・70
やみふ・す（病み臥す）
—せ［已然］一〇・4
や・む（止む）
—み［連用］一・18、八・27
→おもひやむ、なりやむ
や・む（病む）
—む［連体］七・67
やもめ（寡）五・50
や・る（遣る）
—り［連用］九・63
—る［連体］七・72
—れ［已然］二・14
→つげやる

ゆ

ゆあみ（湯浴み）四・2
ゆか・し
—しき［連体］二・45
ゆ・く（行く）
—か［未然］四・46、六・24、八・73
—き［連用］二・12、三・29
—く［連体］四・58
→ことゆく、なりゆく

ゆくかた（行く方） 四・58
ゆくすゑ
↓こしかたゆくすゑ
ゆたか・なり（豊かなり）
―に［連用］一・12、五・1
ゆひあ・ぐ（結ひ上ぐ）
―げ［連用］七・10
ゆふ（夕）
ゆふごと（夕毎） 一・6
ゆふやみ（夕闇） 九・21
ゆみ（弓） 六・40
↓ゆみや
ゆみづ（湯水） 九・49
ゆみや（弓矢） 九・68、九・77、九・104
ゆる・す（緩す・許す）
―さ［未然］八・66、九・39、九・90、
九・152
ゆゑ（故） 八・83

よ

よ（節）
よごと 一・11
よよ（節々） 四・83
よ（世・代） 一・17、二・30、二・39、
三・26、四・76、五・10、五・21（2）、
五・54、五・68、六・96、八・1、
八・21、八・56、九・12
よよ（世々・代々） 四・83
↓よのなか
よう（用） 七・3、一〇・3
ような・し（用無し）
―き［連体］二・4
よか↓みかよか
よごと（寿詞） 六・63
よさり（夜さり） 七・41
よし（由） 七・17、八・8、八・26、一
〇・16、一〇・18（2）
よ・し（良し・能し・好し）
―く［連用］二・37、三・6、六・83、
六・87、八・8
―き［連体］一・14、二・47、三・9、
三・10、四・39、五・51、六・60、
六・66、六・67、七・29、八・11、
八・60
―かる［連体］七・28
―し［終止］二・11、八・30
よくよく 九・9
よしな・し（由無し）
―く［連用］八・92
―かり［連用］二・5
よ・す（寄す）
―せ［連用］八・70、九・123
↓ふきかへしよす、ふきよす、よびよす
よそほひ（装ひ） 四・64
よのなか（世の中） 二・10、四・47、四・
71、五・46
よばひ（呼ばひ） 一・30
よばひ（夜這ひ） 一・30
よば・ふ（呼ばふ）
―ひ［連用］六・63
よひ（宵） 九・98
よびいだ・す（呼び出だす）
―し［連用］二・17
よびす・う（呼び据う）
―ゑ［連用］四・118、五・47、五・49
よびつど・ふ（呼び集ふ）
―へ［連用］一・24
よびと・る（呼び取る）
―り［連用］四・106
よびよ・す（呼び寄す）
―せ［連用］九・161
よ・ぶ（呼ぶ）
―び［連用］一・21

→よびいだす、よびすう、よびつどふ、よびとる、よびよす
よみくは・ふ（詠み加ふ）
—へ［連用］五・38
よ・む（詠む）
—み［連用］三・44、五・64、八・95
—め［已然］四・82
よ・む（読む）
—み［連用］七・75、一〇・2
よも 九・80
より・く（寄り来）
—く［終止］四・10
よりまうで・く（寄り詣で来）
—こ［未然］七・24
よる（夜） 一・28（2）、二・3、七・37、八・88、九・138
よるひる（夜昼） 二・7、六・33
よ・る（寄る・因る・拠る）
—り［連用］一・4、四・32、七・54、九・32、九・90、九・113、九・128
—る［終止］八・89
→たちよる、もてよる、よりく、よりまうでく
よろこ・ぶ（喜ぶ）
—び［連用］四・120、五・63、七・11、七・36、七・39、八・39、八・77
よろづ（万） 一・2、一・23、七・36
よわ・し（弱し）
—く［連用］七・68
—き［連体］七・75

ら

ら（等）
→たくみら、なむぢら
らがい（羅蓋） 九・109

り

り（里）
→ひやくせんまんり
りき（力）
→だいぐわんりき
りくゑのつかさ（六衛の府） 九・65
りゆう（龍）
→たつ
りやう（両）
→ごじふりやう

る

るい（類） 六・84
るり（瑠璃） 五・31
るりいろ（瑠璃色） 四・72

れ

れい（例） 九・7
れいの（例の） 三・1
れいやう（例様） 六・27
れう（料） 七・4

ろ

ろく（禄） 四・94、四・119、四・121
ろくにん（六人） 四・10、四・90

わ

わう（王）九・109
→こくわう
わうけい 五・2、五・7（2）、五・25
わが（我が）四・32、四・50、四・62、四・69、四・87、六・1、六・40、八・44、九・38（2）、一〇・12
わか・つ（分かつ・別つ）
—ち［連用］四・127
わかる（分かる・別る）
→すぎわかる、たちわかる
わきて（分きて・別きて）五・44
わ・く（分く・別く）
—け［連用］六・23
わざ（業・技）六・38、七・62、七・67
→しわざ、なにわざ
わす・る（忘る）（四段）
—ら［未然］四・87
わす・る（忘る）（下二段）
—れ［連用］九・62
わた（綿）六・16
わた・す（渡す）
—せ［已然］四・73
わた・る（渡る）
—り［連用］八・93
→もてわたる
わづらは・し（煩はし）
—しき［連体］九・154
わづらふ（煩ふ）
→おぼしわづらふ、もてわづらふ
わびうた（侘び歌）二・14
わび・し（侘びし）
—しき［連体］四・83、六・48、六・50
わびしさ（侘びしさ）四・87
わびはつ（侘び果つ）
—て［連用］七・77
わ・ぶ（侘ぶ）
—び［未然］五・47
→おもひわぶ、わびはつ
わらは（童）八・53
→めのわらは
わらひさか・ゆ（笑ひ栄ゆ）
—え［連用］四・106
わら・ふ（笑ふ）
—ひ［連用］六・38、六・92
→ききわらふ、みわらふ、わらひさかゆ
われ（我）一・6、二・17、四・20、四・96、六・17、六・86、七・47、七・50、九・39、九・131
わろ・し（悪し）
—かり［連用］四・74
—き［連体］四・94

ゐ

ゐる（率る）
ゐ［連用］四・5、七・9、八・67、八・69、八・70、八・73、九・131
→とりゐる
ゐる（居る）
—ゐ［連用］一・5、四・17、四・97、四・116、五・63（2）、六・63、八・63、九・126
ゐる［連体］四・116
→いでゐる、いひゐる、おきゐる、おちゐる、かくれゐる、こもりゐる、たちゐる、のぼりゐる

ゐ

ゐ（絵）六・30
ゐ・ふ（酔ふ）
—ひ［連用］九・111

を

を（尾）七・33、七・44、七・49
をか・し
—しき［連体］七・12
をがむ（拝む）
→ふしをがむ
をぐら・し（小暗し）
［語幹］三・39
をぐらのやま（小倉の山）三・39
をさな・し（幼し）
—き［連体］八・18、九・112
—けれ［已然］一・9
→こころをさなし
を・し（愛し・惜し）
—しから［未然］一〇・3
をし・ふ（教ふ）
—へ［未然］一〇・16
をぢな・し
—く［連用］六・61
—き［連体］六・39
をとこ（男）一・23、二・21、二・30（2）
をのこ（男）一・25、四・91
をのこども（男ども）四・90、六・4、六・11、六・71、六・79、六・88、七・1、七・4、七・9、七・13、七・37
をののふさもり（小野のふさもり）五・5、五・16
をり（折）七・35（2）、九・159
をりをり（折々）九・133
を・り（居り）
—ら［未然］六・17
—り［連用］九・69
—り［終止］九・69、九・70
—る［連体］一・27、四・29、五・6、九・72
→うなづきをり、おもひをり、かたぶきをり、たのもしがりをり、なきをり、ねたみをり、ねぶりをり、はらだちをり
を・る（折る）［四段］
—り［連用］三・15、四・76、四・77
→たをる
を・る（折る）［下二段］
—れ［連用］七・66
をんな（女）二・30（2）、二・33、三・26、四・66、四・68、八・4、八・28
をんなども（女ども）九・68

著者略歴

大 井 田 晴 彦（おおいだ　はるひこ）

1969年　群馬県生まれ。
1999年　東京大学大学院人文社会系研究科博士課程修了。博士（文学）。
東京大学助手、名古屋大学大学院人間情報学研究科講師・助教授を経て
現在、名古屋大学大学院文学研究科准教授。

著書　『うつほ物語の世界』（2002年、風間書房）

竹取物語　現代語訳対照・索引付

2012年11月15日　初版第１刷発行
2024年９月20日　再版第２刷発行

著　者　大 井 田 晴 彦

装　幀　笠間書院装幀室
発行者　池 田　圭 子
発行所　有限会社　**笠間書院**
〒101-0064　東京都千代田区神田猿楽町2-2-3
☎03-3295-1331㈹　FAX03-3294-0996
NDC分類：913.31　振替00110-1-56002

ISBN978-4-305-70681-2
シナノ印刷
落丁・乱丁本はお取りかえいたします。
（本文用紙：中性紙使用）